有一种力量，叫文学；
有一种美好，叫回忆；
有一种感动，叫青春；
有一种生命，在鲁院！

鲁迅文学院「百草园」书系

狂 欢

王齐君 ◎ 著

KUANG HUAN

江西高校出版社

本书关注小人物在不同历史背景下的成长、生活和命运。既有反映人类普遍情感的作品，也有极具鲜明时代特征的作品。

图书在版编目（CIP）数据

狂欢 / 王齐君著. —南昌：江西高校出版社，2017.3
（鲁迅文学院"百草园"书系）
ISBN 978-7-5493-5159-6

Ⅰ.①狂… Ⅱ.①王… Ⅲ.①中篇小说—小说集—中国—当代 ②短篇小说—小说集—中国—当代 Ⅳ.①I247.7

中国版本图书馆CIP数据核字（2017）第040640号

出版发行	江西高校出版社
社　　址	江西省南昌市洪都北大道96号
总编室电话	（0791）88504319
销售电话	（0791）88505573
网　　址	www.juacp.com
印　　刷	北京一鑫印务有限责任公司
经　　销	全国新华书店
开　　本	700mm×1000mm　1/16
印　　张	15
字　　数	220千字
版　　次	2017年3月第1版 2020年7月第2次印刷
书　　号	ISBN 978-7-5493-5159-6
定　　价	39.00元

赣版权登字-07-2017-157

版权所有　侵权必究

图书若有印装问题，请随时向本社印制部（0791-88513257）退换

目录 Contents

岁月有痕 …………………………………… 1
老师别哭 …………………………………… 30
昌盛街 ……………………………………… 42
昌盛街Ⅱ …………………………………… 54
π，或者秋水 ……………………………… 66
马兰花 ……………………………………… 108
山麻渣 ……………………………………… 118
春天里 ……………………………………… 147
小广场 ……………………………………… 163
红　瓦 ……………………………………… 174
狂　欢 ……………………………………… 189
警务区 ……………………………………… 219

岁月有痕

1

闰五月,天总热不起来,董数学总觉得冷,也就没在意。
快到六月的时候,他还是冷,就问王玉,你不觉得冷吗?
王玉当时穿着一件薄线衫,手里拿着块白色抹布,正要擦床头打扫卫生。她站在床边,看着缩在被子里的董数学说,不冷啊,你觉得冷?她这么一说,董数学在被子里动了动,更加觉得冷。露着一双眼睛,董数学说,我总觉得冷,非常冷。你看,我在被子里,却觉得四处透风,不信你摸,我的脚冰凉。王玉眨巴一下眼睛说,怎么回事,我一点儿也不觉得冷啊。她弯下腰,把左手伸到被子里摸董数学的脚。她的手刚沾过水,挺凉,董数学倒也不嫌,笑着说,是不是凉?王玉说,是凉,潮乎乎的,不过比我手热乎。董数学把王玉的手从自己的脚上拿到胸前,你手是凉,我给捂一捂吧。王玉把右手上的抹布扔到床头柜上,一偏身,挨着董数学躺下。董数学把她的双手攥在手里,你不累吗?其实用不着天天打扫,脏点儿没关系的。王玉为董数学往上拉一下被子,我这一天没有什么事,做下卫生心里舒服些。董数学看王玉,她的头发往下耷拉着,想为她往上抚一下,可手里握着她的手,腾不出来。就是能腾出手,董数学也不愿意放开她的右手。

她右手无名指僵硬得无法弯曲，就是天天握着，也无法消除那种僵硬，而他一有时间，就想握住那只右手，无法恢复无名指自如弯曲，也要握在手里。他握着王玉的手说，累了就歇着，别累坏了啊。董数学无时无刻不担心王玉病情复发。他把被子盖到王玉身上，两个人身体贴在一起，可董数学还是感觉不到温暖。

董数学真不知道自己怎么会总觉得冷。冬天，家里温度都在二十二度左右，穿件线衣，顶多套件薄毛裤就行，从没觉得冷。春天来临，按理应该减衣服了，王玉已经穿得很少，他呢，不但没减，反而离不开毛衣毛裤了。特别是坐在客厅里，穿着毛衣毛裤有时都打哆嗦。董数学想，或许岁数大了，不经冻了吧？

董数学不再感到冷的时候，已经是六月初了，是在看到一个女人的名字之后。很多年，遇有出差，诸如外出开会，董数学一概拒绝，家里离不开他。同事知道他的处境，从来不和他攀比。这次实在没人可派，他才不得不出马。不参加这类会议，董数学也就谁也不认识。但他还是希望能有个熟人，于是拿着会序册翻看。看到那个名字，出于好奇，董数学随手抓起了电话。

是艾语文吗？董数学说。

对啊，是我，你哪位？对方声音柔和。

我叫董数学。

是你啊，对方挺热情，我这正琢磨打电话呢，想问一下，是不是真有人叫董数学？不会打字打错了吧。

我也这么想。你真叫艾语文？

那还有错？就那三个字。对方像是也正拿着会序册。

还有个问题，董数学说，你父亲教语文？

莫非，你父亲教数学？

话说到这，两个人一下沉默了。似乎应该开心地笑一下，如此巧妙的事，难道不该高兴吗？说点感慨话，理所当然，两个人却沉默了。

董数学说不好怎么会突然沉默下来。等觉出沉默太久，显出尴尬，他随口说，要不，咱们认识一下？

认识王玉以后，董数学再没主动去认识别的女人。他所接触的女人，都是工作中的。从没和别的女人单独接触过。等锁上房门，突然觉得不大对劲，所以没坐电梯。慢悠悠走在楼梯上，向楼下艾语文房间靠近时，董数学想象了一下对方的长相衣着，以及性格等。听声音，应该是个开朗随和的女人。想象一下马上要见面的人，完全正常，董数学却感到莫名其妙。只说了几句话，就迫不及待见人家，搞什么嘛。董数学似乎一肚子不情愿，可还是走到了艾语文的房门前。房门开着，没看到屋里有人。像完成任务一样，董数学想转身离开，结果艾语文从卫生间里出来了。

竟然是个高个子女人。在董数学想来，对方应该小巧玲珑，声音那么温柔。事实呢，艾语文穿着一双淡绿色拖鞋，却也比他高一些，看她，需要稍微仰一点儿头；绝不会高过三厘米，却让人感觉到了一种压力。董数学笑着说，没想到，这么高。艾语文愣一下，转而也笑，你这是在夸我吗？高有什么用？在别人心里高大，那才好。董数学想，她是说，在她心里，我形象高大？

好像就是艾语文的那么一句话，董数学心里一下热乎起来，冷感一下消失了。其实呢，已经是夏天了。

2

那是个噩梦般的秋天。许多年回想起来，艾语文总有一种梦游般的感觉。后来她看到一句话，爱有多销魂就有多伤人，她想，没有所谓销魂时刻，同样伤人不浅。尽管和对方同桌时间不长，才一个来月，对方似乎也从没正眼看过自己，而坐在他的身边，心却总是怦怦地跳。

噩梦起始于一只男生的手。

那只男生的手，艾语文怎么也无法忘掉。

其实那只手一点儿不像男生的，一般女生的手都没有那么细腻，而且挺白。当时总想看那双手，又怎么可能专心听讲？当然不能直勾勾地看。他的右手有时放在桌面上，一支黑色钢笔在指间飞快地转动着，让人眼晕，可还是忍不住想看。不知道他怎么会有那种技术，能让钢笔像粘在手上一样在指间旋转，没见他练习过，天生的，还是小学时练的？仔细看那支钢笔如何在指间旋转，然后回家练习，可是，钢笔总掉，连一圈都转不上。当时艾语文很想练会，那样，当自己右手上也有一支钢笔飞快地旋转起来时，他会刮目相看的吧？艾语文本着这种想法开始练习，却总练不出个样来。想过请教他，让他教一下，但就像请教他代数题一样，他一定会不屑一顾的。与她有关的任何事情，他好像都不屑一顾。只能看着他的手指灵活地转动着，黑色钢笔在指间飞快或不紧不慢地旋转。好多时候都是用眼睛的余光看，这样好像比直视还分散注意力，学习怎么可能好呢？

那天是政治课。政治课原本在上午，串到下午，下午的自习也就成了政治课。政治老师是个接近五十岁的女人，能够看出，她年轻时应该是个相当漂亮的女人。字也好，板书娟秀，仅仅几个标题，外加几个关键词。她双手按在讲桌上，正讲得很像那么回事时，靠窗倒数第二排的方向，突然响起一个男生的声音：

你干什么?!

男生声带还没完全变声，稚气中带着沙哑，但一下就淹没了政治老师的声音，全班五十一名同学目光一下都投向了靠窗倒数第二排的方向。前排同学得转身回望，最前排的甚至站起身来。艾语文就这样晾在了众目睽睽之下。

艾语文长大以后，总是下意识地去看男人们的手。男人的手，有的短而粗糙，有的细腻绵长，其中不乏赏心悦目的，但在艾语文看来，似乎没有一双手可以与她刚上初中时触过的那只手相比。其实，她只是右手四根手指碰到了那只手，拇指根本没触到，而且在那只手上仅仅是蜻蜓点水，都没感觉到温度，手的主人就一下抽开了，同时叫起来。她的手僵硬地停在半空，呈握的形状。目光都聚到她脸上时，她的手才慢慢动一下，再动一下，然后放到自己腿上，紧紧攥住。她的手细长，可以感觉到，手心里全是汗。有些搞不懂，前排男生女生上课时时常拉手，什么事没有，自己下了很大决心，而且仅此一次，怎么就弄成这样？等明白过来是怎么回事时，却不得不离开这所学校的这个班级了，尽管心里多少还有着那么一丝的不舍。

3

从艾语文房间出来，董数学回到房间洗澡。卫生间里备有洗发液，可他还是从包里拿出了一个大瓶装的洗发水。

从家里出来时，董数学就发现了装在旅行包里的这个大瓶子。里面淡绿色的液体已经用了一段时间，对于那种洗发水的味道，他一清二楚。他很喜欢王玉头发上这种洗发水的味道。洗澡之后，王玉也喜欢趴他头上闻，她说，真好闻。这和董数学闻王玉头发上的味道感觉完全一样。董数学一直以为王玉从心里喜欢自己头发上的味道。王玉也的确闻得很认真，甚至吸着鼻子闻。吸鼻子时，她脸上有着一层笑。像是就为能让王玉闻到那种洗发水的味道，董数学每天晚上不洗澡也要洗头，洗过后，不等擦干就会跑到王玉身前，我洗头了，你闻闻。王玉就会凑上来，吸着鼻子闻，然后说，真好闻，还是那个味儿。王玉总是笑着说这番话的。

那一大瓶洗发水一直放在卫生间水龙头旁边，用起来很方便。董数学想好了，等用完，再去买一瓶，他觉得，王玉尤其喜欢这种洗发水的味道。

可是，出门带这样一个大瓶子，沉不说，也用不着啊，而要是溢出来，包里的衣服可就遭殃了。董数学跟王玉商量说，你看，这个留家里好不好，你得洗头啊。王玉问，那你不洗吗？董数学说，我可以买袋装的，再说宾馆里有洗发水。王玉说，和这一个味儿吗？董数学说，那倒不一定。王玉从董数学手里拿过瓶子说，那不行，我就喜欢这个味儿。王玉把瓶子塞回包里，一副不容置疑的样子。

现在，董数学从瓶子里压出洗发水，抹到头上，轻轻揉着，熟悉的味道很快弥漫开来。揉着揉着，手就慢下来了，停一下，泡沫没完全冲净，董数学就从卫生间里跑出来了。

董数学浑身是水,举着手机问王玉,你干吗呢?王玉在那头说,看电视呢。不是刚打过电话吗,怎么又打回来?董数学听到了电视声。他知道,王玉看电视,总是身板直挺挺地坐在沙发上。董数学说,想你了呗,怕你忘记吃晚饭。王玉说,饺子在锅里热着呢,热好了就吃。临来之前,董数学包了一堆饺子,煮好后放在冰箱里。王玉尤其喜欢吃饺子。董数学提醒王玉,别忘记关火。王玉说,忘不了,往左边扭是开,往右边扭是关,对吧?这是临出家门时,反复叮嘱过的。董数学夸奖说,你真聪明。王玉反倒关心起董数学,你是不是也该吃饭了?王玉说话如此正常,带着关心,董数学当然高兴,是啊,我洗完澡就吃饭。王玉说,你可得用咱家的那瓶洗发水洗头。董数学笑着答应,我知道,用的就是咱家的。王玉说,你洗完我得闻闻。隔着三四百公里呢,怎么闻?董数学说,后天晚上再闻吧,让你好好闻。王玉不干,我现在就想闻,很想。董数学说,那你去屋里,趴枕头上闻吧,很好闻的。王玉很听话,欢快地答应一声,然后听到她走在地板上的声音。过了一会儿,王玉说,好闻,真好闻。董数学笑,跟头发上的味道一样吧?王玉很开心,真跟你头发上的一模一样。董数学说,闻闻就行了,快去看下饺子热好没有。又是走在地板上的声音。董数学想象着王玉穿着紫色短衫走在地板上的样子。临走时,王玉就是穿着那样一件紫色的短衫。王玉像是已经走进厨房,说,冒热气了。董数学隐约听到锅里冒出热气的哧哧声,于是说,把煤气关了吧。王玉说,是往右边扭对吧?董数学说,是往右边扭,扭不动就行了。只听咔一声,王玉像是把火关了。王玉说,好了,扭不动了。董数学放下心来,你先歇一会儿,等锅凉一凉再往外拿饺子。董数学怕王玉被烫着。王玉说,好,我等一会儿。董数学说,你吃好了,把小碟筷子放水池里就行,我回去洗。王玉像是在往客厅里走,我会洗的。董数学说,我知道你能洗,但是别洗了,等我回去洗就行。王玉说,天热,不洗不行。董数学说,你听我的,把碟和筷子用水泡上就行。记着,一定要用橱柜里的干净碗筷。王玉说,我洗过,不就干净了吗?我就用你买的那双筷子。董数学想,看来王玉是认准那双筷子了。每年春节前,董数学都会不经意间,在街边随手买一匝新筷子,旧筷子自然淘汰。去年要扔掉旧筷子时，王玉说什么不让，于是给她留下一双。董数学说，那好吧，你把筷子在水龙头下好好冲冲就行。王玉说，不用洗涤精吗？董数学说，不用，你冲好后，放饭桌上，吃饭时用就行。

董数学正指挥王玉把饺子从锅里往外拿，床头柜上的电话响起来。等董数学和王玉说完话，接起房间电话，电话已经响过三遍了。

艾语文笑着说，怎么才接电话？

董数学说，洗澡呢。

艾语文说，我寻思就这么回事。我同学请我吃饭，你陪我去吧，我一个人真是不爱动。

董数学说，不好吧，你们同学见面……

艾语文说，我已经和他们说了，你叫数学，他们都好奇，你不去，我这脸可往哪放？要我亲自上楼请你吗？

是这样，董数学说，我还没洗完澡呢。

就为这啊？艾语文笑起来，那我等你，半小时够用了吧？

吃完饭，艾语文和董数学打车回酒店。坐在出租车里，两个人谁也不说话，像是都在回味刚才的饭局。酒桌上，艾语文的两个同学对董数学一直热情有加。艾语文坐在对面，一直比较沉静，和同学说话总是点到为止。同学说她在学校时很另类，从不拿正眼看男生，更没和哪个男生走近过，男生们对她一直挺好奇。然后问艾语文，不知你家先生用什么打动你的？艾语文笑，别再好奇了，喝酒吧。艾语文端起酒杯。董数学去卫生间给王玉打过电话，知道她已经躺下，走回到包房门口，听艾语文在里面说，你们别瞎想，我四个小时前才认识他。这话董数学没往心里去，酒桌上那种玩笑话又不是没听过。他想的是王玉。王玉又要闻他头发上的味道。董数学后悔没把洗发水留在家里，只好再次让王玉闻枕头。枕头上的味道当然没有头发上的浓，她的鼻子很快也会麻木，当她闻不到那种味道时，还能躺住吗？董数学一直在想这件事，坐在出租车里，望着车窗外，还在想。艾语文从另一侧望着车窗外的夜景。表面看，两个人都很沉静。

等电梯的时候，艾语文问董数学，你是哪毕业的？董数学说，复旦。我们不会是校友吧？艾语文说，哪有那么巧的事？初中和高中呢，在哪上的？两个人就中学生活进行了简短交谈。临出电梯，艾语文才对董数学说，我们的确是校友。董数学莫明其妙，只能眼看着电梯门在他面前轻轻关上。

4

　　第二天晚上，董数学再次来到艾语文房间时，艾语文已经把咖啡冲好了。
　　董数学是坐电梯下来的，他想不好，这么短的时间，艾语文怎么就能让咖啡飘出香气？一进屋就闻到了咖啡香。她打电话前，已经把咖啡冲好了？可要是找不到我，谁来喝呢？董数学突然想，不会是给别人冲的，人家没来，才想到我吧？闻味道，不是市面上常见的雀巢速融之类。她总带着不同凡响的咖啡出门吗？董数学问艾语文，出门还带咖啡杯？艾语文笑着，坐到另一侧的椅子上。她穿着件白色带碎花的短裙，应该是家里穿的衣服，脚上是昨天见她时穿的那双淡绿色拖鞋，应该是自带的，托鞋前端露着脚趾，脚指甲涂着亮闪闪的东西，没穿丝袜，两条长腿很洁净，闪着柔和的白光；头发刚洗过，飘着洗发水的味道。董数学不露声色地吸下鼻子，咖啡，洗发水，以及沐浴液的味道混在一起，根本辨不清洗发水的确切味道，但可以肯定，和自己所用的洗发水绝不是同一种香型。就像王玉总爱闻他头发上洗发水的味道一样，董数学瞬间也想近距离闻一下艾语文头发上的香味，但是很显然，这是不可能的。
　　不但有咖啡和咖啡杯，以及方糖，连小匙也有。小匙是白钢的，把挺长，跟白瓷杯子很配。艾语文用小匙搅动着咖啡，很认真的样子。搅动一会儿，用小匙喂自己一小口，艾语文笑着说，不错，没想到味道这么好，你尝尝。董数学尝咖啡时，艾语文说，不知怎么搞的，今晚特别想喝咖啡，想得不行，晚饭都没去吃，直接去了超市。还好，喝咖啡的东西都有。要不是家里有，我都想买磨咖啡的工具了。好在人家给磨，我买咖啡豆，他们现磨的。挺有成就感，味道真不错呢。

艾语文笑的时候，董数学发现，她的嘴稍微大了那么一点点儿，也正因为大了那么一点点儿，所以看上去，挺性感。董数学想到了性感这个词。

知道晚饭时为什么没看到艾语文以后，董数学心里踏实一些。晚饭时他找过艾语文，用目光，当没看到她时，心里有些怅然，以为她已经走了呢。会议其实已经结束，明天是会议组织者安排旅游，有的人就离开了。没看到她，董数学也想走了，总觉得融入不了身边的环境。即使在酒桌上，也融入不了氛围，总走神。董数学一点儿没想到，正当他在电脑上查列车时刻，准备连夜离开时，艾语文竟打来电话，请喝咖啡，而且是在她房间里。

董数学问艾语文，你晚饭一直没吃？

艾语文嗯一声。

董数学表示关切，能行吗？

艾语文握一下手说，觉不出饿。

董数学说，一夜呢。饿着肚子，会睡不踏实的。

像是为让董数学放心，艾语文说，我买了蛋黄派，饿时会吃一点儿。你要不要来一个？

董数学向来不喜欢甜腻的东西，他说，我吃晚饭了。

艾语文这时说出了最想问的话，吃得好吗？

董数学当然吃得不好，事实上，他几乎什么没吃，只喝了几口酒就回房间了。

董数学提议，要不，咱们出去吃点儿东西？

艾语文笑一下，看来你没吃好。我现在一点儿不爱动，就想这么坐着，喝点儿咖啡，说说话。你很饿吧？

董数学说，和你的状态差不多。

两个人一下陷入沉默。沉默中，董数学想的是艾语文去买咖啡时的情景。她一个人穿行在货架中间，站到摆着杯子的货架前，一眼看到白瓷咖啡杯，伸手拿下一只，打量着。拿着一只杯走出几步，慢慢停下，回身看货架。货架上还有几只白瓷杯。她怀里捧着两只白瓷咖啡杯，伸手捏起一枚咖啡豆，拿到眼前看。当把喝咖啡的东西置办齐，结完账，走出超市时，她脸上带着喜悦的笑容吧？对于一起喝咖啡，她是满怀憧憬的吧？董数学能够想到的就这些。他无法想到，在他想着艾语文去超市的过程中，对方却在想他吃饭时的情景。艾语文想象着，董数学坐在一群人中间，一个桌子一个桌子地寻找，有时，他得转过身，才能看到另外的桌子。当然，哪个桌子上也没有叫艾语文的女人。他有些坐不太住了。每次吃饭，艾语文偷偷打量他时，时常能看到他也在偷偷看自己。会场上也一样。

董数学慢慢伸出手。

艾语文看董数学端起咖啡杯的手。他不是捏杯把，而是用左手握住杯身。的确是左手，这样，他的整个左手就呈现在了艾语文的眼前。他的手不太像男人的手，有些趋于女性化。今年显然没太经历阳光，手上没有阳光留下的颜色。艾语文冷丁冒出一句，唉，我给你看手相吧，我刚学会看手相。董数学放下杯，手转眼已经在膝盖上。董数学问，看哪方面呢？艾语文说，当然是事业感情财运了。董数学禁不住地笑，一般都是男人给女人看吧。那你会看吗？艾语文似乎要伸出自己的手了。令人失望的是，董数学说，我不会。你不用给我看，事业方面，昨天下午不是谈过了吗？情感家庭嘛，我爱人是列车员，现在在家休养，儿子秋天上初中，父亲教了一辈子代数几何，已经退休，这就是我家情况。

艾语文看一眼那只放在膝盖上的手，恋恋不舍地收回目光，我是不是也得把我的情况说一下？

董数学直了直身子，我要是说，不想了解，你不会介意吧？

那当然，艾语文说。

董数学有些尴尬，其实我明白，你想了解我的一些情况，你问吧。

艾语文端起咖啡，喝了一口，不问了，不是说过了吗？

好奇心没了？

艾语文马上又转了回来，怎么会没有呢？

董数学笑着等艾语文提问，艾语文放下杯，把手伸到面前，仔细看了看。艾语文的动作像是下意识的。董数学也跟着看那只女人的手。她的手很漂亮，细长而富有肉感。很想赞扬一下，从心里想说赞赏话，可是不知怎么，却说不出来。只能看着艾语文抬手抚了一下头发。她的头发其实纹丝不乱。富有肉感的长手从头上落下来后，艾语文说，我对心理学有些研究，刚刚参加了心理医师考试，你对这个，有兴趣吗？

董数学说，你说的是真的？我一直想和谁探讨这个问题呢。

艾语文笑，不会吧？你怎么会对这个问题感兴趣？

是这样，董数学说，我认识一个人，她精神上出了问题，我一直希望能帮她好起来，你有办法吗？

艾语文说，原来这样啊，不知什么原因引起的，现在什么状态？

董数学想一下说，原因嘛，是因为遭到抢劫。当时她怀里抱着孩子，所以对方要什么，她就给什么。对方从她肩上抢下背包时，她怀里的孩子差点摔地上，她惊叫一声接住。对方看到了她手上的戒指，就让她撸下来。她当然不肯，那是她爱人送她的定情物，结果，对方把她的手指掰断，还是把戒指抢走了。

艾语文有些惊讶，怎么会有这种事？那是个女人？

董数学点了下头。

艾语文盯住董数学，你和她，关系很密切？

董数学把目光从艾语文脸上挪开，她是我儿子的母亲。

5

两个人正要详谈，艾语文同房间的女人回来了。那是个花枝招展的女人，会场上，尤其吃饭时，她就如同一只花蝴蝶，四处招摇，董数学觉得，他还从没碰到过如此令人讨厌的女人，她招摇着一出现，董数学只能立刻消失。

尽管很晚了，董数学还是给家里打了电话。王玉告诉说，她已经躺下了。

董数学似乎刚睡着,房间电话就响了。艾语文说,我这就回去,你要不要一起走?我开车来的。

出了城,他们在路边一家饭店吃早餐。两个人都很饿,所以没要粥之类,而是点了香叶羊排和丝瓜炒鸡蛋,另外每人一碗羊汤。

吃得差不多的时候,艾语文问,现在她什么状态?董数学想,昨晚一宿,她都在想这个问题?

董数学说,时好时坏。好的时候,和正常人没啥两样,做饭洗衣服,打扫卫生,样样行。不好的时候就得时时看着她,怕出意外。

艾语文放下汤匙,狂躁还是抑郁?

董数学说,诊断是抑郁,爱往家里捡破烂。什么都往家捡,死人撒的纸钱都会当宝贝揣兜里。楼道里塞满她的破烂,惹邻居们很不高兴。隔一段时间,就得从家里往外扔很多垃圾,当然是在她好的情况下。

艾语文很关切,住院治疗过吗?

董数学说,住过院,可是没有效果。不忍心让她在那种环境下,所以一直在家里休养。

艾语文盯着董数学,你一定很心痛,很难过。

董数学夹起一块羊排说,味道不错,你再来一块吧。董数学把羊排放到艾语文面前的碟子里。不等他把手缩回来,艾语文已经迅速将自己的右手覆盖在了他的手上。董数学感到惊讶。他感觉到,艾语文的手很凉,手心里汗津津的,而且,她是用了一些力量的。至于她心里的感受,董数学来不及想,只是觉得,她出手真够快的。他拿着筷子停在那,停一下,才缩回手。艾语文的手明显有些不舍。董数学笑着说,我已经接受现实了,日子没有开始时那么难过,相信会越来越好的。快吃吧,羊排凉了不好吃。董数学再次夹起一块羊排,这次动作很快,像是怕再被艾语文抓住手。

在艾语文吃羊排时,董数学又给家里打电话,几何或者代数老师说,家里一切正常。原本没想劳动父亲。父亲和儿子住在一起,照顾儿子的生活学习,已经够辛苦了。可又有什么办法?王玉父母身体都不好，他们能照顾自己，不用王玉和自己关照，已经很不错了。

董数学把手机放到桌面上，端起汤碗喝汤。艾语文看看董数学的手机，把自己的手机从包里拿出来，放到他的手机旁边。董数学喝完汤，看着桌面上的两部手机，惊奇地说，怎么，一样的？艾语文笑，你看，哪部是你的？

两部手机一模一样，新旧也差不多。董数学问，你什么时候买的？艾语文稍想一下说，一个月前，应该是上个月7号。

董数学说，真的吗？我也是上个月7号买的。原来那部落出租车上了。

艾语文忍不住笑出声来，真够怪异的，我也是把手机丢出租车上了。那天晚上我出去吃饭，要喝酒，所以没开车。回家时接个电话，正好到地方了，我从包里拿钱付车费，就把手机放座位上了，直到第二天要打电话才发现手机没了。

董数学也笑，和我一样，我也是付车费把手机放后排座上，然后下车走人了。

艾语文眼睛都笑没了，这下我心里平衡了，还以为就我那么不幸呢。对了，你丢的那部手机是什么牌子？

这个不用想，董数学说，诺基亚6300。

艾语文叫了一声，天啊。

董数学看着艾语文，不会吧，你丢的也是诺基亚6300？

问过这句话，董数学一下沉默了。许多事情，看起来都像命中注定。十六年前的春天，董数学一个人乘坐一列夜车去婺源，一觉醒来，车窗外面已经露出曙光，就在他为即将到达目的地而兴奋时，猛然发现，原本斜背在身上的包不见了。里面的衣服丢掉没关系，大不了脏兮兮地回学校，而钱没了，别说游婺源，返程都成问题。董数学慌里慌张找到列车员王玉，问她，你捡到一个包没有？王玉问了一下情况，然后拉着董数学往列车尾部走，在倒数最后一节车厢的连接处，一个衣着光鲜的小青年在吸烟，王玉一点儿没客气，你把我同学的包弄哪去了？小青年龇牙笑，什么包，他包没了跟我有什么关系？王玉说，就你，还跟我来这套？自己主动点儿，还是我把乘警叫来？

小青年软下来，姐姐，至于吗，不就一个包吗？小青年用下巴指了一下旁边地上一个黑色垃圾袋。包的确在垃圾袋里，衣服也在，只是钱没了。王玉问，钱呢？小青年拍拍后裤兜，放心吧，等我下车时会给你的，我得保证安全。列车咣当咣当进站后，小青年从后裤兜里摸出钱递到王玉手上，快开门吧，今天真倒霉。王玉笑着说，你这种人就该倒霉，你不倒霉那得有多少好人倒霉？王玉没给开门，那小子乱七八糟一堆事，听说后来被判了八年半。董数学原本可以留校，结果却回来和王玉结婚了。这不是命又是什么？至于面前这个女人，与她同时间，以相同的方式丢掉一样的手机，再同一天买下同一款的，这种概率原本小得可怜，却是现实，这里面到底有着怎样的玄机呢？

董数学当然不知道，艾语文其实也可以留在北京那样的大城市，而她同样选择了回到这个中等城市。

艾语文突然问，你是说，她是被那小子害的？

董数学伸手拿起其中一部手机，我也怀疑。每次她半夜坐车回来，我都去接她，没出过任何闪失。那天下午，她休息，抱着孩子去她母亲家，大白天的，结果在楼道里遭到抢劫，怎么想，都觉得蹊跷。

艾语文抓起另一部手机，看一眼，不对，这部才是你的。

两个人笑着换过手机。

艾语文说，我 2155 那个号有时会不开机，5432 会二十四小时为你开着。艾语文接着要求董数学，我们一方的手机丢失或坏掉，换新手机时，必须告诉对方换了什么手机，对方有权把自己的手机换成同一款的；无论何时，换手机号都要第一时间告诉对方，好吗？这是一种约定吗？董数学觉得，艾语文想事情真够缜密的，显然是个对周围事物异常敏感的女人。

6

艾语文一直把董数学送到小区楼下，接着，通过电子邮件发来了董数学在会上发言的照片。顺便还发了她自己发言时的照片。她的解释是，一位朋友照的，你看看，是不是很像那么回事？董数学回想一下她的发言，逻辑性很强，观点与他人无雷同，重要的是那种自信和落落大方，正因为听了她的发言，他才能第二天晚上再次走进她的房间。董数学想，艾语文的确与众不同。

半个月后，董数学才再次见到艾语文。

那些天，王玉情况非常不好。其实从董数学开完会回到家，王玉就一天不如一天。董数学洗完澡，擦着头发走进卧室，王玉躺在床上，在摆弄一只小熊。董数学说，我洗头发了，你不闻闻？董数学想，王玉应该很想闻他头发上的味道，外出开会，她不是一直嚷着要闻吗？王玉不但没抬头，而且对小熊说，不闻，他身上有别的味儿。王玉是对小熊说的，董数学却心虚起来，身上真有什么味吗？就是真有艾语文车上的味道，或者染上艾语文的味道，比如她所用化妆品的味道，现在洗过澡，也应该没有了吧？董数学靠近王玉，哪有什么别的味，就是咱家洗发水的味道嘛。董数学要握王玉的手，王玉躲开，骗人，你嘴里有味儿。董数学张嘴吐出一口气，没觉出什么特别味道。董数学说，我刚刷过牙，哪有味啊，你是说牙膏味儿？王玉抱着小熊起身，咱不理他，他不是咱们一伙的。王玉抱着小熊跳下床，去客厅了。董数学想半天，也不知道王玉为什么说自己身上有别的味，又到底是别的什么味呢？

这天上午，董数学陪王玉到小区花园，他坐在椅子上看书，王玉在身边叠纸。等他再看王玉时，王玉站在小道上，手上拿个什么东西，正对着太阳看，嘴里发出咯咯的笑声。她手上的东西在阳光里闪着光。董数学怀着疑问上前，没想到，王玉手上竟是一颗牙，应该是颗假牙。前几天，小区里死了一个老太太，董数学一下想到那个坐在轮椅上，经常被推着在小区里转的老妇人，心里一阵恶心，该不是那个老妇人的遗物吧？不知怎么，董数学竟把假牙和那个老妇人联系到一起了。他很清楚，根本没有可能性。可董数学却一下紧张起来。他伸手想从王玉手上拿下假牙扔掉，王玉像早有准备，一扭身，竟然把假牙一下塞进了嘴里。董数学的胃跟着翻滚起来，他皱着眉，哄王玉说，快吐出来，吃脏东西肚子会痛的。王玉一扭身，挣开董数学的手，向楼门跑去。

王玉跑进了楼道里，董数学却被一个女人拦住了。

艾语文问，你追她干吗？

董数学把手上的书合上说，她捡了一颗假牙。

你说假牙？艾语文不相信，怎么会有假牙呢？

不知道。一眨眼的工夫，她手上就多了那种东西。董数学的确没注意王玉手上的假牙是怎么来的。看到艾语文手上的果篮，董数学说，你忙吧，我上楼了。

艾语文从身后拉住董数学的衣服，你不欢迎？

董数学回身看艾语文，你，不是来看什么人吗？

艾语文把果篮塞到董数学手里，快步走进楼门。

董数学走到自己家门前时，发现艾语文已经蹲在了王玉身前。艾语文从中指上撸下白金戒指，用手指捏着举到王玉眼前，这个，你喜欢吗？咱俩换好不好？我用这个换你手里的东西。王玉被眼前光闪闪的东西吸引住，伸手上来拿。艾语文躲一下，你得把手里的东西给我。王玉没给艾语文，而是手一松，假牙一下掉在地上。假牙落到地上，轻响一声，向董数学脚边弹过来。董数学看一眼停在脚前的假牙，伸脚踩上去，脚底响起东西被碾磨的声音。

进屋后，艾语文打量一下，和一般家庭似乎没有什么两样。坐到沙发上，艾语文从背包里拿出一沓 A4 纸，交到董数学手上。艾语文说，这是我做的康复计划，希望对你们有帮助。

董数学看王玉，王玉在摆弄艾语文带来的水果。

接下来，艾语文问了一些王玉的情况，比如她曾跑过哪趟车，是在什么地方遭抢劫，怎么被掰断手指的，诸如此类。听了董数学的介绍，艾语文说，看来我的分析是对的，康复计划可行，按我说的进行，应该会有效果。

艾语文在董数学家里待的时间并不长。要离开时，戒指依然套在王玉右手食指上。右手无名指僵硬地伸着，似乎只能套到食指上。

董数学上前劝，让王玉把戒指还给艾语文。王玉往后缩着身子，退到艾语文身后。艾语文挡住董数学，算了，给她吧，算我送她的礼物。董数学看艾语文，心想，你凭什么如此慷慨呢？

7

　　政治课风波之后，艾语文与这条一百多公里长的铁路线结下了缘。当然，在乘坐这条铁路上的火车之前，她还不叫艾语文。艾语文是在踏上这条铁路上的火车后，向父亲提出改名的。因为那个男生的名字，她早就想改名，只不过是想改叫李语文而已。教语文的李老师说，既然改名，那干脆随你母亲姓，叫艾语文吧。

　　当时她坐的是这条铁路上的通勤车，车厢里总是拥挤不堪，异常吵闹。艾语文挤在人群中间，没有座位就站着背英语单词，甚至一边看人因为抢座位打架一边背单词；有座位时，她就一边背单词一边练习在手上转动铅笔。开始时，只能练习转动铅笔，铅笔不值钱，掉地上也无妨。每个周六晚上，从学校回家，每个周一凌晨，从家去学校，艾语文都是在背单词和转动铅笔或钢笔中度过的。她当时的想法是，不但要把学习成绩搞上去，而且要把转动钢笔也练习好。那个男生不就是学习好，而且会在手上转动钢笔吗？他甚至在联欢会上表演手上转动钢笔的绝技呢。要在这两方面都赶上或超过他。艾语文当时决心很大。当她以优异成绩考上重点高中，又以优异成绩考取北大时，那列火车才从她的生活中消失。但是，她却永远无法忘记那一百多公里长的铁路线，沿途有多少车站，从家到学校，从学校到家，站点她一清二楚。之所以舍近求远，没更多地关注王玉，与她和这条铁路曾经很亲近有着直接关系。

　　但艾语文并没坐通勤慢车，而是坐王玉曾经工作过的快车。这趟快车一站就到她曾经读中学的那个县级市。下车后，艾语文并不住店，而是直接进售票室，买返程票。有关那个男人的模样，已经熟记于心。艾语文是通过关系，从王玉被抢遭伤害的立案派出所拿到的模拟画像。既然是模拟画像，与本人是否相像，或者说与本人有多大差距,很难说,但艾语文相信,以她掌握一定心理学的角度看,那个人一旦出现,应该能够感觉出来。她已经把那个人的神态,以及几年后身体的变化分析过了,觉得还算有把握。火车上,她会从头至尾走一遍,卧铺车厢有时能混进去,比如说进去找人,有时混不进去也没办法。到了候车室也一样,一个个男人看过之后,她就坐在或站到门口,观察每个接近四十岁从她眼前掠过的男人面孔。有时候很累,困得不行,干脆什么不想,随便蜷缩在一个地方,任凭自己睡过去。有一次,她甚至错过了返程列车。返程列车凌晨三点半从那个县级市开车,正是最困的时候。

  每个周末,艾语文都往返坐那趟快车两次。

  那天晚上,天阴得很厉害,走下火车,站台上,迎面走来的男人面孔模糊,在与他错身的刹那,艾语文闻到了他身上的气味。可以断定,不是香水味,应该是香皂或洗发水的味道,而且,像是在哪闻过。到底在哪闻到过呢?艾语文一下想起来,那是和董数学身上一模一样的气味。他怎么会有和董数学头发上一模一样的味道呢?回身看那个男人,他正在上车。列车快要开车时,艾语文才登上了那趟她刚走下来的火车。那个衣着鲜亮的男人只坐了一会儿就开始行动了,两站之后,他走下火车,换车后,一直坐回艾语文所居住的城市。艾语文一直目送他走进居民楼。

  艾语文是怀着复杂心情去见董数学的。

  那家咖啡馆离董数学家很近。董数学见到艾语文以后,认真地看她半天,然后问,你去乡下了?艾语文摸摸脸说,差不多吧。艾语文没要咖啡,而是要了两杯奶茶。董数学喝一口,甜兮兮的,就把杯子放下了。艾语文捧着杯喝掉一杯奶茶才开口说话。

  她怎么样了,好点儿没有?艾语文问。

  好多了。这段时间没见她往家捡废纸片之类。可以做饭,打扫卫生了。

  是吗?看来不错。艾语文似乎放心一些。

  艾语文从身后拿过背包,拿出一沓 A4 纸,放到董数学面前。艾语文说,这是第二阶段康复方案,这个方案实施后,她两个月没再犯病，再实施第三阶段的康复计划。

董数学其实根本没认真实施艾语文的康复计划，所以他没看那沓纸，而是伸出右手，盖住艾语文放在桌面的手上。

艾语文任凭董数学的手覆盖住自己的手，他的手是那么柔软，有着一定热度，让人感到踏实而舒服。可她不敢过多贪恋。艾语文笑着抽回手说，问个问题行吗？董数学看艾语文。艾语文说，就我的感觉，你很爱她，我的感觉正确吗？董数学未置可否。那么，她是不是你的初恋呢？我是说，在她之前，你喜欢过别人吗？董数学的声音很不自然，这个，没有。她之后呢，喜欢过别人吗？艾语文端起奶茶，举到嘴边。董数学的声音有些突兀，你问这些干吗？好奇，不可以吗？艾语文直视着董数学。那你怎么不说说自己呢？你也没问过我啊。那好，我问你，你喜欢的第一个男生是谁？是谁我就不说了吧，我可以告诉你，我初中时就知道喜欢男生了，怎么样，够早熟吧？艾语文的脸花一样绽开了。

董数学被艾语文逗乐了。董数学笑着说，开什么玩笑，初中你才多大？

艾语文不像在开玩笑，这跟年龄又有多大关系呢？而是跟是否成熟，特别是，是否已经性启蒙有关，这个，你不懂吗？

董数学说，算我不懂好了。

艾语文叹息一声，现在说这些又有何意义？

艾语文接着再次强调，年龄真的不是主要的。现在，就是此时，你觉得，你知道什么是男女间的感情吗？

董数学忍住没笑，你是说理论上的，还是现实生活中的？

艾语文一副认真的样子，哪个都行。

董数学笑了笑，在我看来，感情就是，一男一女想在一起。

艾语文皱眉，什么叫想在一起，做爱？

董数学的笑神经一下僵硬了，当然不仅仅是那个，离不开那个，但主要的，就是想在一起，想对对方好。

艾语文舒展开眉毛，那么，你想和我在一起吗？如果想和我在一起，那么，我们是男女间的感情吗？

董数学紧紧握住双手，和你在一起，我感到很舒服。但在一起并不一定是男女感情。我不喜欢暧昧。

艾语文灿烂地笑起来，我可是喜欢这个词，非常喜欢。暧昧去掉日就是爱未，就是躲在黑暗里见不得阳光，没有未来的爱，不感人吗？相爱又没有未来，不能长相守，多让人感动啊。还有，就是双方确定关系之前，因为不明朗，双方一直在猜测对方心理，跟捉迷藏似的，你不觉得，那是很美妙的一件事吗？

董数学被这个混乱的解释搞得有些混乱，跟不上艾语文的思路。董数学说，你到底想说什么？

艾语文可爱地笑起来，没想说什么啊。我看到你和她似乎很相爱，就想知道，你们是不是人们通常所说的爱情，是否像电影或小说中说的那样，真心相爱，永生相随，你们会吗？

这个问题似乎并不难回答，董数学却说，我拒绝回答这个问题。

艾语文笑，那好吧，不为难你。你说她是你的初恋，那么，有没有人先于她爱过你呢？

董数学一下想到了课桌下面的字。

那些字是用白粉笔写的。开始没意识到课桌下面有字。第一堂课下课，发现蓝裤子上有白色粉笔末，以为是在哪蹭的，拍掉后也就算了。第二堂课下课，发现裤子上又沾满粉笔末，拍掉后，在操场上转了一会儿，回到教室准备上第三节课时，董数学脑袋转了转，钻到课桌下边，扭着脖子看课桌底部。

那是董数学平生第一次收到情书，尽管没有多少字，而且不是写在纸上。联想一下，他马上知道那天早晨，教室的窗玻璃为什么会碎了。这件事，即使王玉，他也从没和她说起过。

艾语文看着沉思中的董数学，你是不是想到了什么？董数学摇头。艾语文说，不好意思说？我可是多糗的事都和你说了呢。

艾语文叹息一声，我始终相信爱情这回事。在我看来，所谓爱情，不光是想和对方在一起，而且愿为对方做一切事情。比如对方说，我想吃人心，你不能去挖别人的心吧，只好将自己的心掏出来，双手捧着，说，拿去吧。只有彼此将心掏出来，放到对方手上，我想，那才是爱情；埋藏在心底的，只能是单相思。

董数学再次被艾语文绕糊涂了，别绕弯子，想说什么，不用论点论据，直接说结论吧。

艾语文双手握在一起，稍微往后退了一步，那好吧。可以看出，你对她很痴情，这么多年一直对她全心照顾，不离不弃，即使有人爱你，你也爱对方，却还是不肯松动一下灵魂，那么，她对你呢，和你对她一样吗？

董数学说，那当然。

艾语文感到，自己原本的想法正在松动，你从没怀疑过她吗？比如，她和经常坐火车的某个旅客，或者混在火车上的人，你没怀疑过？

她不是那种人。董数学态度坚决。

艾语文的初衷摇摇欲坠。她侧脸望向窗外，闭上眼睛，睁开后，她说，现在，她是不是在家？你给她打个电话吧，看她会说什么？

董数学疑惑地坐在那。

艾语文看着窗外，真不希望这种时候任何人来配合自己。她已经无法控制自己，已经不知道自己在做什么，在说什么了。艾语文说，怎么，不敢打吗？

有什么不敢打的？董数学从兜里掏出手机，拨王玉的电话。

艾语文说，她用的是天语209对吧？那天我去你家，见她挂在脖子上，没换吧？

王玉的手机一直打不通，始终是手机秘书的提示音。董数学解释说，她在家睡午觉呢，每天都这样，我也向来不在这个时候给她打电话。手机大概压到身下或枕头下被子里了。

艾语文感到浑身无力，我的手机，现在在包里，你打一下，看能不能打通？艾语文脸上掠过一层笑。笑容消失后，艾语文说，你，自己看吧。

8

董数学重新坐到艾语文对面时，脸上全是汗，肤色呈现出粉红色。八月的阳光很毒。艾语文把手上的纸巾递给他，他抹一下脸，伸手端起面前的奶茶，一饮而尽。

艾语文知道，董数学是找不到王玉的。当他急匆匆地跑出这个包间，穿过细长的过道，向左拐，再穿过一条过道，跑下楼梯，冲出这间冰点咖啡屋时，王玉从对面马路过来，已经走进旁边的电子门了。王玉每次来，那扇电子门事先都是开着的，她走进去以后，电子门就在她身后关上了，等董数学跑出去，那扇灰色的电子门会和从来没开过一样。董数学怎么也想不到，此刻，王玉就在他头顶的某个房间。

想到董数学刚才在楼下那副着急的样子，艾语文眼窝有些湿。董数学下楼后，艾语文站在窗前，一直看着他，看着他在楼下打转。阳光晒在他的身上，他就像热锅上的蚂蚁，根本没有方向。艾语文因为违背了初衷，后悔不已。

董数学坐了片刻，又去楼下转了一圈。再回来时，脸上似乎平静了一些。他问艾语文，到底怎么回事？

艾语文喝了一口已经凉透的奶茶，身上似乎有了些力气。艾语文说，细节。你只看到她僵硬的手指，看到她往家里捡垃圾，别的什么也没看到。

董数学说，她的手的确受过伤，我陪她拍片，打石膏，吃了不少中药。

艾语文说，问题并不在手上。

你是说，她精神上并不存在问题？

也许吧。或许，曾经受过刺激。

那就是说，已经好了？

艾语文摇头，你看她像有病的样子吗？

怎么这样，好了不是更好吗？

你会怀疑一个精神病人吗？

董数学看艾语文。

你会要求精神病妻子履行妻子义务吗？

董数学跟个病人似的窝进椅子里。

其实很简单。真正的精神病人，是不会把戒指戴上手指就完事的，她会不停地戴上取下，取下戴上，会试着套向每一根手指，戴不上也会拼命往上戴。而那天，她把戒指戴到食指上以后，就再没动过。据你讲，她是因为被抢了戒指受到刺激，当她再次看到戒指时，应该有不同寻常的反应，而她那天一点儿反应没有。

董数学抵挡一下，可能，她当时不那么严重。

知道你会这么说。那她更应该对戒指有所反应。恢复正常智力，面对一个曾让她受到刺激的物件，她会一点儿反应没有？

董数学坐直身子，那假牙呢？正常人，会把别人的假牙放进嘴里？

艾语文笑一下，从包里拿出一个包装袋，递给董数学。董数学看到里面的东西，皱紧眉头。艾语文说，别紧张，尝尝吧。董数学迟疑着拿出一颗牙齿形状的东西，看看，又看艾语文。艾语文伸手拿过他手上的假牙，放进嘴里，味道还不错，巧克力味的。

我是偶然发现这种东西的。艾语文说，那天从你家出来，心情很不好，车开得很慢。经过前面那所学校，我停车等学生过去，这时我看到几个学生在街边疯闹。一个男生拿颗假牙，往一个女生眼前一亮，女生吓得尖叫了一声。我看到那颗假牙都恶心。再看男生，他一缩手，竟然直接把假牙送进了嘴里。我坐在车上问那个男生，假牙在哪买的？他说超市里有。我去买了一袋，然后去你家门前，发现我手上的所谓假牙，跟你踩碎的完全是同一类东西。

董数学摸了摸脸，像在自言自语，我还是不明白。

艾语文非常伤感。实话跟你说吧，我根本谈不上懂心理学。给你制定的康复计划，是在网上搜的，我只是找了一个跟她病情差不多的病历而已。我曾经受到过刺激，需要心理辅导，所以对心理学比较感兴趣。对于心理学，我只能说，略知一二。

你可是说，你懂心理学的。董数学抬起头。

艾语文眼里有了泪光，我不说懂心理学，怎么接近你？这么解释，你满意吗？

9

下午的阳光晒在马路上，路面热气腾腾。看着董数学过马路，艾语文觉得他是那么孤单而可怜。

艾语文开车打一个小弯，回到那扇电子门前。从车里出来时，她手上拿着本子和笔。随便按了一家门铃，电子门就开了。艾语文一路吆喝着查水表，一家一家地向楼上挺进。终于，那个男人打开了六楼左侧的房门。

下面人家的水表都在卫生间里。艾语文进门后，直奔卫生间，男人跟在她身后。艾语文说，我用下你家卫生间，可以吧？艾语文关上门，手里拿着本子和笔，坐到马桶上。不难看出，刚刚有人冲过凉，地上的水还没全干。一条女人底裤晾在衣架上。望着那条湿漉漉的黑色女人底裤，艾语文真在人家方便了一下。

走出卫生间，艾语文对身后的男人说，能给点儿水喝吗？男人给她倒水时，艾语文推开了卧室的门。

王玉尖叫一声，一下坐起身，往身上拽拉着薄被。艾语文说，别害怕，有些问题我搞不太懂，所以特来讨教。

男人出现在身后，手上是一把弹簧刀。

艾语文说，我真的没有别的意思，别紧张。艾语文手上的笔在手上飞快地旋转起来。艾语文一边转动着手中的笔，一边对男人说，你会像我这样耍刀吗？

男人瞅瞅自己手上的刀，又看艾语文手上飞快转动的笔，不知道艾语文想干什么？

艾语文知道自己该做什么，她把本子随手扔到窗台上，手上转动着笔，踱到床前，坐到王玉身边。王玉紧张地往里躲了躲。艾语文说，你认识我吧？王玉点头。认识我你躲什么？艾语文伸手揭开被子，瞅一眼说，体型不错啊，董数学蛮有眼光的嘛。王玉将薄被拽盖到身上。艾语文笑着说，还知道害羞啊，真是搞不懂，这么漂亮的人，干吗装神弄鬼，不累吗？对了，你累了可以表现病好了一些，就能歇歇了，蛮聪明的嘛。

男人往前迈一步，你到底想干什么？

艾语文没看那把光闪闪的刀，而是看王玉，你说你缺不缺德啊，偷人也就算了，还要人家为你成天揪心，照顾你，脸红不脸红啊？对了，你这种人哪还有良心，又怎么会脸红呢？

男人在身前叫，你给我闭嘴！

艾语文瞅一眼男人，你有资格说话吗？一个大男人，不缺胳膊不少腿，干点什么不好，怎么专干见不得人的事呢？偷钱也就算了，还偷人老婆，你怎么就不偷颗良心呢？艾语文手中的笔再次飞快地转动起来。

男人的脸涨红了，一把撕开衣服。艾语文看到了一堆纵横交错的刀疤，腰间还有个类似方便袋的东西。看到那个类似方便袋的东西，艾语文愣了一下。看明白后，艾语文笑着说，我以为是炸药包呢，那是什么啊，钱包，还是装排泄物的？

男人把衣襟合上，你少废话，我活了今天没明天，别惹我！

艾语文手上的笔一下停住了。艾语文盯着男人，你在威胁我吗？你为一个女人可以不惜一切，我为一个男人，不可以吗？你以为女人做不到？手指一弹，笔帽飞走，屋里闪过一道亮光。那道光要比男人手上的刀耀眼锋利得多。王玉再次尖叫，锋利已经抵在了她的下巴上。你想让她叫得更惨吗？一团光在艾语文手上转动着，猛然停住，刀尖还是冲着王玉的咽喉。

男人转眼已经跪在了地上，艾语文觉得，像是先看到他跪到地上，然后才听到肉体与地板接触的声音。

你饶了我们吧。我们容易吗？她把我送进监狱，一待就是六年多。监狱是什么地方，你没看到我一身伤疤？你就是看在那个屎包上，也不应该为难我们。男人是瞅着地板说这番话的。

听到屎包二字，艾语文一阵恶心。艾语文皱着眉问王玉，你喜欢一身臭气的男人？王玉像是一下活过来，你拉完屎一身臭气吗？王玉半天没说话，猛然冒出一句，还真把艾语文震了一下。你不拉屎也是一身臭气！艾语文话没说完，王玉已经尖叫起来。王玉的下巴一下洇出血来。

男人一下跳起来，紧紧握着刀，你别碰她！

好啊，那你们说话能客气一点儿吗？艾语文脸上带着笑。

男人腿一软，又跪在了地上，求求你，可怜可怜我们吧。

王玉用枕巾捂住了下巴。

可以啊。那你们告诉我，你们是怎么混到一起的？艾语文话到嘴边，还是没用"鬼混"二字。

王玉一下想到了那个下午。她抱着孩子刚走进楼门，没等上楼，衣服就被人从后面拽住了。她回身，看到一个脏兮兮的光头男人，不由张大了嘴。之所以没叫，是怕吓着怀里的孩子。孩子已经睡着了。光头男人手里的刀让她动弹不得，只能看着他。他说的第一句话，王玉至今记得，他说，你还认得我吗？王玉仔细看他的时候，他说，认不出来了吧？我可认得你，六年多，我一刻也没忘记你。王玉认识到对方是谁以后，笑着说，出来就好，总比在里面强。你还知道比在里面强？强多少呢？对方一把撕开自己的上衣，王玉只看了一眼，就闭上了眼睛。露在肚皮外面的那截肠子，似乎还在流血。对方责问，你怎么不好好看看你的所赐？不忍心？对方将她的身子扭过来。王玉低着头，紧紧抱着孩子，那截带血的肠子实在令人恐怖恶心。王玉没看对方眼里的泪光，只听对方说，就因为你，我妈绝食活活饿死在炕上。她有什么罪？不就是辛苦一辈子，瘫在炕上不能动吗？你把我送进去，她就那么活活饿死了，被发现时，只剩一副骨架，这都拜你所赐！……

王玉看一眼跪在地上的男人，心里猛然一紧，眼泪刷一下下来了，她哽咽着，想说什么，结果被男人制止了。男人说，我们的事，不用你管！

艾语文笑了笑，那我能知道，她的手指是怎么断的吗？

艾语文做梦也想不到，出于悔恨愧疚，也是为保这个男人的命，王玉会掰断自己的手指，把手指上的戒指拿去换钱。甚至，为这个男人装疯卖傻。那是自己的手指，不是树枝。听着自己的手指咔嚓一声折断，那得需要多大勇气？顷刻间，悲伤笼罩住了艾语文。艾语文想到了二十一年前的初秋，被全班同学用目光灼伤后，她一个人躲到山上，趴在树底下哭。那天，天跟今天一样蓝，明晃晃的阳光下，四周一片蝉鸣声。自己的哭声那么大，还是盖不过蝉鸣。而那种悲伤能敌过一个女人掰断自己手指的悲楚吗？还要加上旁边一个男人的悲伤和一个刚会说话的孩子呢。那种悲楚，完全可以让一个女人真正疯掉。自己在那个下午，以及后来的很长一段时间，时常处于撕心裂肺，痛不欲生的状态，他们呢？艾语文握刀的手颤抖起来。好像不经意间，按了一下笔身，咔嚓一声，刀锋瞬间消失。艾语文慢慢站起身，向卧室外面走。

艾语文先是感到左边的肋骨猛地一颤，接着感觉左腹部冒出了一丝凉气，转眼有了热度，她没做任何反抗，只听到一个女人的声音，你不能这样！艾语文没回头，而是径直走出卧室，向着房门的方向挪过去。

10

董数学是在第三天傍晚，走进那所房子的。

房门钥匙早在两天前就送到他手上了。是个小伙子，他站在门口递上一张单子，让董数学签字。董数学问，什么东西，谁让送来的？小伙子说，你自己看吧。只是两把防盗门钥匙和一封信。信是为了说明钥匙在哪个具体地点才能用上。与钥匙无关的是最后一句话，艾语文说，没地方去的时候，你可以去那里清静一下。

董数学已经没地方可去。他不想待在家里，那种洗发水的味道一直飘散在屋子里，挥之不去，一直刺激着他，让他无法安静。他三番五次去街边那家冷饮咖啡屋，在和艾语文所坐的包间喝了不下十杯咖啡。在那间包房正对的窗子下面转了无数圈。他始终想不明白，明明看到王玉就在楼下的街道边，可跑出去，怎么竟连个人影都没看到，像是一下蒸发了。她能快到瞬间坐出租车走掉？给王玉的父母，以及所有可能知道她消息的人打电话，都说没看到她，董数学更加迷惑。王玉的手机一直无法接通。艾语文的手机倒能拨通，但始终没人接听。他很想从艾语文那里得到提示，他觉得艾语文应该知道王玉的下落。在他心里，艾语文已经不仅仅是一个专业精英，他已经全方位给予她肯定。董数学异常烦躁，去他妈的暧昧，我得为自己活。可是呢，艾语文始终不接电话，三天后，居然关机了。

　　董数学不知道，艾语文的手机一直在车里，三天后没电，自然也就自动关机。他曾在艾语文的车前车后转了好几圈，却就是没注意到，或者意识到，那辆银灰色的车是艾语文的，甚至，他连车牌都没看一下。

　　董数学摸半天，才把客厅的灯点亮。

　　董数学一下被震住了。迎面墙上全是照片。有彩色的，也有黑白的；有四寸的，也有被放大的。董数学慢慢上前，终于在一堆照片中看到了那张黑白照。他站在教室中间，手上是一支黑色钢笔，举在嘴前，张着嘴做自我陶醉状。他想起来，那是刚上初一开联欢会，自己先是给同学们表演手上转动钢笔，然后给大家唱齐秦的《大约在冬季》，那时候，这首歌刚开始流行。可以看到自己嘴角上刚刚冒出的胡须。他先是仔细看自己，然后才看到身后的女生。模糊的背景中，女生坐在他身后，猛然看上去是那么陌生。女生脸上荡着笑，双手举在胸前，似乎在拍手，或者时刻准备鼓掌？董数学一下想起来，那是初中时的第一个同桌。她叫什么来着？一时想不起来。但那天下午政治课的事，却一下冒出来，之后是课桌底下的粉笔字，也一下清晰起来。

　　董数学愣愣地看着墙上的照片。

　　他想不明白，她怎么会有自己的这么多照片？按年份排列，而且做了简短介绍。初中毕业合影，她能拿到，并没什么奇怪的。不久前在会上发言时的照片，她有理所当然。可自己小学、高中、大学的毕业合影呢，她从哪弄来的？那些照片，就是让自己一下说出放在家里什么地方，都说不上来，她又怎么搞到手的呢？大学毕业合影和自己戴着学士帽的照片，可是远在上海复旦拍的啊。更加奇怪的是，自己结婚时的一些场景照片，也都挂贴在墙上。除了自己，还有谁能把这样一些照片同时呈现？董数学慢慢后退几步，盯着墙上的照片，缓缓坐到沙发上。

屋子里有股淡淡的潮湿味道。阳台的窗留有一条小缝，昨夜的雨飘进来，窗台上有着雨水的痕迹。一棵不高的三角梅，开着一朵很小的红花。卧室的门开着，棕色的床头闪着暗光，白色的床单平整如雪。

董数学拿起茶几上的纸条：傻瓜，把这当成自己家吧。

董数学坐在沙发上，看着茶几上的两只白瓷咖啡杯，掏出手机拨完号，举到耳边。

艾语文的手机依然关机。

老师别哭

各分局、刑侦支队、铁路公安处：

6月21日23时10分许，我市东方机械厂保卫科徐某，在回家途经昌东区前进胡同时，遭蒙面人袭击，其随身携带的"六四"式手枪（枪号：19981028）一支、子弹5发被抢走，经查，犯罪嫌疑人体貌特征如下：

犯罪嫌疑人为男性，身高1.72米左右，体格较魁梧，腿略显"O"形。作案时上穿深色T恤衫，下穿灰白色休闲裤，脚穿布鞋……本地口音。

各单位接此通报后，立即部署查缉……

——紧急协查通报

1. 意外收获

在下到郊外的那个沟底时，少年没有任何预感。在他的思想里只有那些穿泥入土的蚯蚓。蚯蚓对于常人只会感到厌恶，它们蠕动身躯爬行的丑态会让人感觉浑身不舒服。而少年面对蚯蚓却没有那么多的想法和感受。蚯蚓对于少年属于必不可少的有用之物。因为少年喜欢钓鱼。少年喜欢将蚯蚓的头或尾巴揪下一截，在那种顽抗的扭曲中挂上钩，然后将竹竿一甩，去诱惑那些傻乎乎的贪嘴小鱼。是小鱼，也只有小鱼。发源于长白山的浑江像其他的江河一样，同样遭到了工业污染，那些原本活得有滋有味的鱼儿们在各种工业污染的夹击下，纷纷拒绝喘气和生长，有的翻出了白白的肚皮，有的艰难地喘气不肯往大里长。钓鱼对少年来说，只是娱乐活动。当然，少年也从没奢望能钓上什么稀奇货，有时钩还在水里，人却早已不知去向。

少年的确没有任何预感。

没有任何异常感觉的少年，手里所提的罐头瓶里很快有了十几条粉红色的活物。少年左手提着罐头瓶，右手抓着小锄头，于杂草丛中费力地向着沟沿爬上来。他不喜欢从沟里走。要不是沟里蚯蚓多，且肥，他根本不会去那种令人恐怖的沟底。作为少年，他喜欢地面上阳光灿烂的地方。爬得急，慌里慌张，看上去，少年有些狼狈逃窜的意味。也正因为爬得急，又将要到达沟顶，少年的脚底在荒草上突然一滑，差点滚下去。好在他及时抡起了右手，小锄头一下勾向了沟沿上的一棵小树。虽没能勾住小树，但勾住了树底下的一块石头，少年向上紧挪几步，稳住了身子。即使这时候，少年也没有任何异常的感觉。一拽锄头的时候，少年惊奇地发现，在石块滚开的地方，竟藏有一包东西。把那包东西扔上沟顶后，少年急切而麻利地蹿上沟顶。

在往沟顶蹿的一瞬间，少年曾一闪念地想，包里会是什么呢？没有确切答案。依次打开塑料布、旧报纸、破背心，少年的眼前猛然一亮，手紧接着不由一抖——竟是一支乌黑铮亮的手枪！难怪那么沉呢。

可以想象，少年的心扑腾扑腾地跳起来。

实事求是地说，对于真枪，少年只是在影视剧中见过。少年曾看见冯程程紧握一把左轮抵住了许文强的脑门，还见过刘德华端着各式枪与黑社会分子枪战，等等。哪个少年不喜欢枪战片？我军的短枪装备少年可是一点儿不晓得，电视上很少见，更叫不上名。这支枪少年当然也无法叫上名，他只发现枪膛上有"六四式"字样，至于什么意思，他根本不懂。而当他仔细观察"六四式"字样后面的那串数字时，他清醒地意识到，那最后四个数字竟是自己的生日。少年的生日是10月28日，最后那四个数字恰好是1028。这只是一种巧合吗？

少年既兴奋又胆怯。胆怯归胆怯，他根本无法控制自己的好奇心。少年把自己沾满泥巴的右手一下展开来，展开手后把枪放在掌心掂了掂，沉甸甸的，握在手上，小心谨慎地把食指搭上扳机，感觉是那么合适，就像枪是依据他的手形设计的一样。的确有这种感觉。然后，他把手慢慢举了起来，枪口对准不远处的一棵杨树，眯缝着左眼，"叭、叭、叭"地放了几枪。感觉是那么新奇、令人激动。而枪当然没有真响。他哪有胆儿放枪啊。也是不会摆弄。他甚至一度认为，枪里没有子弹。在少年的意识里，有子弹应该能看到，比如别在枪套外面的牛皮眼儿上。可现在这枪根本没套。没子弹吧？少年还是有些胆怯地摆弄着。在摆弄的过程中，少年无意间按了一下枪把上的一个小圆疙瘩，只听嗒一声，竟从枪把下面掉下一个黑夹子。少年就这样发现了子弹。少年把金黄色的子弹从弹夹中退出来，拈在指尖仔仔细细地瞅着、察看着，从弹头到底炮儿，看得一丝不苟。虽然只有三颗，少年还是喜欢得不行。但他此时并不知道怎样才能使这三颗子弹随着响声从枪膛里射出去。这的确是个问题。现实问题总是需要慢慢解决的……

　　一支配有三颗子弹的手枪就这样突然出现在了少年平淡无奇的生活中。配有三颗子弹的手枪对于少年又将意味着什么？少年没去想，他只是有些胆怯、有些爱不释手地摆弄了很长一段时间，然后把枪掖进背心，以小跑的步伐向着家的方向飞奔而去了。

2．校园的早晨

　　第二天是个细雨天，少年穿上长裤，把枪揣在了裤兜里，向学校走去。一路上，他感到自己的裤子直往下掉，就把手一直揣在裤兜里，紧紧握着那把乌黑铮亮的手枪。

　　少年没有打伞。

　　校园里异常冷清。偌大的操场上，空无一人，毛毛细雨中教学楼显得朦胧而落寞。今天只是公布成绩，明天就放暑假了，无论老师还是同学们，都不再那么紧张忙乱。唯有少年，他像被什么力量驱使着似的，早早地来到了学校。班级进不去，他就坐在二楼的楼梯上。那天早晨，只要来得早些的老师和同学，都能看见一个个子不怎么高的男生，坐在二楼最上面的那级台阶上，他宁静而紧张，右手一直揣在裤兜里，不知在那里等什么人，或做什么。在同学或老师经过他身边时，总会忍不住瞅那少年几眼。少年有时会迎接他们的目光，而多数时候，他只通过一楼到二楼的那个阳台上方的窗子，望着窗外。窗外细细的雨丝若有若无，直直地向下垂落着，像是永远也垂落不完。

少年到底在做什么？谁也不知道。

3．现实与回想

班主任走进教室，叽叽喳喳的声音立刻消失了。少年发现今天他们的班主任老师显得很精神，她除了气色不错外，还换了一身崭新的淡蓝色裙子，看上去，班主任老师的心情不错。她站在讲台上，慢慢放下怀里的一堆成绩手册。她甚至还向同学们笑了一下。然后她又拢了拢耳边的头发。事实上，她的头发纹丝不乱。拢过头发后，将近三十岁的年轻班主任笑容满面地告诉大家，"这次期末考试大家都考得很好，班级成绩名列年级之首。"关于为什么能取得这么好的成绩，她主要讲了三点。她并没说，为此她已拿到了校方奖励的五百元钱。她只告诉她的学生们，要再接再厉，"希望同学们能在下一学年里，取得更大的进步。"

接下来是公布成绩。以往每次点名都是按学号，学号是按小学升入初中的成绩来排列的，而每次公布成绩，则是用张贴红纸的方式公布。这次点名，或者说公布成绩，却是按名次来公布，而且把各科的成绩，也都一一念出来。班主任每叫一个名字，一人男生或女生，会"到"一声站起来，等班主任一科一科念完成绩，再走上前去接过自己的成绩手册。这样，同学们都有些紧张。每个人都希望班主任能尽快叫到自己的名字，但终归要有个先后。而且，同学们越紧张，班主任越是不紧不慢地读着分数，这样，同学们就更加紧张。先叫到的同学高高兴兴地走上了讲台，暂时没叫到的同学，有的紧张地望着班主任，有的则紧张地低着头，在下面不知摆弄着什么，多数是自己的手指头（女生），或摆弄什么小玩意（男生）。老师的不紧不慢，与某些同学的紧张，把教室里弄得只有班主任公布成绩的声音。班主任的音色本来十分悦耳动听，而现在，却让人感到紧张压抑，还有一点点的害怕吧？

少年的学号是32号。在这个五十二人的初一（1）班里，他升入初中的成绩并不好，应该算中下游水平。正因为他的成绩不怎么好，对于班主任老师所采取的这种公布成绩的新方法，他并不赞成，他更愿意，或者说更喜欢，用红纸公布成绩，那样，他只要到红纸面前瞅一眼，或者只把成绩手册拿到手就行。当然，听班主任念一下名次也行，只要不这样一科一科慢慢念折磨人就行。然而，班主任老师还是选择了这样一种他不喜欢的方式，他便不太认真地听着，右手始终揣在裤兜里，摸着枪。枪其实早被他的手焐热了。

可谁又能料到，班主任老师很快竟念到了少年的名字。当念完第四名的成绩，一位不算漂亮的女生走上讲台，接过成绩手册后，班主任紧接着就念到了他的名字。少年有些不敢相信地抬起头，瞅向老师，年轻的班主任也正瞅着他。少年慢慢站了起来。班主任老师开始念他的成绩。当班主任一一念完各科成绩，请少年上台领成绩手册时，少年这才不得不把右手从裤兜里拿出来，他感到裤兜沉甸甸的，有些迟疑地走近讲台。班主任老师把成绩手册递给少年。少年双手接住——离得近的同学会发现，少年的手有些抖——退后两步，然后尽量自然地往回走。他感觉自己走得很别扭。也确实走得很不自然。走得很别扭也得走。而就在他往回走的过程中，少年听见班主任老师在表扬自己，说他进步很快，比上学期进步了21名，比期中考试进步了18名。这是班主任第一次在班上表扬自己，少年怎能无动于衷？最后那几步，少年走得有些顺拐了。

少年心里是多么激动啊。

有些激动的少年坐回座位，脸早已红透了，他红着脸低下头，认认真真地看起自己的成绩——刚才老师念成绩时，他没能听清。他发现，自己的成绩的确不错，每科都基本令人满意，没有偏科。他有些不敢相信自己了。自己的成绩怎么一下就这么好了呢？要知道，越是接近头几名，越是难以超越，可自己居然一下跃居到了班级的第五名，这怎么可能呢？他觉得自己并没比以前用功，似乎和以前也没什么区别，只是课堂上认真听讲，课后认真完成作业，可以说，没下什么功夫。那么，是自己变聪明了吗？少年想一想，自己和以前也没什么两样。但现在的成绩的确令人兴奋——那可是第五名啊！老师还表扬我了呢。少年很自然地回想起了自己的学生生活。

　　回想自己的学生生活，少年感觉自己似乎只对一位老师有过好感。当然，也许以后自己会喜欢上班主任老师。完全有这种可能。给他好感的是一位小学时的自然常识课老师。自然老师当时要比现在的班主任老师年轻得多。当时自然老师同刚生完孩子。开始时，他并不知道自然老师生小孩了，只是发现自然老师的胸脯比一般女老师的饱满，偶尔还发现，那两座高高的山峰峰顶周围，有圆圆的印记，衣服好像湿了——他以为是老师那儿高，给眼睛造成的一种错觉呢。后来的某一天，记得是下午，少年因为拉肚子不得不在课堂上跑出去上厕所。当他在厕所里蹲了好半天，捂着肚子准备返回教室时，在走廊上，他突然惊奇地发现，年轻的自然老师正站在别班的门外，正用自己的双手揉着自己的胸脯，揉得很急，一副紧张而无奈的样子。少年的肚子一下就不疼了。但他一时又有些摸不着头脑。很快他就清楚地意识到，自然老师原来是生小孩了。随即也就知道，自然老师在给自己上课时，为什么会常常上一会儿课，就匆忙跑到教室外面去了。甚至以前，他还以为自然老师还没结婚呢……不知为什么，自从偶然间发现自然老师在走廊上揉自己的胸脯后，少年突然喜欢上了自然课。以前上自然课，他总是心不在焉，在下面搞小动作，而现在，他不但课堂上总是胸脯挺直地专心听讲，而且课后还认真复习和预习新课，每次提问，少年总是把手举得老高，尽管自然老师绝少叫到他。那么，少年真喜欢上了自然吗？想一想，少年感觉不全是。因为自然老师还没上完一学期的课，就突然调走了，自然课一换老师，少年就再也集中不起自己的注意力了。这只能说明，少年是因为喜欢自然老师，才喜欢上自然课。

　　现在，因为班主任老师的表扬，使少年突然间想起了自己小学时的自然老师。也许应该说，以前他也常常想起，但从没像今天这样清晰强烈。记得自然老师身材特别好，并不因为生了小孩而有所破坏。可以说，做了母亲的自然老师更加富有女人韵味。她一米六七或更高的身材，不胖不瘦，披着多少有点勾的长发微微发黄，再加上白而细腻的皮肤，自然老师看上去有些外国女郎的味道。少年对此深有感触。也可以说，少年喜欢的正是自然老师的那种外国女郎的味道。真的很迷人。她也喜欢穿裙子。记得在她将要调走时，他曾挤在许多同学当中，送过自然老师，自然老师当时穿着一件天蓝色的连衣裙，比班主任老师这身要蓝一些，长一些，这样看上去，自然老师更加富有青春活力。许多同学都哭了。少年也流下了眼泪。他们都舍不得自然老师。而对于少年，大概因为那套天蓝色连衣裙给他留下的印象太深，以至于一想起自然老师，她就是这身穿着，让他感觉总是那么亲切。自然老师多美啊！少年又是那么希望能再见到自然老师啊。可惜自然老师只能留在那所小学里，要是她能来初中任课多好！要是她能一直教自己，一直教到大学毕业，那就更好了呀……

　　在少年回想自然老师的过程中，班主任老师已经公布完成绩，布置完暑假作业，又对同学们进行了暑期安全法制教育，之后，少年和同学们的暑假生活就正式开始了。

4．暑假生活素描

　　这个暑假少年本来想去乡下的爷爷奶奶家过。他不像别的同学，要被家长逼着利用假期请家教补课，或者参加各种培训班。因为家庭条件不够优越，少年反倒不为学这学那所累。但他原本打算去乡下度假的计划，却没能实现，一个意外的发现阻碍了他的行程。

　　那是暑假开始后，第三天的下午，少年又拿起钓竿来到浑江岸边。此时长江中下游及东北的嫩江、松花江，正发生着五四年以来，甚至有史以来的最大洪灾，全国人民都把目光投向了抗洪上。赈灾义演、捐款捐物，在全国轰轰烈烈地开展着。而浑江还是那么平稳，尽管早已进入雨季，但浑江水还是那么平稳而畅快地流着。在少年钓鱼下游不足三十米远的地方，许多男女老少正在那里嬉水，炎热迫使一部分闲散的人来到了江边。在那群嬉水的人中，很可能有少年的同学或老师。少年也意识到了这一点。少年在阳光下收获甚微，自然也有些动心了。但少年的父亲明令禁止少年下水，"钓鱼可以，要是敢下水，看我怎么收拾你！"父亲从锁厂下岗已经半年多了，脾气在母亲离家时已经坏起来，现在更是暴躁得不得了。前两天他再次警告了少年。老师也在放假前提出要求，禁止野浴。少年不怕班主任老师。少年害怕的是自己的父亲。他努力睁大眼睛，紧紧盯住漂儿，眼睛被粼粼波光晃得生疼。就这样又坚持了一会儿。少年又坚持了好大一会儿，之后，他低头瞅瞅方便袋里那几条可怜的小鱼，终于完全气馁了。他想收竿，无意间回头看了眼江堤，意外发现，在他身后不远处的那棵老柳树下，不知何时已经坐着一男一女。坐着一男一女并不稀奇，江边常有谈恋爱的出没，有时很晚都不肯离去。问题是，在他看了一眼那对男女后，他感觉，那个把太阳镜挂在胸前的女人似乎有点眼熟，再仔细瞅瞅，少年心里不由一惊，可真叫意外啊！接着，少年想也没想就把钩重新挂上了饵——他想看看那对男女到底在做什么。这时少年的耳朵异常灵敏，刹那间完全竖起来了……

　　耳聪目灵的少年就这样没去乡下度假，而且开始认认真真地写起作业。少年写得很认真，父亲在督促几次未果的情况下，也就不再提起让少年到乡下度假的事儿。父亲并没发现儿子的秘密。作为父亲，他本身的秘密就够多的了，令他透不过气来，也就忽略了少年的一些反常。当然，少年也的确装得很像。特别当父亲归家时，他总是尽可能地坐在桌子前，摆好姿势写作业。就是说，少年所谓的认认真真写作业，其实都是装出来的。

　　其实只要稍微留心一下，就不难发现少年的反常迹象。表面看，少年知道学习了，而且学乖不少，似乎懂事了，把家里收拾得相当干净。也能照顾自己了。其实呢，只要父亲前脚一走，少年随后也就弃家而去。好多次父亲回来时发现儿子并不在家，等儿子回家后问他，总说是去钓鱼了。有时回来得那么晚，难道黑夜中少年还在钓鱼吗？父亲对此并没去细想，需要他去考虑的事情实在太多。而且，他本身就时常成天不回家，时常回来得很晚，这无疑给少年提供了充足的活动时间。

那么，少年到底干什么去了呢？只要跟在他的身后，就会发现，少年拎着钓竿到了浑江岸边后，往往在江边待不长时间，就把鱼竿收好，用石块压藏于水底，然后空手向城西而去。有时坐公共汽车，有时没钱干脆步行着去。步行四十分钟后，少年到了目的地——一个靠近江堤的居民小区。这个居民小区是新建的，从建筑物的外观看，这里大概住的都是些有钱有势的人。少年的目标是一座楼靠中间三层的两扇窗户。自从那天傍晚，他尾随那对男女乘公共汽车来到这里后，他便常来这里。那次男的本来中途已经下车，可他突然间，又在开车的瞬间跳上了车。来到这里后，女的先上了楼，然后少年发现三层的一扇窗户突然亮起了灯，接着那个女人便拉紧了窗帘。男人便上去了。少年自然记住了那扇窗户。当然，随后少年发现，左边那个窗户也属于那个女人，还有前面的那个宽大的阳台。知道这些情况后，少年就一直想知道屋里的事情。可是站在楼下，什么也看不见。有时那两扇窗子敞开着，有时则一天紧闭。当那个男人装作若无其事地上楼以后，所有的窗帘很快也就全拉上了。少年多数只能看到这些。他也曾偷偷上到三楼，在门外偷偷听，里面有音乐或电视的声音，没听出其他的声响。其他声音可能被音乐或电视的声响掩盖了吧？即使他跑到对面三楼或四楼，他所看到的东西也是很少的——有男人在，窗帘必然紧拉着。当然，他也曾看见过那个女人独自在屋里或阳台上的身影。那身影遥不可及。就是她站在少年面前，少年对她，或者说对她的身体，可能也就只有敬畏的份儿。少年毕竟太小了。去的次数多了，少年还发现，那个女人和另一个戴眼镜的男人，曾领着个小女孩下楼来。那个女人走过他身边时，一点儿也不脸红，甚至把头仰得老高。她大概已经不认得少年了？少年却认得她，记得她有一头微黄带勾的长发，而现在，她的头发已经短得不能再短，比有些男人的头发还短。她还穿过一件天蓝色的连衣裙，只露着小腿。现在她所穿的短裤却几乎兜不住屁股。她是扭着屁股从少年的身边晃过去的。少年发现，她的变化实在太大了。我也变了吗？少年想，可能我长高了，多少也长破相了吧？要不她怎么不认得我呢？少年后来又想，也许她从来没正眼看过我，我也根本没给她留下什么印象——从前是这样，现在亦如此。但少年还是怕她认出自己，所以，有时他一见那个女人出现，就赶紧装作捡破烂的，向垃圾箱前凑凑。时不时地凑向垃圾箱也骗过了那些戴红胳膊箍的老头老太太们，老头老太太们从来没问过他什么，最多向他多瞅两眼而已。可以说，少年在这里活动得一直比较轻松自由。只是心里充满疑惑。没有疑惑少年大概也不会频频出现在这里，他来这里其实就是为了解惑。当然不是求解什么自然问题——这一点，完全不容置疑。

　　好奇的少年其实不但在这里寻求着答案，而且还多次去过那个男人所居住的小区。多数是晚上。他是在那个男人一次从女人那儿出来，同样坐公共汽车走的情况下，跟踪到那个小区的。男人居住在五层的一套房里。男人住的楼似乎更气派一些，这让少年相信，这个男人不一般。以男人的长相根本配不上那个女人，她怎么就要和他在一起呢？想到这个问题，少年心里很不舒服，因为这很容易让他联想到自己的母亲。

　　需要说明的是，少年本来已经把那支乌黑铮亮的手枪藏在了自己床下的木头箱里。也许应该说，他既喜欢枪，又有些惧怕枪，是从心底喜欢惧怕的。因为枪毕竟有趣而危险。但是，自从他发现那个女人和那戴眼镜的男人领着小女孩出现过后，特别是，当他发现那个男人住处后，他又把枪从床下的箱子里翻了出来。晚上睡不着觉，想着那对男女的事情时，他往往摆弄着那支乌黑锃亮的手枪。摆弄久了，加之又翻看了《现代兵器》之类的杂志，他的胆子渐渐大了起来，几经尝试，已经知道如何将子弹和枪更加紧密地结合为一体了。在他会摆弄枪以后，也就枪不离身了。当然还是老方法，被揣在右裤兜里，用右手在兜里紧紧地握着。握着那枪，少年无论是在白天，还是在黑夜，当他离那个女人或男人很近的时候，少年的心里总有一股子冲动。少年时常被那种冲动弄的焦躁不安。但少年还是坚持着，他不希望事情真的发生。有一次，他跟着那男人走了一段黑路，在接近那个男人家的时候，他甚至已把枪口对准了那个男人的后背，感觉已经完全瞄准了。但最终一刻，他还是努力让枪口垂了下来，垂下枪口后，少年感觉自己的后背凉飕飕的，这才发现，自己的手心里——早已经全是汗水了。

5．老师别哭

暑假对有的同学来说过得很慢，对另一些同学来说无疑又过得太快。在抗洪抢险取得决定性胜利后，各学校纷纷开学了。

校园里顿时热闹起来。一阵劳动过后，同学们已经把校园弄得相当干净。特别是窗玻璃，几乎块块光可鉴人。教室地面也用水冲刷干净了，露出了久违的本色。所有一切都有些新学年的迹象。

初二（1）班打扫完卫生后，班干部们把新书搬进了教室。他们的班主任老师接着也就走进了教室。他们的班主任老师放假前还是位春风得意的女教师，而短短一个假期过后，同学们发现，他们的班主任老师似乎一下就憔悴起来了。她走进教室时，脸上没有了放假前的殷殷笑容，也没有向同学们问好，同学们本来兴致很高，很想向老师问好，但见老师衣着朴素，精神不振，也就只好默默地望着老师。

班主任老师让班干部发新书。新书发完了，剩下一套放在了讲桌上。放在讲桌上的新书和发到同学们手里的新书没什么两样，同样散发着沁人的墨香。瞅了瞅那套散发着墨香的新书，班主任动作迟缓地打开了花名册，开始点名。点前31号时，每点到一人，就有一个男生或女生，在站起来的同时喊声"到"。点到32号，老师停了一下，开始点33号。班主任老师没点32号，看上去并不像是把32号忘了。点完名，班主任老师这才开始认真扫视她的学生，目光一一扫过每位同学的脸，最后，她把目光停在了那张空着的课桌上。那张空着的课桌不但桌面空空如也，连灰尘也没完全擦净，放在那里自然有些扎眼。旁边的女生有些不自在，慢慢低下头。其实班主任并没瞅她。也许是班主任的目光太异常了吧。女生低了头，班主任也就收回了目光。此时她的脑海里再次闪现出那个剃着小平头、衣着一向朴素的男生。说实话，这个男生她以前没太放在心上，可就在上学期期末，这个不被自己重视的男生，成绩突然一下跃居到了班级的第五名。他应该是个聪明勤奋的学生，将来会有出息的，班主任对此十分自信。她本来打算这学期在班里给他安排个什么职务，好好培养培养他。听说他的父亲已经下岗，母亲早已跟着有钱人离家出走了，从他的眼睛里就可看出一些与众不同的东西。可是，正是这个令自己一下重视起来的男生，打破了自己的生活。那个与自己同岁、也是自己同学、被誉为闺蜜的女人，只中了一枪，而且仅仅被击中大腿。自己的丈夫却连中两弹，一弹从太阳穴进入，从后脑钻出；一弹则正中心脏。其实任何一弹都足以要他的性命。而这一切，居然是那个未满十四周岁的学生干的！他居然能让两个大人同时完全失去抵抗能力，这怎么可能呢？而这个男生的父亲也因那支枪而进了牢房，可能将性命难保。再看看那张空着的课桌，班主任老师的眼泪开始在眼眶中打旋儿了。

在向四楼校长室走去的过程中，女班主任一直在心里下着决心，她感觉自己并不像以往想象的那么坚强，她感觉自己其实十分脆弱，可以说不堪一击。可这种事落到谁头上，谁又能受得了呢？当然，以前也确实舍不得这群孩子，现在却感觉已经无法面对。敲门的那一刻，她还感觉自己已经完全下定了决心。当她站到校长办公桌前，捧着那套新教材，面对已经站起身的校长时，猛吸了几气的她，结果说出的却是从没想过的另一句话：

"李校长……你想想办法……还是……让他回来上课吧。"

在校长瞪圆眼睛表示疑惑时，女班主任的眼泪已经迅速蜿蜒在了苍白而憔悴的脸上。

昌盛街

> 爱你
> 就像老鼠爱大米
> 不打你
> 不骂你
> 就用爱情折磨你
> ——题记

我不知道你们是否玩过刨幺，又是否到过昌盛街？要是你们从没玩过刨幺，又没到过昌盛街的话，干吗不来昌盛街看看呢？只要来到昌盛街，我保证你们很快就会学会刨幺，甚至，我现在就可以教你们。但是我想，你们还是抓紧来昌盛街找我吧，因为我想与你们谈谈有关我的故事。这么多天来，我总被一种倾诉的欲望控制着，折磨着，欲罢不能——你们也有这种时候，对吧？真希望你们马上就能来，你们不知道，我心里向来就存不住一句话！

你们现在能来吗？来前打个电话吧，只要拨通0435—3429690，我就会在昌盛街等你们。

二郎亮子他们，正在小青的美发厅里玩刨幺。

刨幺是扑克的一种玩法。两个4一个A为小幺，也就是以前所说的火箭；三个4一个A为中幺，四个4一个A是老幺，五个4一个A呢，那就是老老幺了。二郎亮子他们抓了老幺或老老幺，要是手里又有两个A的话，往往会把老幺或老老幺掰成两个小幺或一个小幺和一个中幺，别人想刨也绝少得手。他们干别的不一定行，玩刨幺却一个比一个精，记牌断牌极少出错。五路六路管小幺，七路八路管中幺，老幺或老老幺则什么也管不上它。比如五个3或六个3可以管上小幺，或者说刨小幺；两个大王一个小王，那是七路，可以管中幺。刨其实就是管的意思。两副破烂不堪的扑克牌合到一起后，四个人就玩上了。一方只要捡够90分，又有一人先扛头，或者只要捡够140分，那就是赢了，赢一次叫一洞。捡不够25分是"小雪"，算对方赢两洞；一分没捡着是"大雪"，算对方赢四洞。谁不想大雪人家？可那并不是件容易的事儿！因为刨幺同其他扑克玩法一样，也是需要运气的，需要抓好牌，需要好的配合，更为重要的无疑是要打出气势。两副扑克合在一起，抓到炮和轰，以及五路六路的机会非常多，再加上各种幺，炮火连天，所以，玩刨幺的场面往往非常热闹。

正因为当时闹哄哄的，所以当小强领着个外人进来，也就没能引起大家的注意。

只有小青冲小强点了下头，算是打招呼。也不是没看见那个男该，小青不仅看了一眼那个男该，而且刹那间，隐约感觉有那么一点点的面熟，也许在哪儿见过？也没多想，接着就忙活起了手里的活儿。小青当时正在给一个漂亮女孩盘头。而二郎和对家，当时有被亮子他们大雪的危险，显得十分紧张；亮子他们想大雪人家，同样不敢急慢。大家把注意力都集中在了手里的牌上，玩得既惊心动魄，又小心翼翼——精力过于集中，也就没能注意到屋里已经来了外人。直到亮子他们如愿以偿地"大雪"了二郎他们，兴奋得忘乎所以、大呼小叫了一会儿之后，大家这才发现，小强领个外人来了。小强站在地中央"飘扬"了亮子他们两句，然后向大家介绍："这是我小学同学李蓝，大家叫他阿蓝就行。"阿蓝赶紧向大家点头，很友好的那种。谁都知道，接下来小强应该给阿蓝介绍大家，而小强竟然忘了这一环节，鬼知道他在想什么？当然，大家也缺乏必要的热情。二郎两人刚被亮子他们大雪了一把，不服气，急着要扳回来，所以大家谁也没做自我介绍，他们只是一起瞅着阿蓝点了下头，很快又都投入了新的战斗。

阿蓝当然不好说什么，他只能站在旁边静静观战。

  这里就是昌盛街，是不是有些破败？我也觉得该改造了，据说已经立项，可总是干打雷不下雨，我们渐渐也就失去了热情。因为让我们失望的东西实在太多。事实上，我们也从没抱过太大的希望。我倒是希望这里能盖起高楼大厦，哪怕只修条宽敞的马路，那样就是下再大的雨，鞋子也不至于弄得那么惨不忍睹，谁喜欢这破路？可说实话，我也真没抱过什么希望。男孩子们就更不关心了，他们一天到晚只是无所事事地漂在大街小巷，似乎对什么都漠不关心，对什么都无所谓。怎么说呢？我一看那些半大小子一天无所事事，心里就不免感慨：你们说，这世界有公平吗？我真有些怀疑。

  你看那些半大小子，虽然谈不上英俊潇洒，风流倜傥，但也不难看是不是？有的甚至可以说是眉清目秀，一表人才，这样一些人，又都那么年轻，你说怎么就都没个工作，一天只能游荡于街头胡同呢？我也并不否认，没有文化的确是一方面，可身处这种环境，我们又能怎样呢？我们多数只念个初中，就算很不错了。谁不想上大学出人头地？我们又不是傻瓜！可是就因为我们生活在这里，我们多数就只能面对现实，在这里等待或者挣扎，难道这就是我们的命运？而一天没什么事儿，你说他们干什么吧？除了打闹到处游荡外，只能是闹哄哄地聚在一起打打麻将啊扑克什么的。我们也想玩点儿高雅的，保龄球高尔夫球啦，网球什么的，可我们缺人民币呀。说我没钱吧，我也真是没钱，可那些半大小子和待业青年们，用男人的话说，简直穷得尿血！就说他们玩刨幺吧，不过才五毛钱一洞，老头老太太打麻将，还玩两毛五的呢。你说他们有什么资本吧？他们什么资本没有。也谈不上有什么资本，他们有的只是不值钱的时间！二郎、亮子、包括小强，他们就是这样一群无所事事的穷鬼！

不管怎样，我还是觉得，昌盛街的夏天，还是挺热闹的……

经过一番较量，二郎和对家费了九牛二虎之力，总算拿回了那张破烂不堪的两元票。战斗总算告一段落，大家总算松弛下来。

他们总是这样，当忙活半天，没什么收获的话，很快就会彻底泄气。他们又有多少耐性呢？人本来就是相当缺乏耐心的。

因为已经休战，大家就都有些无聊地坐在那里。

小青手里这会儿正巧没什么活儿，见双方只打个平手，就冲他们叫起来，你们在我这儿闹腾大半个下午，总该拿点场地租用费吧？通常他们所赢的或者说所输的那点儿钱，都被大家吃了雪糕，喝了汽水，这个夏天他们总是这样。小青所说的拿场地租用费，当然是在开玩笑——对于这帮穷鬼，她也从没指望能从他们身上得到什么。

知道小青在开玩笑，二郎却还是甩出了那张破烂不堪的两元票。亮子瞅瞅大家，也抠掏出了两元，一起递给小青。小青接过两张皱巴巴的票子说，这还差不多，她笑着跑去买回了几瓶劣质汽水和几根劣质雪糕。小强一边喝着劣质汽水，一边笑嘻嘻地跟小青没话找话，我说小青，你也太抠门了吧？这里就你挣钱，应该你请客才对吧？要是没我们，你自己闷在这儿，多无聊啊！小青斜了一眼小强，伸出鲜艳的舌头舔了口雪糕，少臭美！出去你可别说你认识我，丢不起那人！小青说着，漫不经心地瞟了一眼刚刚加入这个圈子的阿蓝，意思像是说：他和我们又有什么交情，凭什么吃白食？正吃着雪糕的阿蓝，也是这么领会的，嘴就不由一下子停住了；脸随之也红了。小强看看脸红的阿蓝，又望了一眼小青，装作什么也没察觉，解嘲地笑了一下，若无其事地喝着汽水。

因为有东西吃喝，屋子里暂时安静下来。

等大家把手里的东西吃喝得差不多的时候，小强才挑衅似的盯着小青问大家，你们说，是雪糕好吃呢，还是汽水瓶子好吃？大家相互瞅瞅，不知道小强葫芦里埋的什么药？一时都被问住了。小强得意地环视一下有些呆愣的大家，阿蓝吃你们根雪糕，你看把小青心痛的！还没吃你的呢！你们知不知道，阿蓝吃你们根雪糕，那可是给你们面子！小强把话这么一说破，阿蓝更是无地自容。小强却也不管大家的反应，接着说，现在我就让阿蓝还你们这个人情。小强说着，冲阿蓝做了请的手势，下面，我们请阿蓝给我们表演吃汽水瓶儿！大家鼓掌欢迎！

众人以怀疑的眼光看着阿蓝，掌声并不热烈。

可以看出，阿蓝同样没有思想准备。但小强已经把话说出来，看上去，他也就没法拒绝。再说，的确吃了人家的雪糕，要是不表演的话，恐怕会更加让人瞧不起吧？大家的眼光本来就充满怀疑。阿蓝根本没有退路。

没有退路的阿蓝，慢慢伸出手，接过小青递过来的青绿色汽水瓶儿，根本不看小青，谁也不瞅，也不说话，用手蹭蹭瓶口，然后把瓶嘴儿轻轻塞进了嘴里，小青鲜嫩的小嘴跟着微微张了张。在大家目不转睛地盯着阿蓝的嘴，脸上还是一副将信将疑或惊奇的时候，只听一声脆响，一声脆响过后，阿蓝已把汽水瓶从嘴边拿开了，原本圆滑的瓶口，这时已经出现小半个缺口，大家瞅瞅那个锋利的缺口，又赶紧去瞅阿蓝。阿蓝的嘴里像是正吃着什么好吃的东西似的，一下一下地蠕动着，有板有眼，咀嚼得很有滋味的样子，从他嘴里正传出那种玻璃被轧碎的声音，咯吱咯吱的，多少有那么一点儿刺耳。每个人的脸都随着阿蓝的咀嚼，随着那种声音痛苦地抽巴起来，弄得眉宇间满是褶子。牙也都咬得紧紧的。小强的腮帮子甚至也跟着动起来。屋里除了那种玻璃被轧碎的声音外，异常安静，咯吱咯吱的声音便更加响亮，更加刺耳。大家听着那种咯吱咯吱的声响，都有些替阿蓝担心：阿蓝的嘴会不会被划破，流血？大家的担心不是没有道理。而阿蓝却始终没有任何反常迹象，他就那么咯吱咯吱地一下一下地咀嚼了好一会儿，后来只见他的喉结突然上下一动，在大家痛苦表情的衬托下，阿蓝有滋有味地一下咽下了嘴里的东西！

阿蓝就这样轻轻松松地完成了表演,起码表面看,阿蓝相当轻松。大家不知不觉也都跟着咽了口唾沫。

的确有些惊奇。看上去,阿蓝也没什么特别的呀,也是一副肉嘴,牙齿也是普通骨头生就的,他怎么就能咬动硬邦邦的汽水瓶,怎么就能(敢)把瓶碴儿咽下肚呢?惊奇与佩服过后,大家有些按捺不住地问阿蓝,吃玻璃是种什么滋味?阿蓝笑笑说,只要你认为自己是在吃硬馒头之类的东西,咬玻璃就会感觉玻璃很软,就跟吃硬馒头一样;能咬动,还有什么咽不下去的?话虽这么说,大家谁也不敢尝试。至于玻璃片在肚子里是种什么感觉,走道或者做剧烈运动时,会不会发出哗啦哗啦的声响?会被消化吗?如果不能被消化,又是怎么拉出来的?这些大家更加难以想象,也就没人过问。其实大家看重的只是吃汽水瓶本身,其他的根本不能让大家有太多的惊奇。他们只是想,像吃玻璃这种特异功能,只能是天生的吧?

事后,我难以置信地用手轻轻捏了捏那汽水瓶子的缺口处,你猜怎么着?就跟捏在锋利的刀子上似的!阿蓝的嘴也是肉长的,他怎么就敢吃汽水瓶,还能(敢)咽下去!

捏捏锋利的缺口,又握了握那个硬邦邦的汽水瓶,我不由吐了下舌头,撇了撇嘴,由此可见,我还不够成熟。其实,我要是能再成熟一些的话,有些事恐怕不会发生,起码不至于将事情弄得那么糟吧?有时,人不信命也不行。

也许只因为白吃了人家一根雪糕,为了还人情,阿蓝才不得不表演吃汽水瓶儿?而一想到小强所说的"是雪糕好吃,还是汽水瓶子好吃",阿蓝心里就有些堵得慌。连他自己也说不清到底是雪糕好吃还是汽水瓶子好吃了。

可以想象的是,在阿蓝给大家表演了吃汽水瓶儿之后,立即引起轰动,同时也拉近了他与大家的距离。以后的日子里,在大家的一再请求下,阿蓝不好推辞,先后又给大家表演吃日光灯管、碎茶杯、坏灯泡等等,每次表演都让大家有种过年的感觉,阿蓝渐渐也就成了圈子里的核心人物。再在一起玩扑克或打麻将,大家自然都要让他三分;再吃雪糕之类,就是没有谁的也不会少了阿蓝的,也没人再说三道四。小青对阿蓝早已另眼相看。他们甚至对阿蓝说,要是你去什么地方表演吃汽水瓶儿的话,准能引起轰动,会赚很多钱的。阿蓝对此笑着说,别做梦了,那种钱也好赚?

　　阿蓝这么一说,大家都觉得阿蓝有这种特异功能,又无法充分利用,难免可惜。大家的确都有些替阿蓝惋惜。却也只能惋惜地摇头。

　　因为阿蓝的一系列精彩表演,那些日子要是阿蓝哪天没过来,大家都会有一种缺少点什么的感觉,都会觉得这一天是那么的无聊,相信阿蓝也感觉到了大家对他的崇敬与依赖,但他从没和大家说过什么,似乎一句亲近的话也没有,所以,尽管大家都非常喜欢阿蓝,但阿蓝给人的感觉,却始终不是那么亲近。阿蓝与大家似乎总有着一层隔阂。其实有的人就是这样,尽管他时常活动在我们身边,可我们还是无法接近他,无法了解他,即使和他相处再长时间,他给我们的感觉,还是那么的神出鬼没,难以捉摸——对于像阿蓝这样一个具有特异功能的人,那就更是如此了?

　　　　我也觉得阿蓝有些与众不同。你们不知道,阿蓝不但能像吃硬馒头那样吃各种玻璃制品,而且话特别少,听他说句话,这么说吧,就跟捡块金子似的!可我又总觉得,阿蓝好像一直有话想对我说,却又总不见他说,就好像总也找不到机会似的。

　　　　你想说什么你就说呗,难道我还不够大方吗?我曾这样天真地想。可谁又能想到,当阿蓝疯狂起来的时候,他居然那么能疯,那么能闹能整景儿,说真的,真是让我大吃一惊!

　　那时已是初秋。凉爽的夜风在街巷中四处游荡,夜晚的昌盛街显得冷清而寂寥。

　　二郎亮子小强他们,本来已在小青的美发厅里闹腾了一天,可到了晚上，他们又转了回来。一进美发厅，却见阿蓝早已悄无声息地来了。看着鱼贯而入的大家，阿蓝似乎有些不好意思，匆忙低下了头。大家也都感觉到了什么，却也没作任何理会。等大家坐下后，也许是为了彻底掩盖刚才的尴尬，阿蓝突然一下从理发椅上跳了下来。阿蓝搓了搓手，大家到齐了，我给你们表演聚老鼠怎么样？

聚老鼠，什么意思嘛？大家以前没听说过，热情自然不高。而要是阿蓝说表演吃什么东西的话，那么肯定立马就会冒出"这次吃什么"之类的话。聚老鼠，大家不懂。阿蓝赶紧解释：就是把这屋子里的耗子都聚到一块儿。这下大家明白了。可是怎么聚呢？小青说，你还别说，我这屋里真有老鼠，晚上一闭灯，它们就开始闹腾，我早就想收拾它们了，可它们总是鬼头得很，委主任发的鼠药，它们根本不吃……这下就看阿蓝的了。

大家原本多少有些怀疑，小青这么一说，也都坚信不疑了。对于一个连汽水瓶都能当馒头吃的人来说，他想把呆头呆脑的老鼠从犄角旮旯里请出来，应该不是难事吧？于是有人说，那你就赶紧聚吧。

阿蓝生龙活虎地蹿到地中央，大家都坐好了，不许出声。众人就都挤到了那张窄窄的长条沙发上。阿蓝随即拉灭了日光灯管，现在大家赶紧都闭上眼睛，赶快都闭上，我去打盆凉水放地中央，我一吹口哨，耗子就会出来跳进盆里喝水，我们就可以来个一网打尽！等着我啊，我去打水啦。大家都闭了眼睛，坐在黑暗中等阿蓝。听到阿蓝进了厨房，稀里哗啦在厨房里找盆，哗哗地接了水，然后将脸盆咣当一声放到了地中央。阿蓝清了清嗓子，大家注意了啊，现在都准备好了，我可就吹口哨让耗子出来了啊！阿蓝说着响亮地吹了几声口哨，一声尖利的呼哨过后，却又突然停了下来，你们到底闭没闭眼睛？没闭耗子可不出来呀。大家赶紧嬉笑着说，闭了闭了，都闭了。

阿蓝又开始吹起口哨，吹了一小会儿，却不见一点儿动静。就在大家正竖着耳朵专心致志听动静想象着耗子的时候，阿蓝却再次停了下来，你们别再骗我了，肯定有人没闭！说着走过来，一边摸索着一边说，我看你们谁敢不闭？!大家赶紧都紧紧闭上眼睛。

闭紧了眼睛的大家，感觉阿蓝在探索着挨个摸着他们，摸到他们的脸以后，就开始在他们脸上一顿乱摸乱划拉，给人的感觉，似乎是不摸到眼睛决不罢休！就那么摸了好一气，每个人都摸到了，阿蓝这才转回身，继续吹口哨。

阿蓝这次吹的是鬼子进村，吹得挺卖力，水平挺高，听上去让人忍不住想笑。小青实在憋不住，扑哧一声笑了。而大家都想看看一堆老鼠聚在一起喝水的样子，结果小青遭到了大家的严厉训斥。小青只好强忍住笑。

就这样又吹了一会儿，阿蓝突然神秘地悄声对大家说：嘘——大家小声点儿，耗子都出来啦！

其实呢，尽管大家一直在想象老鼠鬼鬼祟祟地出来，跑到水盆里喝水的样子，可除了听到阿蓝让人忍俊不禁的口哨声外，其他什么动静也没听到。可睁开眼后，黑暗中，他们还是急不可待地都去瞅地中间的脸盆。屋子里黑乎乎的，什么也看不见。日光灯突然一下被阿蓝拽亮了。大家不太适应地不约而同地将目光都聚向了地中央的脸盆。日光灯下，只见地中央的脸盆装着多半下凉水，脸盆里除了装着多半盆凉水外，哪有什么半只老鼠，毛都没有。小青有些疑惑地瞅了眼阿蓝，却见阿蓝一脸得意，正站在那窃笑呢。再瞅瞅二郎亮子小强他们，小青愣了一下，随即扑哧一声笑起来。大家闻声看小青，纷纷扑哧扑哧地笑了。再相互瞅瞅，屋子里顿时疯笑成一团——

除了阿蓝，此时他们每个人都成了大花脸！特别是他们的眼睛，每个人的眼睛都被锅底黑灰涂抹成了标准的熊猫眼，看上去都跟小丑似的。大家这才明白，阿蓝故作神秘所接的那盆凉水，原来是给他们这群丑陋的老鼠们洗脸用的啊！

我对阿蓝佩服得五体投地！我还没像佩服阿蓝这样，佩服过谁呢。那么多人，个个自命不凡，结果呢，却被他耍得溜溜转！即便现在我也觉得，即使我被阿蓝抹了个大花脸，洗了半天才洗干净，我还是感到兴奋，从心底佩服他。当时我就想，阿蓝可真有意思，可真是不同凡响啊！

阿蓝给大家表演了聚老鼠后不久，在大家还沉浸在那种玩闹中，还在津津乐道聚老鼠的时候，阿蓝突然消失了。面对表演了那么有趣的聚老鼠，地位已明显得到巩固的阿蓝的突然消失，大家难免有些纳闷，问小强，阿蓝怎么不来了？小强对此也说不出个子丑寅卯，但他坚信，阿蓝还会再来的。其实大家也都这么认为。可是直到冬天来临，冰雪已经覆盖了昌盛街，依旧不见阿蓝的踪影，阿蓝就像夏天树上的那些绿叶一样，早已不见了踪影。大家都觉得阿蓝有些莫明其妙。

尽管此时已经缺少了阿蓝，但是二郎亮子小强他们，还是时常活动在小青的美发厅里。

他们除了让小青无偿理发，染发，做头型外，还是时常在那里闹哄哄地玩刨幺，还是在为赢那种破旧的毛票，不停地用破损的扑克战斗着。玩累了，他们就围着小青放在屋子里的煤炉，烤些地瓜土豆什么的。外面冰天雪地，寒风呼啸，屋子里却暖烘烘的，弥漫着烤地瓜和土豆的香气，坐在这样的屋子里，让人感觉生活是那么的美好。甚至在二郎的倡导下，他们利用小青的煤炉子，吃了顿烤牛肉。所有这些活动，都已经没有了后来者阿蓝，大家却还是时不时地提起他。小青在吃烤牛肉喝酒时，就曾提到过阿蓝。小青以回忆的语气说，那次阿蓝表演聚老鼠，他过来摸我，我本来已经低头躲过去了，可阿蓝反手还是抓住了我，在我脸上好一顿乱摸、乱划拉……小青是笑着说这番话的。当时她的小脸红扑扑的，灿若桃花。这时小青和二郎已经正式确立了恋爱关系，但是，当小青这么说的时候，包括二郎在内，看上去，大家都觉得这话没什么不妥。他们都有些怀念十分有趣又有些神秘的阿蓝。这时再问小强有关他小学同学阿蓝的情况，小强也说不清楚了，他说他几次去阿蓝家，阿蓝家都没有人。于是大家进行了种种猜测，比如阿蓝找到了好工作，出去打工了，或者去表演吃玻璃和聚老鼠，挣大钱去了，"早把我们忘了。"说到这里，大家有些黯然。

就在他们做着种种猜测，谈论着吃玻璃就跟吃硬馒头似的，又会表演聚老鼠闹剧的阿蓝的时候，谁又能想到，远在千里之外的北京，有个曾经生龙活虎的男青年，此时生命即将走到尽头。在做了各种检查后，医生给他做出的诊断是：由于吃了过多的杂物，肠胃发生严重病变，神仙对此也束手无策。

二郎亮子小强，包括小青，他们只是一味回忆阿蓝的精彩表演——吃玻璃制品和把他们变成一群熊猫眼的丑陋老鼠。他们什么也不知道，也根本想不到，他们再也无法欣赏或参与那些有趣的节目了。

  时间过得真快，转眼已是春天。第二年春天的晚些时候，我们已经很少再谈到阿蓝了。此前有段时间，小强甚至最讨厌我们问他，最近有没有见到阿蓝？小强最讨厌我这样问他了，我知道，那是因为，我早已经把他问烦了……

又一个夏天来临的时候，在朋友们的张罗下，小青和二郎比较简单地举行了婚礼。

那时大家几乎已经把阿蓝忘了。婚礼简单而热闹。很晚的时候，亮子小强等一群半大小子闹完洞房，这才意犹未尽地离去。

小青已经十分疲倦。那群半大小子真能折腾人，他们让新娘小青用膝盖夹个汽水瓶，让新郎二郎夹根木筷子往瓶口里面捅。捅不进去当然不行；捅进去了，没有前后运动也不行，而且要有剧烈的抽动动作。站着捅完了，他们又强迫两人躺到床上继续做。鬼知道他们从哪儿学的这些鬼把戏！小青被折腾得哭笑不得，苦不堪言。现在总算都滚蛋了，总算消停下来。小青打着哈欠，坐到梳妆镜前，疲惫地开始卸妆。

卸妆过程中，小青无意间瞅了一眼桌子上的结婚照，那是她和二郎花980块钱到影楼照的。小青突然感觉，那个穿戴异常整齐、站在自己身边的人，似乎是久已不见的阿蓝？恍惚间，小青越看感觉越像。阿蓝将他那张年轻而幸福的脸紧紧地贴向自己的脸，正美滋滋地傻笑着。小青盯着傻笑的阿蓝看了半天，也是一脸傻笑。盯看半天，等眨下眼睛再看时，小青突然发现，那个站在自己身边美滋滋傻笑的，原来是二郎。小青就这么突然一下想起了阿蓝。想到久已不见的阿蓝，刹那间，小青竟奇迹般地突然回想起来：阿蓝在被小强领来前，不是一个人来过我的美发店吗？我不是给他理过发吗？哎呀，怪不得当初第一眼看见他，感觉面熟呢。这么一想，小青不由笑了。再想想阿蓝当时表演吃汽水瓶儿和表演聚老鼠的那个晚上，小青又不禁皱起了眉头，心随即扑通一声跳起来。小青的心竟在回想起有关阿蓝的事情时，突然莫名过来后，小青一边从头上慢慢往下摘头卡儿，一边梳理有关阿蓝的事情，她觉得，阿蓝这个后来者，当初来得似乎有些蹊跷，难道说……小青正要好好梳理一下，她和阿蓝的事情——她的样子看上去有点儿傻乎乎的——结果却被洗漱完毕，急得连脸都没擦的新郎官二郎，突然一下从后面紧紧抱住了。

　　新婚之夜，当我坐在梳妆镜前，正要好好想一下我与阿蓝的一些事情时，结果被二郎突然从后面紧紧抱住了。那一刻，我就跟一块木头似的，之后，我真希望自己仅仅是个汽水瓶子……

　　我想告诉你们的，其实就是这样一些鸡毛蒜皮的事。说不清怎么回事，就这么点儿破事儿，居然弄得我总掉眼泪……

　　好了，还是说再见吧，有时间呢，希望你们常来昌盛街。要是听到阿蓝的什么消息，还请大家尽快来个电话，到时我会和阿蓝一起去感谢你们——没出息是吧，说着说着，你们看，我这眼泪就又下来了。

昌盛街 II

坐在车里，我白皙的手指上，往往捏着香烟。我只抽烟嘴截面印着一颗红心的520。我觉得，这种细长的烟卷，十分性感。让我搞不懂的是，我似乎舍不得把烟放出去，所以车里总是烟雾缭绕。就像被烟熏的，我眯着眼睛靠坐在驾驶位上，时常会陷入混沌。猛然醒来，我总有一种不知身在何处的感觉。其实我的车就停在阿蓝发型设计的街对面。坐在车里，街对面理发店里的情况一目了然。

有几次，我是被指间的香烟烧醒的。

手里捏着烟，没进入混沌状态时，我会想起很多往事。往事如烟。当然，我也会注意观察进出理发店的年轻男人。我只关注三十岁左右的男人。这个年龄的男人，肚子开始见圆，头发不再那么黑亮，面色也会有些许的变化。有一天，我突然怀疑，即使三十岁的阿蓝出现，我能一下认出他吗？毕竟好几年没见了。我感到惶恐。我怕没能认出他，他进理发店没看到我，会不会转身离开？而我恰好又在那一刻猛然陷入混沌，岂不又将错过？我赶紧下车，慌里慌张穿过小街，冲进店里，就像阿蓝来了一样。我的员工一起看我。我问吴亮，有人来找我吗？吴亮在给一个女人留刘海，他看看我，又看看大家，说，有吗？没有吧？其他人有的摇头，有的回答说，没有啊。真没有？我像是不相信。吴亮停下手里的活，看着我，非常认真地说，真没有。我一直盯着他看。他似乎被我看得有点儿懵了。我的身体瞬间软了下来。我知道，我有点儿神经质了……

小青是坐在车里看到二郎和那个女人的，当时差一刻十一点。这是她坐在车里时间最长的一次。坐在车里吸着烟，先看到二郎从理发店里慌张地出来，然后才注意到站在街边的女人。看上去，女人年龄不大，穿着淡粉的裙子，长相模糊，除了个子比较高，身材还算窈窕外，没觉得她有什么特别吸引人的地方。小青希望她的胸部能更加突出一些。二郎冲到她的跟前，拉着她的胳膊往远处走。在拉着她往远处走的过程中，二郎不时向身后看着什么。看到二郎紧张的样子，小青觉得有点儿可笑。女人呢，一副很不情愿的样子，在小青看来，她好像噘着嘴？

二郎拉着女人消失在了街角。小青一直看着二郎把一个女人拉走，一点儿没感到奇怪。她只是笑了笑，没有过去打扰他们的想法。

晚上，小青把饭菜摆上桌，坐下来吃饭时，二郎回来了。她一天也没给二郎打电话。二郎进门后，匆忙跑进卫生间，方便完，再出来时，因为清洗过，他的脸色看上去不再那么阴暗。

坐到小青对面，二郎说，小强回来了，我明天想用用车。

小强去太原卖药，好几年了，据说在那边发展得不错。

小青摇晃一下杯中红色的液体，喝了一口，然后说，他回来干吗？不是在那边买房了吗？似乎是为庆祝看到二郎和一个女人在一起，小青特意去超市买了红酒和牛排。她觉得，今天应该祝贺一下。

桌子上没有多余的餐具。二郎起身，一边往橱柜方向走，一边说，小强要去北山公墓，想给他家老爷子上坟。

二郎盛上饭，拿着高脚杯倒红酒时，小青说，我的车，谁也不借。

二郎放下酒瓶，喝了一口红酒，咂巴一下味道，放下酒杯说，他知道咱家有车。再说，我已经答应他了。

小青眼前浮现出一辆银灰色的车。三年前，在法院工作的顾客说，我们扣了一批新车，要拍卖，你要一辆吧，便宜，我来帮你办手续。之前，小青总喜欢去江边散步，早晨或傍晚。江堤刚刚修建好，对岸建了音乐喷泉。一早一晚，江堤上人来人往，小青慢悠悠穿行在人群中，看两岸的风景，或者品读迎面而来的男人。她从不注意女人。无论花枝招展的，还是相貌平庸、一身俗气的，她一概不予理会。不知道多少年轻男人的面孔从她眼前掠过，结果没有一张脸让她惊喜。她很清楚，大海捞针根本行不通。而且，她突然有种想逃离人群的欲望。茫茫人海，让她感到紧张而绝望。走在人群中，她总是不自觉地寻找着一张消失了很久的脸。如果有车，就能走远一些，离开城市，去乡村和山间，她需要安静，于是她决定买车。

　　三年后，城市周边凡是通公路的地方，她几乎都一个山沟一个山沟地进去过。好像那张脸躲在某个山沟里。她对城市周边有了比较清晰的概念。去到山里，她开始学吹口哨。阿蓝不就是吹口哨表演聚老鼠吗？那天晚上，他吹的是鬼子进村。他一边吹着鬼子进村，一边在黑暗中，把锅底黑灰抹到大家的脸上。她在回想聚老鼠游戏的过程中，学会了吹口哨。既然学会了吹口哨，当然就想尝试在山间模拟表演聚老鼠。阿蓝表演聚老鼠用锅底黑灰，那时小青的旧店烧煤。山里哪有锅底灰？不敢点火，只好用黑土代替。人也只能用树代替。她吹着口哨，模仿阿蓝的口气，自言自语着，把黑土抹到树上，所抹黑土的地方，在她看来，正是二郎小强他们的脸。八年前，二郎小强还都很年轻，小青也一样。聚老鼠的游戏练得差不多以后，她很想在阿蓝发型设计演示一下，人倒不缺，缺的还是锅底黑灰，理发店里，连黑土都没有，而用染发剂，洗起来显然相当困难。小青有些不甘心，却也毫无办法。

　　一台普普通通的车，让她拥有了自己的世界。她从没让二郎动过自己的车。她不知道，自己何时又会突然心烦意乱，而没有车，又怎么逃离城市呢？

　　小青起身去卧室拿来一沓钱，放到二郎面前的桌面上，说，你和他打车去吧，请他吃个饭，就说明天我得用车。

　　二郎瞅一眼面前的钱，端起高脚杯，抿了一口红酒。

小青后来想，或许那天晚上，二郎就是想要钱？只不过前两天刚给他两千，他才不得不采取迂回策略？那么，他要钱干什么？为请小强吃饭？小青很快想到了那个女人。二郎是要给她买东西吗？还是需要钱治病？小青甚至想到了打胎。想到怀孕，小青的心一下抽紧了。不久后的一天晚上，二郎坐在沙发上看电视，她把一床被褥和枕头放到他的身边，对他说，你在沙发上睡吧，看球方便，要不就去那个房间睡。我这几天又失眠，等你看完电视，特别是看完球赛，那么晚，想睡觉时，我怕会打扰你。不等二郎回话，小青已经转身，步子轻盈地回到卧室，随手关上了卧室的门……

瓢泼大雨中，我坐在车里，突然想到了上海浦东的高楼。那是梅雨季节，我坐在出租车里，靠窗仰脸看一座螺旋上升的大厦，因为雾气，我居然没能看到楼的顶部。大楼一直螺旋向上，好像已经与天堂连在了一起。昌盛街没有这样的高楼大厦。八年前，阿蓝总来那会儿，这里多数是低矮平房，赶上雨天，可以看到有人在屋顶上忙活——外面下着大雨，屋里怕是在下小雨吧？街面也窄，坑坑洼洼，下水道不畅，街面上污水四处奔流，别说走路，就是打车，司机听说去昌盛街，立刻摇头拒绝。现在呢，昌盛街宽阔而平整，街两边是店铺。两年间，旧的昌盛街消失了，新昌盛街忽然一下展现在大家面前。杂乱无章的棚户区被规整楼房小区所代替。街上的游魂不多见了，只在夏天的晚上，才能在街边大排档看到喝酒的年轻人。我就是在拆迁中得到阿蓝发型设计这爿店的。阿蓝去我的旧店时，我的美发店简陋、黑暗、脏兮兮，理发才收三块钱。现在呢，顾客可以坐下来喝杯茶，或者咖啡，可以悠闲地翻阅报刊。我的七个员工，不是高帅，就是白美。即使在玻璃幕墙外面看，店里的帅哥靓女，也叫人赏心悦目。

就说吴亮吧，顾客能想到吗，给他们打理头发的吴亮，曾是市里模特大赛男模季军。我的房子汽车，所有一切，都是昌盛街给的。任何时候，我都没有理由不爱昌盛街……

　　看上去，似乎非常简单，二郎真在沙发上安营扎寨下来。每当意甲、德甲、英超比赛日，他都会提前备好啤酒和下酒菜。开球哨声一响，他一个人的节日也就来临了。看上去，他总是一副其乐无穷的样子。球赛结束，也正是他微醺睡意上来的时候，于是他身子一歪，鼾声很快在客厅里回响起来。

　　只有没有球赛的晚上，他才可能去敲卧室的门。他先伸手抓住门把手下压，当然压不动，然后才有可能敲门。多数时候，只要门打不开，他就会轻声走开。而门是不可能被他打开的。某一天，特别是没有球赛的午夜，他或许会抬手敲门。午夜的敲门声，清脆地响着，穿透力极强，但小青一次也没给他开过。第二天早晨，小青从房间里出来，偶尔会看到二郎不是睡在沙发上，或者另一间卧室的床上，而是蜷缩在卧室门口的地板上，嘴角有口水的痕迹。小青看看他，从他着衣很少的身体上迈过去，然后在卫生间、厨房和客厅里活动。已经吃过早饭，换好衣服，当她拎着包，最后一次从他身上迈过去，准备出门去理发店时，二郎依然蜷睡在卧室门口的地板上。小青当然也就不知道，等他醒来，从地板上爬起身，会是一副什么样子？二郎许多时候的样子，比如没穿衣服的样子，她早已经不记得了。她的心思，除了用在阿蓝发型设计外，再就是那辆银灰色的车，以及八年前，突然消失的一个男人身上……

　　　　我的眼前时常跳动着男人的脸。特别是坐在车里的时候。那些跳动的男人的脸，有的十分精致。男孩们的脸根本不会在我心底投下暗影。成熟男人的脸，已经不再那么棱角分明，纷纷叠加起肉层，尤其下巴，看上去很啰唆。那些肉乎乎的脸，总让我感到茫然。我不知道，那些肉层很厚的脸，内心是怎样一个世界？他们会表演吃汽水瓶和聚老鼠吗？即使会，相信他们也不可能在一群人面前展现那种才华——我始终认为，阿蓝吃汽水瓶之类的玻璃制品，表演聚老鼠，是富有才华和勇气的——在他们看来，那无疑是件滑稽而丢脸的事。追逐女人和名利，他们脸皮比谁都厚，厚而黑，反之，他们往往裹足不前，甚至退避。只有那张带着稚气的脸，才会在八年前，一个秋风习习的晚上，满怀激情，让我们一张张青春的脸变成让人忍俊不禁的大花脸。

一想到那个充满欢声笑语的晚上——我总忘不了那个秋天的晚上，欢声笑语总在我的耳边回响——我的脸上总会绽开笑容。我能感觉到，我脸上的笑容如同昙花，总是来不及完全绽放，就瞬间凝固在了脸上……

那个男人等了一个多小时，喝下两杯铁观音，小青才腾出手给他剪发。

小青花四十分钟，分三个层次给他做好发型。男人很满意。他像变魔术一样，拿出一沓钱，给小青。小青当然不会要。男人脸上的肉，瞬间失了血色。他冷着脸说，比这多的我都给过，没人不要，都乐呵呵接下、道谢，怎么，你是外星人？吴亮过来劝，说小青从来不收小费。男人的声音一下高起来，脖子上的血管暴现，小子，跟你有一毛钱关系吗，滚一边去！他一把将吴亮推了个趔趄，撞翻了好几个工具篮，烫发杠和锡纸洒落一地。男人伸手抓住小青的手，往她手里塞钱。小青本能地挺直身子，五指分开，男人一松手，一沓钱纷纷扬扬洒落在地上。男人看一眼地上的钱，盯着小青说，你敢扔我的钱？小青无奈地低下头。再抬起头时，小青说，这样吧，你的好意我心领了，为感谢你的诚意，这次我给你免单，可以吗？吴亮哈腰把钱捡到手上，递给男人。男人盯着小青看半天，一把抓过吴亮手上的钱，转身向门口走去。

整个下午，小青一直在想吴亮差点被推倒的那一幕。工具篮掉落地上的声音，一直在她耳边回响。不仅如此，他个子那么高，居然弯下腰，移动着身体，捡地上的钱。一下午，吴亮弯腰捡钱的动作，一直在她脑海里盘旋着，挥之不去。她犹豫半天，告诉吴亮说，晚上，我请你吃饭。

坐在二十四层旋转餐厅里,吴亮有些紧张,小青说,你别想那么多,请你吃饭,一是因为你今天帮了我的忙,二是因为我有求于你,不仅仅因为你的手艺,给店里带来很多女粉丝和男顾客,更重要的是,我想知道一些事情,想通过你,让自己做出一个重大决定。吴亮很聪明,他说,你想知道什么?吴亮说,我站在正义一边。小青很想表扬一下他,甚至想刮他挺直的鼻子,可是,她却只是笑了笑。即使这样,吴亮也倍受鼓舞,他告诉小青,那个女人是快餐店服务员,听说家住郊区,离异没有孩子。小青想一下那个女人的模糊身影,还是觉得,她要是再漂亮一些,那该多好。

吃过饭,小青一个人开车来到江边,把车熄掉火,点上烟,面对着黑暗中闪着波光的江水,静坐半天,将近午夜才回家。

用钥匙打开房门,一种特别的声音一下冲击起耳鼓。辨别一下,应该是从卫生间里传出来的?卫生间里传出的男人声音,听上去非常恐怖。尽管他在叫,小青,小青,亲爱的小青,而那种叫声却缺乏柔情,更像处在濒临死亡的状态。小青想也没想,似乎出于本能要去救人,鞋没脱就冲向卫生间。目光扫进卫生间,她发现,二郎并没像她想象的那样,站在凳子上,正要把头伸进绳套之类,或者脖颈已经勒在绳索之中,抑或手腕上正流着血。二郎只是裸体站在那,配合右手,嘴里正疯狂地叫着小青。小青没答应,她呆一下,眨下眼睛,转身快步出了卫生间。

小青再也不用自己家的卫生间,洗漱都在厨房里进行。脏衣服一律送洗衣店。至于方便,她宁愿开车去很远的一个公共卫生间。在她看来,公共厕所都比自己家的卫生间干净一百倍……

  阳光好的时候,我会禁不住给阿蓝设计发型。都是男人,但想理出好看的发型,也并不是件容易的事。有的男人看上去,头很周正,发质也非常好,可当你费尽心思为他设计好发型,认真加以实现后,令人难以置信,竟然感觉不出一点儿美感。这就像拍照,有人看上去很漂亮,或者很帅,可到了照片里,竟然平庸到了极点;而有的人,看上去并不好看，照片里，竟成帅哥女神了。理发也一样。每次精心为二郎理过发，打量他，却怎么也找不到耳目一新的感觉。他可能也不喜欢我再给他理发，两年来，他都叫吴亮给剪。吴亮折腾半天所剪出的发型，除了头发短了一些，同样没有新意。而阿蓝，我相信，只要认真剪，精益求精，他一定会一下精神起来，对此我绝对有信心。所以，我无数次在心里为他设计发型。最近我想，还是给他剪毛寸吧，三十岁的男人，几乎都是这种发型。只是，他额头上方的头发应该短一些，这样头心处会形似山峰，脸会更加富有立体感，一定会给人一种无比清爽的感觉。我想让他永远保持最佳发型，这样，当我看着他的时候，心底会情不自禁地升腾起一种欢喜。

我就这么期待着。一次次为他设计发型。一次次在心里为他理发。可是，我什么时候才能真正看到他满意而会心的笑容呢？

小青吸着烟，坐在车里，注意到他的时候，他站在店门口，正抬头张望头顶阿蓝发型设计几个字。看看头顶的牌匾，他推门进到店里。漂亮的小工先跟他说了两句，大概是与顾客的基本对话，紧接着，二郎迎上前去。二郎也只跟他说了几句话，之后，几乎是硬把他推出店门的。透过车窗玻璃，隔着玻璃幕墙，看着理发店里的一幕，小青觉得，像是在看默声电影。

那个人站在门口，一副理不出头绪的样子。再次看看头顶的牌匾，他摇摇头，向来路走去。

小青赶紧开车跟上去。到了街角，他走进街边一家小卖店。他要买东西，要买香烟吗？小青打开车门，听到店主对他说，我怎么会骗你呢？小青就在阿蓝发型设计，那是她后来开的店，先前她的店叫什么来着？嗨，瞧我这记性。等我看到她，一定好好问问，我还就不信了，我能老到这么件事都记不住？年轻人笑了笑说，那好吧，我再去问问。从小卖店里出来后，年轻人又往阿蓝发型设计的方向走。小青把车停到街边，跳下车，挡住他的去路。他看看小青，躲过去。小青在他身后说，你找小青？他一下停住，转过身，望着她说，是啊，你认识她？小青往阿蓝发型设计的方向看了看，然后说，我是她姐，你找她有事？

从对方手中接过黑色封面的笔记本，小青向对方浅鞠躬，然后下楼，开车穿过市区，向大山里行进。

路两旁是高大的树木，不时有野花掠过，红的，黄的，白的，紫的，高的，矮的，有的花大，有的花小，独一枝挺在空中，或者一大片铺展开来，间或有蝴蝶在车前或花丛中飞舞，色彩斑斓，而这一切，小青视而不见。空气异常清新，她也没察觉到。甚至感觉不到轻风，看不到身前不停跳跃、变幻的光影。她握着方向盘，似乎只需要面对一条像是永无止境的土路。终于，一条小河拦住了去路。她看着车前清澈的河水，身体猛然一下瘫软下来。在方向盘上趴了片刻，她抬起头，从副驾驶的座位上拿起笔记本，下车走到河边，把笔记本放到石头上，蹲下身，伸手掬水洗把脸，然后缓缓坐到河边的石头上。石头热乎乎的。白皙的手抚摸了好一会儿笔记本的黑色封面，然后轻轻打开。第一页贴着阿蓝的照片。那张年轻的脸，一下跌进她的眼里，她的脑袋不由忽悠一下，眼前猛然一黑。等慢慢睁开眼，仔细看，的确是那张年轻而帅气的脸。伸手摸摸他的脸，然后将自己的脸贴到他的脸上。没有温度。或者说，只是照片的温度。翻到第二页，是一行用中性笔写的字：献给我的最爱——小青。看到自己的名字，小青很快哽咽起来……

小强早就知道阿蓝的事，为什么不告诉我？是不想让我面对残酷的现实？还是因为，他总怂恿阿蓝吃玻璃，阿蓝早逝让他愧疚？一想到，阿蓝是因为吃玻璃才离开我，我恨不得薅光自己的头发。阿蓝吃玻璃时，我不也是一脸笑容的看客吗，想过他的痛苦吗？那可是坚硬而锋利的玻璃啊，为让我高兴，他就那么嚼着咽下去！是我亲手杀死的他。至少，我是其中一个凶手。

而人家找来，二郎谎称那是他的店，他是怕我伤心，还是恨我呢？你是不该恨我的。我也曾努力过，想努力忘记一切，想和你生孩子，好好生活，我以为，母爱会平复我的内心。可五年过去，没采取任何措施，我的身体却始终如同一潭死水。那种时候，我总是不自觉地想到另一个男人，从来没有快感，我却总是装作异常兴奋。吃过无数种药，中药西药，打过无数种针，甚至在没有快感之后，大头朝下，一控就是半小时，胃都要被倒出来了。只要说有益受孕，什么稀奇古怪的东西，我都毫不犹豫地吞吃下去，不是照样毫无结果吗？两年前的最后一次，我是没有反应，那是因为，我已经筋疲力尽了。我已经没有力气装下去了。两年来，你是没碰过我，可你不是有快餐店服务员吗？你甚至躲进卫生间。我呢，高潮对我这个结婚八年的女人来说，依然只是传说。我几乎不是女人了，尽管除了生孩子，我跟别的女人并没什么两样。可活了三十年，我却从没体验过做女人的快乐，还能叫活着吗？你知道吗，我的内心，总是时常被莫大的悲哀笼罩着，我是一个活着的死人……

一连几天，小青一直忙着在网上查阅资料。以往那种网站，她连看都不会看一眼，哪怕只看一眼，都会觉得难为情，感到耻辱。而现在，她的兴趣似乎一下完全转移到那种事情上了。下载了很多资料，打印出来，每天研读到半夜。让一个女人潜心研究那种问题，放以前，绝对难以想象。而现在，她却像正在迎接高考的学生。不但要读懂意思，记住动作要领，还要不停地揣摩对方的心理，领会对方的反应，包括生理和心理的。整个过程一定要控制好节奏，更要营造出温馨幸福的美感。困难的是，似乎太缺乏经验，没有经验的想象，总是叫人感到心里没底。必须参阅大量资料，包括彩色图片。一周后，尽管没有一点儿把握，可她还是决定实施。她感觉，有些等不了了。正好身体处在最佳时期。这天晚上，她早早去外面浴池洗了澡，用沐浴液让身体飘出淡淡的香气。回到家，换上性感内衣，又喷了一点儿香水。她夸张地躺到床上，低声喊二郎，二郎，你进来一下。二郎在客厅里看电视，叫了两声，他才慢慢腾腾地进来。温柔的床头灯下，小青望着二郎，柔声说，你去好好洗下澡吧。

小青从一点出发，每一步都按计划推进。她觉得，自己很像一台数控机床，从二郎身体某一部位开始后，便努力向终点行进。好几个瞬间，她几乎要放弃了。她感到非常累。麻木的身体和灵魂都累。甚至感到沮丧。她不想再为难自己。与自己为敌，并不像想象的那样简单。即使为男人理发，也会有愉悦，而眼下，体验不到一点儿乐趣。心里还跟石头一样坚硬。身体也不听使唤。她情愿为一百个男人无偿理发，也不想再为难自己。可为一百个男人理发，甚至为天下所有男人理发，就能赎回愧疚吗？她只能顽强地坚持着，只能让机床按照开始的设定，艰难地滑向终点。终点就在二郎喘着粗气的瘫软中。

小青轻轻起身，走到客厅里，犹豫半天，才去卫生间彻底清洗干净。再回到床边，二郎抓住了她的手。二郎抓着她的手说，谢谢你。二郎眼里充满柔情。

小青慢慢抽回手。小青说：别见外，这是我应该做的。小青开始穿衣服，二郎在她身后点上烟，抽了两口后，对小青说，有件事，我一直想告诉你。小青在心里说，你跟那个女人的事，我早知道了。而二郎把凉被往身上拉一下，又吸了一口烟，然后说，我一直想跟你说说，阿蓝的事。

小青没吱声。阿蓝因为吃玻璃八年前去世的事，她都知道了。接下来，她只想把那张 A4 纸给二郎。协议中，这座房子将给二郎，外加十万块钱。她准备对二郎说，这个家，我只要车，没有车，就没有我的生活。房子之类全归你。你不要再去阿蓝发型设计了，跟那个服务员另外干点什么吧，希望这些钱，能帮助你们干出自己的事业。小青就是这么打算的。

可没想到，二郎却在她身后说，不是我的主意。小强当时也喜欢你，他看出阿蓝的心思后，就想逼阿蓝退出。我们都没想到，阿蓝会死。后来，我又威胁小强……前些天，我和小强一起去了北山墓地，看了他……

二郎坦白时，小青一句话没说。她默默穿好衣服，慢慢转过身，站在床前，盯着躺在床上的二郎。二郎不敢看她。等他抽口烟，象征性地弹下烟灰后，小青眼里噙满泪水，低沉地说，你，快滚吧。小青的眼泪，一下子滚落下来……

太阳冉冉升起。阳光铺满昌盛街的时候，我要去北山公墓看阿蓝。吴亮不放心，他趴在车窗上，看着我说，你早点儿回来。我说好。他说，别忘了带花。我又说好。他接着说，你回来后，能给我理理发吗？我要最漂亮的发型。我还是不看他，只是答应他说，一定让你满意。他还是趴在车窗口。在他的注视下，我低着头，把车打着火。他却迅速打开后面的车门，转眼间，已经坐在了我的身后。

π，或者秋水

π是第16个小写希腊字母。也是希腊语 περιφρεια（周边，地域，圆周）的首字母。1706年，英国数学家威廉·琼斯最先用"π"表示圆周率。

1

梅老师端着搪瓷茶缸，站在窗前安静的阳光里，看着漂亮妩媚的方医生骑着凤凰自行车飞越操场后，从对角线方向的学校大门飞了出去。苏小明的歌声中，梅老师仿佛看到，皇甫老师穿着浅灰色中山装，正在大门口看那两棵高大挺拔的美人松。

礼拜天之外的早晨，将近七点，皇甫老师会准时出现在学校大门口。皇甫老师从铁路单身宿舍走到学校，大概需要十四分钟。梅老师和方医生结婚前，也住铁路单身宿舍。皇甫老师的教龄等于他住宿舍的年头。他从上海来到花枝铁路中学后，在单身宿舍一住就是二十年，怎能不叫人唏嘘感叹？

刮风下雨也好，艳阳天也罢，早晨无论谁和拎着蓝布兜站在大门口看美人松的皇甫老师打招呼，皇甫老师一律只是轻描淡写地回报以点头。他好像总怕人妨碍他观赏美人松。梅老师曾想，每天早晨都那么痴迷地看那两棵美人松，皇甫老师就不感到厌烦吗，每天早晨都能看出新意？其实任何时候走到美人松树下，皇甫老师都要仰起脸看半天。有一次，皇甫老师穿着厚重的棉大衣，仰脸望着枝头缀满白雪的美人松说，大雪压青松，青松挺且直，它们永远不会分开。梅老师知道皇甫老师喜欢美人松，可还是有点儿惊讶。梅老师想，因为铁路俱乐部刚刚放映了《庐山恋》，皇甫老师看了电影，于是发出如此感慨？梅老师笑着，把皇甫老师的话学给方医生听的时候，依然记得皇甫老师说那话时的表情语气，以及从他嘴里和鼻孔里呼出的白气。漂亮的方医生来梅老师住的宿舍前，刚去浴池洗了澡，她一身香气，吊在梅老师胸前说，我也喜欢那两棵美人松，那棵矮的是我，你是那棵高的。梅老师吸着方医生脸上的香气，啄下方医生富有光泽的额头说，让皇甫老师每天早晨给咱俩行注目礼？梅老师想，有多少人把自己和自己喜欢的人比作那两棵美人松呢？

　　即使梅老师早晨向皇甫老师问好，皇甫老师同样只是报以点头。偶尔他脸上会浮现若有若无的笑。皇甫老师脸上的那种若有若无的笑，让梅老师总是莫名地心虚，就像被皇甫老师发现了他的什么秘密似的。皇甫老师的语言表达能力，早晨好像总是睡不醒。实际上，他平时向来话少。他的办公桌挨着玻璃窗，办公桌上时常散落着大片阳光。明朗的光线中，皇甫老师不是坐在办公桌前看书，备课，就是在批改作业。他情愿望着窗外远处的山，不管远处的山是绿的，还是黄的，或者白雪皑皑，他都能目不转睛地遥望半天，他哪怕观望大门口处在风雨中的美人松，也不愿多说一句话。他表情沉静而安逸。置身事外是他的一贯作风。只有给学生上课，谈论数学问题，他才能从若有所思中跳出来，眼睛随之迸发出异样的光彩。那个时刻，皇甫老师或许可以称之为神采飞扬？

　　绵柔的阳光安静地铺在大操场上。大门口的美人松熠熠生辉。灿烂阳光下，师生们陆续进入校园。很多人和方医生一样，骑着自行车。梅老师隔着窗玻璃，看骑自行车的人，仿佛听到了自行车的铃声。自行车的铃声交相呼应。苏小明在深情道白：军港的夜啊，静悄悄，海浪把战舰轻轻地摇，年轻的水兵头枕着波涛，睡梦中露出甜美的微笑。外面阳光多么灿烂，梅老师却仿佛看到，暗淡的光线中，年轻的水兵们正沉浸在香甜的美梦中。梅老师缓缓放下茶缸，咔嚓一声关掉了燕舞收录机。他夹着教案出门，回身给房门落了锁。走在阳光明媚的操场上，梅老师想到了那条脍炙人口的广告：燕舞，燕舞，一曲歌来一片情——梅老师远远看到，姜校长和赵主任在男女学生的簇拥下，走进了红色的教学楼。

推开暗红色的楼门时，苏小明的歌声依然萦绕在梅老师耳边。俯身在签到本上签好名，直起身，突然发现皇甫老师没签到，苏小明的歌声在梅老师耳边戛然而止。梅老师过后想，这个秋天的早晨，似乎从看到皇甫老师没签到的那一刻起，才真正开始。

早晨醒来后，梅老师起身掀开粉红色窗帘一角，拿过窗台上的闹钟看下时间，按掉闹铃，然后回身看方医生。方医生雪白的胳膊露在大红缎子被外面，脸上的红润似乎还没淡去。昨晚他们差不多把整铺炕睡遍了。晨光从掀开窗帘的地方投进来，映在方医生的脸上，方医生白里透红的脸呈现出光亮般的质感。在梅老师俯身陶醉于方医生脸上的香气时，方医生在被子下动了动身子，睁开了丹凤眼。看到眼前的梅老师，方医生脸上立刻涌现笑容，她说你醒了，几点了？方医生脸上的酒窝似乎都在幸福地微笑。梅老师抚着方医生粉嫩的脸说，还能睡十分钟。方医生满眼柔情地说，今天要是礼拜天，那多好。等梅老师去开水房打回开水，苏小明已经在小屋里唱起来了。梅老师在欢快的歌声中，把印有红双喜字的搪瓷脸盆放到椅子上，给方医生兑好洗脸水。方医生扭动幸福的身体下地洗脸。梅老师走到炕沿前，拽过带着方医生体温的红花缎子被，一边叠被一边说，你别忘了啊，等会儿把磁带给柳见心拿去。吃早饭时，方医生在苏小明的歌声中说，我怎么总觉得饿呢？梅老师说，得吃双份了？方医生喝了一口梅老师刚从学校食堂打回来的小米粥，抬起头说，蜜月没完呢，哪有那么快？

在梅老师看来，这个早晨与以往早晨的最大不同，就是他突然发现，皇甫老师没签到。梅老师不仅感到意外，而且感觉什么地方不太对劲，决不仅仅因为皇甫老师漂亮的钢笔字没在签到本上出现。除了因为皇甫老师姓名是四个字外，还因为皇甫老师喜欢用碳素墨水——包括姜校长、赵主任，大家都用学校工厂出的劣质蓝墨水，很少有人用圆珠笔，唯有皇甫老师钟爱碳素墨水——他用碳素墨水签出的四个字的姓名，无疑十分扎眼。梅老师看皇甫老师签的名，好像总能闻到淡淡的碳素墨水的味道。

皇甫老师怎么没签到呢？梅老师眼前浮现出皇甫老师捏着粗黑钢笔，哈着腰，一蹴而就签名的样子。皇甫老师一蹴而就的动作，甚至他扭开和盖上钢笔帽，做这些动作时的表情，都让人羡慕而钦佩。梅老师多么渴望能拥有皇甫老师的潇洒气度啊。可皇甫老师身上的很多东西，比如看似简单的写字，比如在学术刊物上发表数学论文，别人又怎能轻易模仿和学到手呢？

想着皇甫老师用碳素墨水签的名，梅老师翻回昨天的签到，皇甫老师的签名和他记忆中的一模一样，大气豪放，又不失婉约，就在他干瘪平庸的签名之前。二十四小时后，那四个字好像依然散发着淡淡的碳素墨水的味道。总跟在皇甫老师身后来签到，梅老师不由往身后看，好像皇甫老师今天早晨只是晚了他几步。身后是教语文的女老师。年轻的女语文老师与梅老师的目光碰上后，似乎颇为意外，圆白的脸上立刻有了笑容。女语文老师背着小包，手上拿着钢笔笑着说，梅老师，气色不错啊。梅老师生硬地报以微笑，气色似乎真在刹那间不错起来。拿着教案往教研室走，梅老师想，皇甫老师在大门口看美人松吧？也许到教研室了？梅老师怀疑，皇甫老师天天早晨看美人松，然后认真签到，今天早晨，难道他就把签到的事忘了？

走进数学教研室，梅老师的目光一直盯在皇甫老师的办公桌上。走近一些，他发现属于皇甫老师的那张淡黄色的办公桌上，一如既往地洒满阳光，桌面似乎比以往任何时候都干净利落，似乎一尘不染，好像皇甫老师刚刚收拾过。看着洒满阳光、干净利落的桌面，梅老师感到茫然。其他老师在逼仄的空间里倒水，擦桌子，拖地，翻动书本教案，摆弄教具，以及相互问好。有人甚至站在错落的光影里，对着小镜子，飞快往脸上抹着雪花膏，空气中飘浮着轻佻的香气。教研室里人影浮动，声音混杂，梅老师视而不见，充耳不闻。他轻轻放下教案，舒缓地坐下来，伸手拿过一本作业，转手捏起蘸着红墨水的蘸水笔，盯着皇甫老师的办公桌，慢慢翻开作业本。他的表情和动作，如同皇甫老师通常情况下的宁静端庄。却怎么也无法摆脱心慌。他还是感觉像要发生什么事。即使漂亮妩媚的方医生，此刻一身香气，柔情似水地依偎在他怀里，好像也无法让他从莫名的心慌中挣脱出来。

2

高中大学获得过全国数学竞赛第一名和第二名。1967 年 6 月 17 日成功试爆的第一颗氢弹，也曾参与过一小部分数据运算。从小生活在上海，被誉为数学天才，怎么突然沦落到边疆小镇了？从天上一下摔到地上的复旦毕业生，就是我。当我在桌面上铺好信纸，提起小阿姐临别时送给我的钢笔，认真给她写第一封信的时候，我在花枝镇的生活已经正式开始了——

小阿姐：

　　我到花枝铁路中学报完到，已经在镇上的铁路宿舍住下了。你和妈妈给我准备的被褥，非常舒适。

　　花枝镇在森林里，四周林海跌宕起伏，浩渺无边。在宿舍里能听到松涛声。镇上有工务段，车务段，机务段，还有铁路医院。除了花枝铁路中学，还有花枝铁路小学，小学里还有托儿所。我和花枝站的方客运员，机务段的郝司炉，我们三个人一起住。

　　方客运员细皮嫩肉。他女儿叫香乘。香乘小脸白白嫩嫩，一笑俩酒窝。我给她奶糖，她腼腆地望着我，怯怯地伸出白白胖胖的小手。她的小手真好看。我抱着她去江边钓鱼，她搂着我的脖子亲我，我闻到了她嘴里的甜味。她好像有着一身的香气。我们来到学校后面的江边，江水清澈，波澜不惊，根本无法与浩浩荡荡的黄浦江相提并论。香乘手上抓着刚钓上来的鲜活小鱼，手舞足蹈，欢天喜地，她的样子太招人喜欢了。

小阿姐,你想象一下,学校大门口有两棵高大挺拔的松树,你能想到吗,那种松树居然叫美人松。两棵耸立在蓝天白云下,高大挺拔的美人松,美得惊心动魄,叹为观止。你信吗,我能感觉到,那两棵高贵漂亮的美人松,它们十分相爱,就像永远不会分开的恋人,多么美好而让人羡慕啊。

　　学校有高中部和初中部。学生全是铁路子弟。五十多名老师中,只有我是复旦毕业。领导让我教高一。我得尽快进入角色,不能让人看复旦毕业生的笑话,小阿姐,你说对吧?

　　家里呢,我就是担心妈妈爸爸。妈妈身体不好,你多照顾吧。我来这么偏远的地方,对妈妈是个打击。一想到妈妈流泪的样子,我就心酸。

　　妈妈在我临走时说,以后她和爸爸就靠我了。妈妈爸爸对大哥不抱任何希望。妈妈希望我能尽快回到上海。你劝劝妈妈吧,让她别太为我担心。

　　要不是研究生暂时停止招生,相信我肯定能考上。临走我找岳教授,他说明年可能恢复招生。他说一有消息立刻通知我。等我考上岳教授的研究生,就能回上海了。真希望那一天快点到来。

　　你和薛的事怎么办呢?他去了丽江,要是和我在这做伴多好。虽说他长相一般,但是人不错,我想你会等他吧?

　　你告诉妈妈爸爸吧,我一切安好。今天先说这些。小阿姐,祝你工作顺利!

弟　乙西
1967年9月3日于花枝镇

　　清晨的空气中弥漫着树叶和果实的味道。鸟在头顶的枝叶间叽叽喳喳地唱着。我去寄信时遇见了香乘。香乘在她妈妈怀里,穿着淡粉色碎花罩衣,用橡皮筋扎着两根直刷头。她叫我叔叔时,挥动着胖乎乎的小手,脸上的酒窝甜甜美美的。她妈妈正送她去托儿所。

我把写给小阿姐的信塞进邮政所门前的绿色邮筒。我不知道远在上海的小阿姐多少天之后才能收到我的信？我又什么时候能收到小阿姐的回信呢？花枝镇在地理课本里的地图上，不过是铁道边的一个小黑点。我什么时候才能坐上绿色的火车，一路向南，回到上海妈妈爸爸身边呢？我想起了上海那条我所熟悉的小巷，复旦大学校园，以及浩浩荡荡的黄浦江。我想，将来我会和谁结婚，会生男孩还是女孩呢？我真希望，将来我能有个像香乘一样漂亮，有着一身香气的女儿。随着我漂泊到偏远闭塞的花枝镇，我总感觉，我和马丽可能很快就会结束。高傲的马丽说她欣赏和仰慕我的数学才华时，我们在看黄浦江上来往穿梭的轮船。那时我对未来无限憧憬。可转眼间，我和妈妈爸爸等亲人，以及马丽，就天各一方了。马丽身边向来不缺纨绔子弟。何必要耽误她呢？要不要给她写封信呢？身在边疆，我又能对远在上海的马丽说些什么呢？走在早晨的镇街上，我仿佛看到，我和马丽相拥站在黄浦江边，正在看江上来往穿梭的轮船。走到丁字路口，我茫然四顾，面对匆忙而陌生的一个个身影，我想，或许我应该尽快爱上这个叫花枝的地方吧？

3

梅老师过后想，或许方医生一大早就按响燕舞收录机，苏小明深情地唱了一个早晨，当发现皇甫老师没签到时，他才会心神不宁？因为苏小明的歌带是皇甫老师送的。皇甫老师走进梅老师和方医生借住的小屋时，梅老师和方医生已经把艳丽多彩的缎子面被褥铺放在了炕上。一对粉色缎面质地的鸳鸯枕头，亲密地摆放在一起。皇甫老师衣着端庄，跷着二郎腿，坐在窗前的椅子上说，苏小明，她以后不会再出歌带了，这盘磁带，你俩好好保管吧。皇甫老师不悲不喜，说了几句苏小明的情况，用以苏小明不会再出歌带的证明。方医生穿着淡黄色的确良上衣，挪动着婀娜的身姿，忙着给皇甫老师沏茉莉花茶。茶香四溢间，皇甫老师借着昏暗的灯光，看报纸上的文章。旧报纸糊在墙上，皇甫老师像被罚站，他面对墙站着，端着茶杯喝了几口茶，仰脸看完文章走了以后，梅老师和方医生就把他的话抛到了脑后。他们不仅仅给人翻录苏小明的歌带。方医生钟爱《军港之夜》，除了没完没了地播放，她还不厌其烦地回来倒带，这无疑会加重损伤磁带，是否有悖于皇甫老师好好保管磁带的嘱托呢？

数学教研室里终于安静下来。梅老师更加心不在焉。他的眼前总是晃动着皇甫老师的身影。皇甫老师穿着浅灰色中山装，好像就坐在斜对面的办公桌后面，正在全神贯注批改作业。皇甫老师悄无声息，毫无动静。他一蹴而就的签名动作，在梅老师的回想中，似乎更加潇洒自如。还有他个性化的眼神。再往以前想，要不是皇甫老师偏爱，课上课下用心良多，大山深处工务段养路工的孩子，能考上城里的师专，毕业当上铁路中学的数学老师吗？

之后，梅老师听到了急促的脚步声。一个还算漂亮的女生，探头探脑出现在门口。梅老师手上捏着蘸水笔，侧过身，看着基本已经发育成熟的女生。女生梳着齐耳短发，涨红着脸，扑闪着眼睛说，梅老师好，皇甫老师呢？女生微微弯了下细腰。梅老师收紧眉头，闪念间想到了漂亮的方医生。方医生读高中时，腰也特别细。女生在梅老师的注视下，脸似乎更红了。女生涨红着脸说，我们在等皇甫老师，去给我们上课呢。皇甫老师或许直接去给学生上课了，梅老师的这种幻想瞬间破灭了。

梅老师快步冲上三楼。从楼梯口一出来，梅老师看到赵主任一闪身进了校长室。梅老师听到赵主任在校长室里说，姜校长，皇甫老师没签到，没来给学生上课。梅老师好像听到了赵主任的喘息声。他走到校长室门口，看到赵主任把签到本递给了姜校长。梅老师的心怦怦直跳。姜校长戴着眼镜，翻看一下签到本，抬头看同样戴着眼镜的赵主任。赵主任抬手戳下鼻梁上的黑色眼镜框说，从来没有这种情况，教学上，皇甫老师向来兢兢业业，一丝不苟……

第一节课的下课铃突兀地响起来。梅老师跟在姜校长和赵主任身后，三个人出了教学楼。身前的两位领导，边走边说高三教学上的事。空旷的操场上，只有他们三个人。两棵美人松沐浴在蓝天下的阳光里。两位领导说着话，看似走得挺快，跟在他们身后的梅老师，最终忍无可忍，他快步超过身前的领导，越走越快，像是刹不住脚，一出校门他就跑起来了。姜校长和赵主任很快被他甩在身后。梅老师跑在光影婆娑的镇街上。如果再早一些，街道上没有婆娑的光影，梅老师穿着运动服和白球鞋的话，那么看上去，会更像晨练跑步。梅老师只在镇中心的丁字路口停了片刻。柳见心穿着白大褂，双手插在外兜里，站在明晃晃的阳光下说，我去供销社买电池。梅老师迎着她的目光说，磁带给你了？柳见心脸上有了一点儿笑容，她说一早就给我了。梅老师笑了笑，转身接着往前跑。梅老师在奔跑中想，柳见心挺清闲，方医生呢，应该也不忙吧？

离宿舍越近，梅老师似乎跑得越快，最后一段，就像运动会上的赛跑冲刺。他一直跑进宿舍，冲上二楼，一头撞进悠长走廊的昏暗中。梅老师眼前一黑。长长的走廊里充斥着霉味，以及柴油炉的气味，阴暗而安静。梅老师喘息着，让眼睛适应一下阴暗，快步走到走廊尽头的201室门前，毫不犹豫地抬手敲门。敲门时，梅老师尽量控制着喘息。他边敲门边叫皇甫老师。越敲越急，越叫声越高。以前来找皇甫老师，他从来没这么心急过。他多少希望面前深绿色的房门能快点打开，多少想一眼看到皇甫老师。皇甫老师不再年轻的脸上有没有笑容没关系，甚至不用说话，他只要出现在门里就行。即使皇甫老师因为忙乱的敲门而发脾气，梅老师也丝毫不会在意，脸上甚至会露出开心的笑容。

然而，敲门声和呼唤声过后，屋里和走廊里立刻陷入死寂。

接着敲门时，梅老师想，哪怕听到皇甫老师在屋里答应一声，或者在屋里咳嗽一声，也好啊。

一路跑来时，梅老师想，也许皇甫老师生病了，比如感冒发烧。天气转凉，生点儿小病很正常。柳见心已经很久没去数学教研室喷洒来苏水了。去年入秋后，一直到今年春天，柳见心时常背着喷雾器，逐个教研室和教室消毒。她会在学生放学、老师下班后，穿着白大褂，戴着白帽子白口罩，背着喷雾器，细心把来苏水喷遍整个教学楼，包括所有教室和教研室，以及楼梯走廊。皇甫老师办公桌前后左右,来苏水的味道尤其浓重。有时来苏水的味道还没完全散尽,柳见心就穿着白大褂,戴着白帽子白口罩,背着喷雾器,拿着药水又来了。今年秋天,她至今没去学校消过毒。或者皇甫老师吃了不干净的东西,引起腹泻,没法给学生上课,说不定折腾大半宿,睡过头了?这种可能性当然很小。皇甫老师特别干净,吃东西非常讲究,除非宿舍食堂饭菜出了问题。教学上,正如赵主任所言,没人比皇甫老师敬业。皇甫老师那么严谨,会因为头痛脑热缺课吗?实在上不了课,他也会想方设法告诉姜校长或赵主任一声吧?遇见柳见心,她没透露皇甫老师找她看过病。皇甫老师要是找柳见心看病,柳见心还能去供销社吗?她去供销社买电池,是要听苏小明的歌带?

敲门声异常空洞。梅老师呼叫皇甫老师的声音,同样被走廊里的安静瞬间吞噬。

当梅老师跟在拎着一大串钥匙的女管理员身后,再次往二楼上的时候,矮胖女管理员的动作让人难以忍受,梅老师跟在她身后说,能快点儿吗?矮胖女管理员一下停在了幽暗的楼梯上,多少有些夸张的钥匙串的响声,瞬间被两个人此起彼伏的喘息声所覆盖。

再次进入二楼昏暗的走廊,钥匙串哗啦哗啦的响声中,梅老师看到,姜校长和赵主任的剪影投在走廊尽头的窗玻璃上。两个人影站在皇甫老师所住的201室门前,和梅老师一样,赵主任也是边敲门,边喊皇甫老师。赵主任甚至喊了皇甫老师的大名。

走向暗处的姜校长和赵主任,梅老师突然感到,脸上像有什么东西在爬。猛然发现,呼哧带喘中已经一身热汗。热汗在顺着脸颊往下淌。两腿间火辣辣的。梅老师一身燥热,边走边抬手擦汗。

阴暗中,赵主任和姜校长晃动身体,闪到旁边。钥匙串的响声中,矮胖女管理员呼吸粗重地靠近201室房门。梅老师看到,旁边窄小的玻璃窗透进来的暗淡光线中,女管理员惨白的手上,捏着一把闪着微光的铜钥匙。那么大的锁眼,矮胖女管理员就像故意似的,颤抖着白馒头似的手,钥匙围着锁眼戳来捅去,半天插不进去。梅老师心焦,恨不得上前夺钥匙亲自开门。可他只能忍耐着。似乎不经意间,闪着微光的铜钥终于一下隐没在了锁眼里。随着钥匙在锁眼里的扭动，笨拙地左右扭动半天，所发出的声音让梅老师感觉，铜钥匙好像不是插在房门的锁眼里，而是恶狠狠地捅进他的心脏，正在他心上残酷地剜着，戳着，挑着，来回扭动着。梅老师紧张而难受，浑身更加燥热，感觉都要无法呼吸了。梅老师咬紧牙，在心里说，可真他妈够笨的！梅老师望着矮胖女管理员，无可奈何地叹了口粗气。

4

  方客运员成为方值班员的秋天，漂亮的香乘要上学了。我拎着一大堆拼音本、田字格、算术本，还有文具盒、铅笔、转刀，去香乘家时，我真为他们高兴，他们一家三口终于团聚。之前香乘和妈妈借住在姥姥家一进门正对着房门的小土炕上。香乘说，晚上翻下身都十分困难。她撸起裤管，让我看她的膝盖，她的膝盖因为晚上睡觉撞上墙而变得乌青。我好像听到了她在深夜里发出的一声惊叫。有一次，我撞见方客运员和香乘的妈妈在我们宿舍里，两个人手忙脚乱，窘迫至极。其实我比他们还尴尬。虽然难为情，我还是婉转地建议方客运员，以后，事先最好和我说一声。
  之后，郝司炉开上了蒸汽火车。当上火车副司机，和方值班员一样，郝副司机一个月也能多开三块五毛钱。接着，郝副司机和托儿所的于老师结婚了。喝喜酒时，方值班员坐在我的身边，手上端着酒杯说，你可落后了，可得抓紧了。在方值班员看来，找对象的事，我不应该落后于郝副司机。郝副司机在旁边凑热闹说，皇甫舍不得女管理员吧，要陪那个呼哧带喘的土豆一辈子？郝副司机和方值班员一起笑。
  我喝口酒，手上端着酒杯看香乘。香乘已经上二年级，剪着齐耳短发，模样愈加清秀。她会一天比一天漂亮，转眼就会成为漂亮的大姑娘。她安静地吃饭，偶尔抬起头，扑闪着黑亮的眼睛看大家。我无法回应郝副司机和方值班员。如我所料，高傲的马丽很快嫁人了。事前事后她都没和我说。在我的把控下，我和她只通过两三封简短的信。小阿姐在信里蛮有把握地说，你别伤心难过，你肯定会找到比马丽至少好一百倍的姑娘。小阿姐开导我说，你在那边，有漂亮姑娘就处，该结婚就结婚。小阿姐想说的是，别让妈妈爸爸，还有她，为我的个人问题操心。

小阿姐让妈妈爸爸省心了吗？她背着妈妈爸爸，从家里偷走户口本，和远在丽江的薛登记结婚了。小阿姐说，虽然薛远在丽江，但距离不是问题，薛总有回到上海的那天。小阿姐在信里说，实在不行，那我就去丽江。我能想象出，小阿姐和薛收到彼此来信时的喜悦，对他们来说，所谓幸福或许就是收到对方寄自远方的来信？

我在纷乱不止间备课，给学生上课，批改作业，看看书，写写论文，日子过得挺充实。我对线性代数一直非常着迷。我梦想有一天，能再次参与卫星数据运算之类的工作。我既不参与纷争，也不糊弄学生。经常和方值班员、郝副司机，去学校后面的江边钓鱼，野餐，或者在大江里淋漓尽致地野浴。总去方值班员家喝酒吃饭。方值班员的媳妇照顾儿子，忙不过来时，方值班员会和香乘给我们做饭。看着香乘一脸认真给我们炒鸡蛋，我想，将来无论谁娶了她，都将是人生最大的幸运。

秋天转眼再次光临花枝镇。森林里的花枝镇，秋天总是来得特别匆忙。凄凉的秋风中，小阿姐的来信让我一下崩溃了。泡在冰冷的江水里，我的牙齿在不停地打战。我想忍住不吭声，可是做不到。黯淡的月光下，水波以我的身体为中心，一圈套着一圈，不断向四周扩散着。水面上荡漾着暗淡的波光。当我浑身湿漉漉的，打着战回到宿舍，换身干爽的衣服，坐在昏黄的灯光下给小阿姐写回信时，我依然无法止住泪水，我的身体依然抑制不住地颤抖着——

小阿姐：

得知妈妈爸爸的事，我感到震惊和心痛。我无法相信，他竟然干出如此无耻、丧尽天良的事。我想起他胳膊骨折，妈妈伤心地落泪，领着他四处寻医问药治胳膊。你还记得那次他半夜感冒发烧吗？妈妈爸爸紧张得不行，当时肺结核盛行，妈妈爸爸生怕他得上要命的肺结核。他出卖的不是妈妈爸爸，而是他的良心。

小阿姐，还是不要说爸爸傻吧。我们都知道，爸爸有多爱妈妈。爸爸想救妈妈，想替妈妈受罪，即使因此也身陷囹圄，也不能说爸爸天真幼稚。爸爸怎么可能扔下妈妈不管呢？爸爸那么做，也许就是想去陪妈妈吧？

我们姓皇甫怎么了？我们能选择和改姓吗？别说他要改名，就是改姓，又怎么样呢？他已经背叛了皇甫家。让这个不肖子孙，瞎折腾吧。

上次回去我劝妈妈，不行就让他搬出去，可妈妈心软。现在说什么都晚了。你要和他断绝关系，有何意义？他出卖良心，摇身一变是成了革委会副主任，但总有一天，他会为自己的行为付出代价！如果他良心未泯，那就让他永远在自我谴责中煎熬吧。

你和大阿姐可不能再出事。有人找上门的话，你们要坚强，不要做无畏的争斗和牺牲。前几天，花枝机务段的段长被折磨疯了，你们要有思想准备。不管怎样，你和大阿姐都要照顾好自己，我和妈妈爸爸都不在你们身边，你们一定要比任何时候都坚强。

你尽管放心，我断然不会与妈妈爸爸划清界限，我不是那个不肖子孙。我这边暂时没动静。不知道妈妈爸爸被关在哪里？你和大阿姐想想办法，为妈妈爸爸做点儿什么吧。妈妈爸爸在里面，不知道要有多痛苦难过。尤其妈妈，她向来自爱要强。当年妈妈可是跳下二楼，逃离家门，千辛万苦穿越道道封锁，才跑去延安的，还在报上发表脱离封建资本主义家庭的声明，现在倒成罪证了？如果妈妈一直当富家大小姐，嫁给了反动派，受这气和苦，倒也罢了。爸爸可是三代贫农。他们都为革命流过血，出过力，这样对待我们的妈妈爸爸，公平吗？

我不知道你能否收到这封信，又会不会给你带来麻烦和危险，看过马上烧掉。

　　为了妈妈爸爸，为了我们皇甫家，小阿姐，你和大阿姐一定要乐观坚强，一定要多保重！

弟　乙西
1972年9月20日夜

　　窗外艰难地露出亮色。晨曦中，我把写给小阿姐的信小心地投进邮筒。信落到邮筒底部发出扑地一声，我的心不但没踏实下来，反而更加七上八下。天阴沉沉的。我在空空荡荡的镇街上，漫无目的地游走着，突然发现，我竟然站在方值班员家的大门外。方值班员家的院子里静悄悄的。当我来到铁路小学大门口时，我想，应该能看见香乘？香乘的笑脸在我眼前飘浮着，她好像在默默地看着我，我的心，似乎温暖了一些。

　　空气愈加潮湿。薄雾中满是秋天的气息。我站在铁路小学大门口，想象香乘长大会是什么样？她皮肤白皙细腻，像方值班员，而身形和长相，又似乎更像她的妈妈。我多么希望她能快点长大。多么希望漂亮的香乘能在这个阴沉、飘浮着薄雾的早晨，举手给我敬个礼，说声皇甫老师好。她那带着香甜味道的嗓音，好听而亲切，总是让我联想到散发着香味的新鲜水果。

　　硕大的雨点猛然打在我的脸上。我仰起冰凉的脸，看看阴沉沉的天空，抬脚往铁路中学走。学校越来越不像学校，乌烟瘴气，一塌糊涂。哪怕只剩一个学生，哪怕没有一个人专心听讲，我也要认真讲课。只要上海方面发来一封信，比如外调函，我立刻就会被划到人民的对立面，还能再上讲坛吗？此类残酷的例子，还少吗？

　　我的脸上淌着冰冷的雨水。我有点儿睁不开眼睛。眼前是妈妈冰冷绝望的眼神。她安静地站在一扇漆黑的铁门后面，我看不到她瘦弱的身体，只看到铁门上巴掌大的窗口里，她多半张瘦削、没有血色的脸，双眼空洞而无助，冰冷而绝望。妈妈的眼睛，曾经多么清澈明亮，又曾充满着怎样的革命激情？还有三代贫农的爸爸，他耿直善良，一身正气，以他的秉性，怕是不只精神上受苦，肉体是不是也遭受了沉痛打击？

顶着稀落冰冷的雨，走在树下灰蒙蒙的镇街上，一个小身影突然挡在了我的身前。油纸伞快速举过我的头顶。花布褂子袖口垂落，白白瘦瘦的小胳膊，就在我眼前，青色的血管依稀可见。香乘仰起下巴，眼巴巴望着我说，皇甫老师好。她原本想笑，可脸上的酒窝还没完全呈现，她突然就把笑容收住了，眼里迅速涌现泪光。

那个悲凉多雨的秋天，回想起来，除了能感受到彻骨的凉意外，我的眼前总会浮现出香乘拧着小眉毛，在雨中给我撑着伞，眼里噙满泪水，眼巴巴望着我的样子。她那饱满的泪水滚落的瞬间，我的心猛地一痛，是我让她小小年纪就感受到了世间的苍凉？人生的那个瞬间，我好像从来也不曾忘记过……

5

方医生手里攥着沙果，疲惫地进屋，直接坐到炕沿上。梅老师往搪瓷茶缸里兑些热水，端到她面前。方医生把沙果轻轻放到墙边的柜面上。其中一个沙果在暗红色的柜面上滚动了一下。沙果静止后，方医生接过茶缸喝口水，把茶缸交还给梅老师。梅老师也想喝水，可沉寂中，他看看方医生，转手把茶缸放在了两个沙果之间。

似乎不敢轻举妄动，像怕惊扰方医生，梅老师动作舒缓地坐到方医生的身边。一双大，一双小，两双鞋一动不动地垂在炕沿下面。窗外阳光多么灿烂，明晃晃的，一大群鸟鸣叫着，忽高忽低地掠过操场上空。梅老师感觉，不仅他和方医生住的小屋，似乎整个校园都笼罩在落寞压抑中，连大门口耸立在蓝天白云下，俊秀挺拔的美人松，似乎也都无精打采。

刹那间，泪水在方医生白皙细腻的脸庞上蜿蜒而下。梅老师心里一痛，赶紧掏出方医生送给他的绣着梅花的手绢，起身给她擦眼泪。在201室，方医生就没少流泪。回想当时的忙乱，梅老师依然心颤。他疯了一般穿过昏暗的走廊，飞跑到宿舍主任办公室，抖着手给方医生打电话，让铁路医院赶紧来人。

矮胖女管理员呼吸粗重地打开门锁，推下房门，房门缓慢划开的过程中，矮胖女管理员笨拙地闪到一边。

一眼看去，屋里没人。散淡的阳光柔和地照进屋里，屋里给人一种暖融融的感觉。空气中悬浮着淡淡的水果味。梅老师像是循着水果的气息，看到了窗前桌子上的两个红艳艳的沙果。那么好看的红沙果，梅老师想，是皇甫老师摆在那，用来闻味的？二十年间，室友换了一茬又一茬，室友争先恐后，纷纷扑进女人怀抱，唯有皇甫老师执着地住在房门后面的铁床上。刷着蓝漆的铁床，长不过一米八，宽不过零点九米。蓝白相间的床单上，放着一堆蓝灰色铁路制服，制服上扣着一顶大檐帽。梅老师猛然想，皇甫老师要回上海，正在打点行装？

瘦小枯干的赵主任堵在门口，踌躇不前。赵主任推下鼻梁上的眼镜说，人呢？梅老师在他身后说，看看门后边。赵主任可能以为皇甫老师在开玩笑，尽管谁也没看到过，皇甫老师和谁开过玩笑，赵主任还是把房门猛然往身前一带，配合动作，赵主任说，看你往哪躲！赵主任的动作表情，包括说话的腔调，在梅老师看来，都无法和皇甫老师比。负责教学工作的赵主任，戴着深度近视眼镜，笑成那样，让人觉得既别扭又愚蠢。当赵主任慢慢仰起脸，向门后上方看的时候，梅老师看到，赵主任一下僵住了，脸色瞬间变了，瓶底似的镜片后面，一双小眼睛大概也呆住了，并且，显然半张着嘴。

瘦弱的赵主任，身子转眼又一下子软了，缓慢地坠向地面。梅老师慌忙伸手接住他。

梅老师知道，皇甫老师的铁床一直摆在房门后面，矮胖女管理员推开房门的刹那，他急不可待从门与门框的间隙往屋里看。只在刹那间，光线昏暗，缝隙又小，可他还是看到，一双穿着白袜子的脚，悬在床的上方。梅老师心头一紧，我眼花了？想太多，出现幻觉了？

残酷的现实，往往以袭击的方式，猛然呈现。

惊慌中，赵主任差点儿一把抓到梅老师的要害部位。梅老师迅速干预，于是他狠狠抓住了梅老师的胳膊。赵主任抓着梅老师的胳膊，在梅老师怀里颤抖着说，怎、怎么办？赵主任像是要哭了。梅老师强烈地感受到了赵主任的颤抖，以及他手上的力量。姜校长在梅老师身后关上门，望着门后面的上方说，快上去解绳子！姜校长音调沉稳，保持着同一声调。

梅老师摆脱赵主任，一下蹿上床，跪在床上，一把抱住了悬在空中的直挺挺的双腿，用力往上擎举着。梅老师认为，没有比抱举动作更为重要的了。梅老师感到挺沉。瘦小枯干的赵主任却半天爬不上床，慌乱中眼镜也碰掉了，又是半天，才在铁床上站起身。就像站在吊桥上，或者铁床正处在震源点上，赵主任浑身抖个不停。不仅腿肚子抖，举到皇甫老师脖子后面的那双枯瘦的手，同样抖动得一塌糊涂，好像他要碰触的不是麻绳，而是吐着信子的毒蛇。梅老师的心怦怦直跳，他涨红着脸，斜着眼睛往上看，赵主任可怜巴巴的手，抖得令人心焦，一时间，梅老师想骂人，不仅仅因为抱举动作非常辛苦。就在他想让瘦小枯干的赵主任来换他抱举，他上去解绳子时，猛然看到了墙上的白纸。方方正正的白纸贴在白墙上，上面干净利索地写着四个黑字：这里有刀。梅老师先是一愣，接着，他耐着性子对赵主任说，主任，快拿刀。梅老师一脸汗水，好像在哀求赵主任……

站在泪水婆娑的方医生身前，看着方医生擦眼泪，梅老师突然想，皇甫老师想得多周到啊，他知道勒在脖子上的绳扣不好解，所以事先准备好了刀，放在伸手可及、吊在墙上的木板上，而且细心地贴上提示语。皇甫老师显然有预见，知道有人会像赵主任一样惊慌失措。至于那把白亮的水果刀，梅老师曾用它给皇甫老师削过苹果。皇甫老师吃东西非常讲究。梅老师吃苹果，不过用清水冲洗一下，有时用手搓巴搓巴就上嘴了。方医生爱干净，也只是偶尔削果皮。皇甫老师始终没能入乡随俗，吃梨和苹果之类，要先清洗干净，然后再认真削皮，连吃香瓜都是如此。皇甫老师削的苹果皮，薄厚宽窄均匀，像拉花一样，从他文弱的手上一直垂落到地面。再想这里有刀四个字，下笔苍劲有力，那是皇甫老师最后写下的字吗？皇甫老师没去学校签到，却用签名的钢笔，非常认真地写下了这里有刀，像签到那样一蹴而就吗？崭新的三接头黑皮鞋，油光铮亮，规规矩矩摆在床下。他一定是怕穿着鞋，别人解救时，弄脏人家的衣服。穿白袜子，是为防止踢踏脏白墙吧？梅老师抱着皇甫老师，赵主任终于割断绑在暖气管子上的麻绳，加上姜校长，三个人把皇甫老师轻轻放到床上的过程中，的确谁的衣服也没弄脏，既没沾上土，也没沾染墙上的白灰。梅老师反倒觉得，自己身上的衣服不够干净，抱皇甫老师时，玷污了皇甫老师。簇新的铁路制服熨得板板正正，叠放在床上，上面所扣的大檐帽也是新的。皇甫老师显然不想在穿衣戴帽上，让人费心，过多给人添麻烦，难道不是这样吗？

皇甫老师的细致入微和从容不迫，更加衬托出众人的惊慌。

方医生跟在王同喜身后，慌慌张张赶到201宿舍时，皇甫老师安静地躺在他的铁床上。王同喜背着急救箱，赶紧俯身扒开眼皮看看，又摸摸脉，随后的动作是摇头。梅老师喊，你等什么，抢救啊！梅老师以为王同喜不作为。梅老师想，怎么派王同喜来呢，铁路医院没人了吗？

其实王同喜和方医生不但来得挺快，而且王同喜冲在前面，气喘吁吁地背来了急救箱。可在梅老师看来，王同喜完全有可能见死不救。王同喜曾经多次把皇甫老师堵在学校大门口。第一次，皇甫老师阴着脸，站在身材高大的王同喜身前，一言不发，是梅老师和方医生费半天口舌，才把王同喜劝走。第二次，皇甫老师脸上略带笑容。他已经知道，王同喜因为柳见心才和他过不去。姜校长打电话，喊来铁路医院院长。姓韩的院长把王同喜骂了个狗血喷头。还有一次，当柳见心双手紧紧握着一把板斧，夕阳下，壮士一样走来时，皇甫老师锁紧了眉头。柳见心个子很高，当她穿着白大褂，双手紧紧握着一把闪着寒光的利斧，站在夕阳西下的光影里时，身材显得更加修长。面对威风凛凛，英姿飒爽的柳见心，虽然柳见心没说一句话，可王同喜当时的样子，无疑十分滑稽可笑。柳见心只挥舞一下板斧，王同喜就落荒而逃了。王同喜会轻易忘掉自己的狼狈不堪和那把利斧的寒光吗，他心里的愤怒和怨气，会轻易消散吗？

身材高大的王同喜穿着白大褂，匆忙拿出听诊器，听了听心脏的位置。从耳朵眼里摘下听诊器，王同喜晃动着身体说，瞳孔都散了，脉也没了。梅老师说，我们放下时，还有气儿呢。梅老师调门很高。王同喜俯视着梅老师，脸上似乎抑制不住地跳动着笑意。王同喜说，还有气儿？你想想吧，不难理解。梅老师说，快做人工呼吸！梅老师从王同喜的表情语气中似乎感觉到了讥讽，几乎在吼叫。王同喜倒是沉稳，他说梅老师，我知道你是皇甫老师的得意门生，我是医生，也是他的学生，你明白吗？梅老师一愣，好像不明白得意门生和学生到底有何区别？他求救似的看方医生。方医生白嫩的手上，抓着一个红沙果，面对平躺在床上的皇甫老师，已经泣不成声，看上去她好像在为手里的沙果伤心落泪。梅老师一时拿不定主意，是否让漂亮的方医生来给皇甫老师做人工呼吸？梅老师感觉，方医生香甜滑润的嘴，只属于他一个人。漂亮的方医生整个人都是他的，包括她美目流转的眼神，说话的甜美嗓音，以及她身上的香气。梅老师无法想象，漂亮妩媚的方医生给皇甫老师做人工呼吸的销魂景象，更不敢想象，方医生给皇甫老师做了人工呼吸的话，他以后怎么面对方医生给皇甫老师做过人工呼吸的嘴？方医生的嘴，顷刻间无比重要起来。梅老师一下想到了柳见心。柳见心在这号啕大哭才对。刚才给方医生打电话，他嘱咐方医生，千万别让柳见心知道，而此刻，他又是多么希望柳见心在场。柳见心在的话，肯定会嘴对嘴，全心全意给皇甫老师做人工呼吸吧？王同喜面对柳见心给皇甫老师做人工呼吸，会有何感想呢？会不会为了柳见心的嘴，坚决反对柳见心给皇甫老师做人工呼吸呢？

　　拿过方医生手上的手绢，梅老师用干净的一角，细心给方医生擦眼泪。梅老师还是想不好，如果柳见心当时在场，她会不会毫不犹豫，立刻嘴对嘴，像方医生后来那样，专心给皇甫老师做人工呼吸呢？同样是皇甫老师的学生，王同喜又会是什么态度？是否会为了柳见心的嘴，粗暴干涉柳见心自愿给皇甫老师做人工呼吸呢？

　　漂亮的方医生梨花带雨一般，眼皮都哭肿了。梅老师看着她，想到了当他匆忙把担架从楼下拿到201宿舍门口时，方医生背对着他的样子。身材高大的王同喜在给皇甫老师做心脏按压，方医生一只手捏住皇甫老师的鼻子，深吸一口气后，俯下身——梅老师不用看也知道，方医生把香甜润滑的嘴，对准了皇甫老师的嘴。梅老师站在门口，感觉空气似乎一下凝固了，手上的担架一下完全失去了重量。瞬间反应过来后，梅老师真想上前一把扯住王同喜的衣领，狠狠扇他耳光，质问他，王八蛋，你自己怎么不嘴对嘴做人工呼吸？在他看来，方医生肯定是受王同喜的怂恿，才在他不在场的情况下，给皇甫老师徒劳地做人工呼吸，要不然，我在的时候，她怎么不做，为什么要在王同喜让我去拿担架时，画蛇添足呢？王同喜没看梅老师，他似乎知道梅老师站在门口，他停下手，叫了声方医生。方医生抬头看王同喜，似乎不知道王同喜为什么叫她，所以，她泪水未干的脸上，满是焦急和茫然。

此刻看着方医生红肿的眼睛，梅老师想，或许她知道我跑去楼下拿担架，是要把皇甫老师抬去太平间，她心有不甘，情急之下，毅然给皇甫老师做起人工呼吸？她是医生，知道再怎么做人工呼吸也是枉然，可还是徒劳地做了最后的努力，由此可见，当时她该有多么的不甘心。梅老师心痛方医生，可还是禁不住地想，她想过我以后怎么面对她给皇甫老师做过人工呼吸的嘴吗？难道因为她不想让我看到那一幕，才在时机严重滞后，我不在场的情况下，徒劳地给皇甫老师做人工呼吸？梅老师无论如何都无法接受，停止呼吸的人，竟然占有了方医生香甜滑润的嘴，以及她特有的气息。他仔细看方医生给皇甫老师做过人工呼吸的嘴，她的嘴唇饱满红润，泛着肉色的光，没有丝毫变化。而他自己的嘴，内心，浑身上下，似乎从头到脚趾尖，都是那么的不舒服。他真想让漂亮妩媚的方医生立刻好好刷刷牙。在他审视着方医生红润的嘴唇时，漂亮的方医生抽下鼻子，好像在自言自语，怎么会这样？

梅老师其实也一直在想这个未解之谜。虽然皇甫老师在大檐帽里给他姐姐和姜校长留了遗书，但这个问题目前还没有答案。在写给姜校长的信中，皇甫老师并没解答大家所热切关心的问题，而是严正声明，一切与校方无关，说给学校和姜校长添麻烦了。而留给其姐姐的信，还没拆封，等其姐姐从上海赶来，应该能在信中得到答案吧？

方医生深深叹了口气，双脚落地后，奔向脸盆。梅老师赶紧上前给她倒好洗脸水。方医生弯腰，动作缓慢地掬水扑到脸上。梅老师站在她的身前，怜惜地看了她半天，才把目光对准脸盆上的红双喜字。红双喜字有些呆板，闪着亮光，喜庆的感觉已经荡然无存。皇甫老师来送盆时，梅老师和方医生刚登记，鲜红的结婚证放在柜子上。皇甫老师拿起结婚证，里外端详半天说，你们可是花枝镇最出色，最让人羡慕的一对新人。皇甫老师脸上没有笑容。方医生手上端着盆，羞涩地说着感谢话。梅老师手上是皇甫老师送的暖瓶。皇甫老师拿着梅老师和方医生的结婚证，脚下动了动，用鲜红的结婚证敲下梅老师手上的暖瓶说，天很快就冷了，你早晚得去开水房打开水，让小方用热水洗脸泡脚，可别让她跟了你，没两天，就没有模样了。皇甫老师迅速扫了一眼方医生。方医生妩媚的脸，像是瞬间就被皇甫老师的目光和语言点拨成了人面桃花。

　　看着方医生一脸的香皂沫，梅老师突然意识到，他和方医生常用的暖瓶和脸盆，是皇甫老师送的。皇甫老师送盆和暖瓶的用意显而易见。暖瓶是暖色调的，牡丹图上同样印着呆板的红双喜字。送来盆和暖瓶后，皇甫老师又送来一个黑色相册；过了三四天，又拿来一本《安娜·卡列妮娜》；没两天，又在晚饭后，把苏小明的歌带送来了。

　　梅老师当时想，他在教研室和一位女老师说，他和方医生喜欢苏小明的歌，想让女老师给翻录一盘，皇甫老师听了，就把自己的歌带送来了？说翻录歌带时，皇甫老师在场吗，梅老师记不准了。

　　皇甫老师送来的歌带跟新的一样。皇甫老师当时说，歌带我用不着了，送给你们吧。梅老师想，皇甫老师的收录机坏了？梅老师知道，皇甫老师除了有一台14寸黑白电视，还有台小型收录机。透过窗玻璃，看着皇甫老师孤身穿过幽暗的操场，已经走向对角线方向的学校大门，梅老师回身对方医生说，你看，皇甫老师知道咱俩爱听苏小明的歌，就把歌带送来了。方医生坐在皇甫老师刚才坐过的椅子上，盯着歌带封皮上的苏小明的照片说，我看像新的？灯下的方医生美目流转，看梅老师。梅老师笑而不答。正像王同喜说的那样，虽然方医生也是皇甫老师的学生，但梅老师认为，皇甫老师是把他当作得意门生的。

　　现在相册，《安娜·卡列妮娜》，苏小明的歌带，皇甫老师真用不着了。梅老师突然想，难道皇甫老师早就在精心预谋？梅老师心里咯噔一声，越想感觉越像。在方医生动作舒缓地洗脸时，他把歌带从收录机里拿出来，装进塑料盒。接着从柜子里找出了皇甫老师送的相册。皇甫老师把黑色相册放到淡棕色的饭桌上，也是说他用不着了。梅老师当时没敢动，皇甫老师走了过后，他和方医生发现，相册里有粘过照片的痕迹。他和方医生没嫌弃，连夜就把他们的照片，包括结婚照，整整齐齐地装进了相册。梅老师当时想，皇甫老师可真够细心周到的。

梅老师坐在炕沿上，翻看相册。漂亮妩媚的方医生不管在黑白照片里，还是在彩色相片中，总是阳光一般灿烂。她的笑脸着实迷人，极具感染力，哪怕看她在照片里笑，也能让人心情愉悦，情不自禁随着她笑。其中几张是她小时候的留影。看着方医生小时候头上扎着两根直刷头的俏模样，梅老师禁不住抬头看方医生。梅老师想，照片中的俏皮女孩，她长着长着，就成眼前的漂亮妩媚的方医生了？漂亮的方医生手上拿着白毛巾，站在窗前安静的光影里，也在看他。两个人都不说话。

梅老师其实挺后悔。早晨醒来后，如果立刻赶去201宿舍，应该就能让皇甫老师渡过难关。梅老师相信，早晨他和方医生醒来时，皇甫老师还安然无恙。皇甫老师一定是等同宿舍的人上班后，才开始行动。皇甫老师之前的种种表现，一再说这个用不着了，那个不用了，一样一样不嫌麻烦地送来，难道不是在暗示吗？难道暗示得不够清晰明朗吗？梅老师不知道，方医生此前是否有预感，反正他忽视了皇甫老师的一系列举动，或者说，皇甫老师的系列举动没能引起他的足够重视。回想起来，皇甫老师每次来送东西，最后可都是恋恋不舍地走的。而想起早晨醒来后，他和方医生不管不顾，忘我的激情澎湃中，把积蓄一夜的热情，用十分钟消耗殆尽，梅老师羞愧不已。那个时刻，蜜月中如胶似漆的他们，和孤身住了二十年宿舍的皇甫老师，显然完全沉浸在不同的境遇中。梅老师当胸给了自己一拳，发出嘭的一声。方医生站在窗前的光影里，惊愕地看着梅老师。方医生看着梅老师，眉头突然一紧说，今天，皇甫老师过生日？！

梅老师愕然。竟然把皇甫老师的生日忘了。在城里念师专时，梅老师会提前给皇甫老师写信，结尾肯定说，祝皇甫老师生日快乐。梅老师不由想起他和同学一起给皇甫老师过生日的情景。青涩，或充满青春活力的方医生，身在几个男女同学间。梅老师和方医生曾送给皇甫老师小相框等生日礼物。更多时候，他们和同学凑钱，请皇甫老师去小饭馆庆贺生日。而皇甫老师的最后一个生日，竟然忘得一干二净，真被幸福冲昏头脑了？梅老师又给了自己一拳。拳头落到胸上的刹那，梅老师突然想，盆，暖瓶，相册，《安娜·卡列妮娜》，苏小明的歌带，皇甫老师真是送给我这个所谓的得意门生吗？梅老师心里一惊，脑海里一下闪现出方医生俯身给皇甫老师做人工呼吸的情景。方医生俯下身时，身段优美。再看刚刚洗过脸，脸上飘着香气，站在窗前光影里的方医生，梅老师心里一下空落起来，他感觉他所失去的，似乎并不仅仅是方医生香甜滑润的嘴。他迷茫地望着漂亮妩媚的方医生，一手抓着相册，另一只手又给了自己几拳，这后几拳的力度明显大不如前，在方医生看来，他仅仅是在给自己捶胸，还是在为忘记皇甫老师的最后一个生日，而懊恼不已呢？

6

森林里的花枝镇，笼罩在雨雾中。空气中透着凉意。香乘冒雨来给我送沙果。她把湿漉漉的油纸伞竖在门口后，走进我的单身宿舍，从两个裤兜里掏出五个闪着亮光的红沙果，其中两个带着绿叶。香乘把沙果放到窗前的桌子上，说是她爸爸让她送来的。她说这是她家房前果树上，最后的几个沙果。我拿起一个沙果，看着她如同沙果般鲜艳的脸，扑闪着眼睛，我猜，应该是她自己的主意？她是冒着危险爬到树上去摘，还是站在树下，用长长的棍子敲下这最后几个沙果呢？

我和香乘一起吃了一个甜脆的红沙果。

我把她领到供销社。白胖的女售货员戴着高高的白帽子，冷着脸，站在柜台里问我，蛋糕要几斤？浓郁的糕点气息中，我回头看香乘，发现她在往外面跑。我不知道怎么回事，赶紧抛下冷眼白胖的女售货员，追出去喊住她。香乘站在稀稀落落的雨丝里，涨红着脸，半天才委屈地说，我妈，她不让我要你的东西，她会骂我的。香乘委屈得要哭了。

我一直给香乘交学杂费，买学习用品和糖果点心，过年前，还从上海给她寄过花枝镇上难得一见的新衣服。她妈妈怎么突然这样要求她呢？因为我曾让她窘迫过？他们不是同意我认香乘做干女儿吗？我安慰香乘说，这样吧，我给你买蛋糕，你多吃几块，吃完再回家。

当时我一点儿没想到，我写给小阿姐的信还在去往上海的路上，小阿姐的信顶风冒雨，已经千里迢迢地到了花枝镇。

小阿姐的来信潮乎乎的。匆忙打开信时，我闻到了江南秋雨的气息。异常艰难地看完小阿姐的来信，我在狭小的房间里来回踱步。宿舍好像一下变得更加窄小了，空气异常稀薄。我冲出宿舍，顶着雨跑到江边，站在雨中望着滚滚向前，浑浊不清的江水。我想到了烟雨蒙蒙中，江面浩荡的黄浦江。唰唰的雨声中，我好像听到了黄浦江上，客轮呜咽的汽笛声。眼前模糊不清的江水，带着垃圾，裹挟着泥沙，咆哮着，奔腾而去。天地间一片苍茫。接下来的三天，我一直发低烧，我打着针，吃着药，坚持给学生上课。香乘每天从食堂给我打饭。她执意给我喂饭时，我感觉，她就是我的女儿。终于从奄奄一息中挣脱出来，在小阿姐差不多收到我前一封信的时候，我提起钢笔，深呼吸后，开始给小阿姐写回信——

小阿姐：

今天妈妈烧三七，刚才我去江边给妈妈烧了纸钱。

你犹豫这么久才告诉我，我能理解你的心情。没能见妈妈最后一面，的确特别难受。作为弟弟，谢谢你和大阿姐为妈妈所做的一切，妈妈在天之灵会感到欣慰的。

说妈妈是畏罪自杀，纯粹鬼话。妈妈可是经历过枪林弹雨。她一定是遭受了非人的折磨与痛苦。那个不肖子孙，或许就是妈妈心里最大的痛楚。

你没告诉他也许不对，怎么说，他也是妈妈生的。他没资格耻笑妈妈。他应该感到羞耻才对。不过告诉与否，又能怎么样呢？

对于他霸占妈妈爸爸的房子，这事你先别跟他争。现在不是与他争斗的时候。他不霸占，别人可能也会趁火打劫，房子怕是也会落入他人之手。以后慢慢跟他算账吧。现在最要紧的是爸爸。

你没告诉爸爸是对的。爸爸肯定接受不了。等爸爸回家后，再告诉他吧。爸爸肯定会理解。你和大阿姐尽可能想想办法，多去看看爸爸吧，要让爸爸感受到温暖，让他知道，这世界上，他还有三个爱着他的孩子。一定要转告爸爸，我寒假回上海后，立刻去看他。

考研究生的事，上海有消息吗？我给岳教授写信，他没回信，可能怕妈妈爸爸的事牵连到他。现在我特别着急，真想快点儿回到上海。我去铁路分局教委问过，找过铁路分局的领导，领导说，现在都是上山下乡，从上海来支边，哪有回城回上海的？小阿姐，你能在上海帮我想想办法吗？

为了爸爸，咱们都要节哀，都要多保重。你一定要多替我去看看妈妈，一定要告诉我们的妈妈，我非常非常想她！

弟　乙西
1973 年 9 月 25 日夜

连夜把信投进邮筒后，我回到宿舍，悄声爬上床，搂抱着妈妈给我缝的棉被，眼泪忍不住地往下淌。随着信的寄出，我感觉，妈妈好像一下离我远了。想到再也见不到妈妈了，我忍不住哭出了声。黑暗中，室友不耐烦地说，大半夜的，你哭个鬼啊。我立刻起身，黑暗中站在床上，张牙舞爪骂粗话。我把我所知道的粗话，用吼叫的方式全部宣泄出去，其间夹杂着上海话，我管他能不能听懂呢。当时我一点儿不像老师。那边哑了，我还恶狠狠地咆哮半天。我把他干的一些坏事，比如他鬼鬼祟祟往宿舍领各种女人等，在骂粗话中间插进去。我并不知道那都是些什么女人。我似乎在努力说明，他该骂，我早该痛痛快快骂他一通。

好像就是从那时起，似乎为惩罚自己说脏话，我的话一天比一天少了。周围的环境也让我不敢大声说话。妈妈爸爸的惨痛教训告诉我，祸从口出。随着香乘一天天长大，也让我渐渐明白，所谓心事，就是把最想说的话永远深深地埋藏于心底。

7

梅老师换身衣服，把上午落下的代数课补上了。讲课时，他总想皇甫老师给他和方医生讲课时的样子。皇甫老师普通话说得不好，讲课时，他会放慢语速，尽量用普通话发音，这样听上去，他的课讲得深刻而从容。总有人来观摩皇甫老师的课。皇甫老师的日常动作，向来也是从容的，他把不紧不慢把握得恰到好处。讲到重点，他会放慢语速，抑扬顿挫中加重语气，尽量吐字清晰，而他脸上的表情，并不会因此而发生丝毫变化。课上课下，他喜欢学生提问。他说提问说明同学们认真听讲了，是勤奋好学的表现。回答提问，他向来直接一二三，把问题条理清晰地讲清楚。时间允许，他往往讲好几种解法。梅老师能考上城里的师专，毕业回母校任教，总觉得是深受皇甫老师的影响。不知不觉中，梅老师授课的语调表情，就有了几分皇甫老师讲课时的模样。想到皇甫老师，课讲得多少有点儿磕磕绊绊，某个瞬间，他突然愣住，好像不知道自己在讲些什么了。另一个瞬间，他又突然想起方医生俯身给皇甫老师做人工呼吸的情景，不禁差点失态。

后来的晚上，当梅老师在黑暗中向学校后面的江边走去时，他想，如果给学生上完课，回家时方医生在家，事情是否会向另外的方向发展呢？梅老师当时以为，方医生去安慰柳见心了，正在给柳见心擦眼泪吧？在他想来，柳见心应该比他和方医生难过。柳见心笑起来挺好看，可她却总是一副心事重重、不苟言笑的表情，这就容易让人联想到同样一脸严肃的皇甫老师。梅老师当时想，柳见心伤心成什么样了呢？

　　进屋放下教案，屋里的安静让梅老师想到了宿舍二楼幽暗的走廊。窗台上的绣球花，在闹钟不紧不慢的走动声中，静默绽放。梅老师在闹钟不紧不慢的走动声中突然发现，柜面上的两个红沙果不见了。梅老师感到意外。他摸摸柜面，心想，沙果是方医生从皇甫老师的宿舍里拿回来的，她可能吃掉那样两个沙果吗？方医生拿回那样两个沙果，本身就有些奇怪。清洗擦着方医生鼻涕眼泪的手绢时，梅老师再次想到了方医生俯身给皇甫老师做人工呼吸的情景。他把手绢清洗干净，抻了抻，搭晾到椅背上。像是听到自行车的铃声，他慌忙到窗前往外看，操场上空无一人。大门口那两棵美人松的树尖镶着亮闪闪的金边。

　　梅老师坐下来，看摆在桌面上的相册歌带。尽管舍不得，可他还是把相册中所有照片小心地撕了下来。他把大大小小，或彩色或黑白的照片夹到衣服中间，把衣服放进柜子里。他拿着相册和歌带去铁路医院，一半是为找方医生。方医生和柳见心都不在。梅老师想，她们在一起吧？她们去哪了呢？梅老师转身去了第二个目的地。

　　上午，皇甫老师被放到太平间的水泥床上以后，梅老师有些担心，不知道上海方面的人接到加急电报后，何时能赶到花枝镇，到了晚上，饥饿的老鼠会不会肆无忌惮地爬到皇甫老师身上，甚至吱吱叫着，爬到皇甫老师脸上呢？贪婪饥饿的老鼠怎么可能认得皇甫老师呢？梅老师和大家立刻动手，用木板和筛网做了个防护罩。虽然天气已经转凉，可时间一长，怎么行呢？梅老师又和大家骑着自行车去冰棍厂，批发回来二百根白糖冰棍，平铺在皇甫老师身下。

　　梅老师推开太平间的门，烧纸的烟味扑面而来。一个男人背对着门，蹲在皇甫老师身前烧纸。就像目睹老鼠爬到皇甫老师脸上，正在皇甫老师脸上干坏事一样，梅老师倍感吃惊。而让他更加吃惊的是，暗淡的长明灯下，居然摆放着两个红艳艳的沙果。如豆的油灯下，两个沙果异常娇艳。梅老师一下想到了方医生从皇甫老师宿舍里拿回家的那两个红艳艳的沙果。梅老师不仅吃惊，而且，似乎有种恍然大悟的感觉。他看看长明灯下的红沙果，瞅一眼蹲在地上烧纸的王同喜，正想转身，王同喜把头转了过来，昏暗阴冷中，夹杂着浓重的烧纸的气味，两个人对视半天。王同喜眼神怪怪的，给人一种说不出来的感觉。梅老师再次看了看长明灯下的红沙果，退出太平间，去供销社买了一个黑色相册和一堆烧纸。

太平间里更加阴暗。王同喜就像根本没来过一样。梅老师依然想不好，王同喜怎么会来给皇甫老师烧纸？因为他愧疚于曾经辱骂过皇甫老师？抢救皇甫老师时，他其实并没尽心尽力，而是怂恿方医生给皇甫老师徒劳地做人工呼吸，因而以烧纸寻求心理安慰？总不能是幸灾乐祸吧？梅老师想，王同喜再也不能对皇甫老师动粗了。

当梅老师蹲下身，仔细打量长明灯下的沙果时，他认定，那两个红沙果，就是方医生从皇甫老师宿舍里拿回家的那两个，或者说，就是皇甫老师宿舍里的那两个沙果。他好像感觉到了沙果被如豆的油灯长久照射后的热度。望着闪着亮光的沙果，梅老师问自己，真是她摆放在这儿的？她什么时候来的，现在她又在哪呢？他把目光从两个闪着亮光的沙果上艰难移开，抓起一张黄纸，在长明灯上引燃。太平间里亮了一些，似乎也温暖了一些。他既希望躺在水泥床上的皇甫老师能暖和一些，又担心皇甫老师身下的白糖冰棍儿融化掉。烧纸的气味很快浓重起来。

一张一张烧掉五刀纸，非常耗时。烧纸的过程中，梅老师总是忍不住看长明灯下的红沙果，沙果好像被他看得更热了。方医生俯身给皇甫老师做人工呼吸的景象，不时在火光中跳动着。好半天，他才平静一些，借着火光，转而看皇甫老师送的黑色相册。黑色相册挺新。不知道皇甫老师曾把谁的照片珍藏在这黑色的相册里？后来撤下照片，是因为皇甫老师已经下定决心了？被皇甫老师撤下的照片，现在又在哪呢？梅老师不放心，他把皇甫老师送的相册和他新买的相册又做了番比较，两者的确一模一样，新旧程度差不太多。

把皇甫老师送的相册轻轻投进火中，黑色相册半天才很不情愿地蹿起火苗。梅老师念念有词，他让皇甫老师在那边接着用这个相册。相册还没烧透，正想把歌带也送给皇甫老师，梅老师觉得，皇甫老师在黑暗无边中一定非常寂寞，或许可以听听歌？身后的门突然吱嘎一响,梅老师本能地迅速回身——柳见心腋下夹着黄纸,一手扶着门,一脚门里一脚门外,杵在门口。她显然没想到,这个时间会有人。梅老师嘘了口气。他想起早晨柳见心双手插在白大褂兜里,站在阳光下,脸上有着些许的笑意,似乎精神十足,而一天下来,昏暗的光线下,看上去,柳见心似乎一下苍老了。

柳见心腋下夹着黄纸,踌躇着走过来。

梅老师站起身,没问柳见心是否见过方医生,他只是和柳见心面对面站在皇甫老师身前。柳见心的眼泪,还没完全干。

柳见心先有了动作。柳见心一动,梅老师赶紧往旁边让。柳见心走到火盆前,蹲下身,把黄纸放到地上。梅老师站在旁边看她烧纸。火光映在柳见心的脸上,柳见心的脸忽明忽暗,虽然她有动作,但就像皇甫老师讲课那样,即使她被烟熏得禁不住皱眉眨眼睛,也始终保持表情不变。看着火光映照下,柳见心笃定的表情,梅老师突然想,幸亏她没和皇甫老师结婚,否则,她能如此沉稳吗?怕是至少有一个男孩或女孩,披麻戴孝跪在她的身边,或者说,和她一起凄惨地跪在皇甫老师的身前。梅老师望着长明灯下的沙果,无比悲怆。皇甫老师无儿无女,就这么孤独寂寞、了无牵挂地走了?他和柳见心,或者别的女人,有过爱情吗?皇甫老师怎么一直不结婚呢?难道没有一个女人走进过他的内心?方医生俯身给皇甫老师做人工呼吸的画面,在梅老师眼前一闪。梅老师想,难道皇甫老师从没尝过亲吻女人的滋味?梅老师接着又想,如果和柳见心,或者别的女人有了感情,成家养育了儿女,皇甫老师还能狠心走这条路吗?怎么就没有一个女人用爱情来温暖皇甫老师,在这尘世间挽留住皇甫老师呢?再想皇甫老师去他和方医生借住的小屋里送暖瓶,盆,相册,《安娜·卡列妮娜》,苏小明的歌带,皇甫老师似乎一次比一次落寞。梅老师后悔只顾和方医生温存甜蜜,皇甫老师几次带着礼物登门,他都心不在焉,甚至感到被打扰,都没有方医生热情。抢救时也没像方医生那样,竭尽全力。梅老师盯着长明灯下两个娇艳的沙果,心里五味杂陈,眼睛不由湿润了。抹下眼角的泪水,梅老师突然想起来,方医生说,今天是皇甫老师的生日,又何尝不是皇甫老师的祭日?柳见心知道这些吗?她会终生祭奠、怀念皇甫老师吗？

梅老师往门口的方向，轻轻挪了一步，他想，是不是给柳见心点空间，让她和皇甫老师单独说说话？可他却一直站在柳见心身边，看着柳见心把黄纸一张一张投进火盆，让黄纸燃烧照亮黑暗，释放完热量后，化作一堆黑色的灰烬。

梅老师想，柳见心在心里，和皇甫老师说了不少心里话吧？

柳见心慢慢站起身，盯着火盆里终将熄灭的微弱光亮。梅老师把歌带递到她身前说，这是皇甫老师的歌带。梅老师告诉柳见心，早晨给她的歌带，就是用这盘原带翻录的。柳见心不看梅老师，而是盯着梅老师手上的歌带，半天才迟疑伸出手。梅老师看到，柳见心的手细长，而泪水，缓缓地顺着她的脸颊蜿蜒而下，一下滴落在皇甫老师的磁带上。梅老师心里一酸，想起了方医生俯身给皇甫老师做人工呼吸的情景，以及方医生泪流满面的样子。他相信，如果柳见心当时在场，她一定会第一时间嘴对嘴给皇甫老师做人工呼吸，那样，皇甫老师或许就不会躺在这里了吧？而皇甫老师要是没躺在这的话，柳见心还能得到皇甫老师的歌带吗？

回到家，梅老师赶紧把他和方医生的照片往刚买的相册里装。刚装好，方医生就骑着自行车，悄无声息地回来了。方医生开门进屋，梅老师刚好盖上柜子。梅老师回身看方医生，方医生白皙的脸上好像蒙着一层霜，似乎刚刚经历了一场长途跋涉，已经精疲力竭。梅老师想问方医生去哪了，结果却只是赶紧给方医生准备洗脸水。他端着暖瓶，一边往印着红双喜字的搪瓷脸盆里倒热水，一边对方医生说，你洗把脸，歇会儿，我马上给你做饭。

梅老师匆忙来到外间屋，洗净两个土豆，一刀一刀地切起土豆丝。方医生喜欢吃加醋的爆炒土豆丝。梅老师做方医生爱吃的爆炒土豆丝时，总要加点儿红红的辣椒丝提味。他切土豆丝的动作有些笨拙，显得非常专注认真。方医生端着脸盆出来，把洗脸水泼到操场上。白净的双手端着空脸盆，方医生站在门口昏黄的灯影里，突然问，歌带和相册呢？梅老师心一颤，一刀切在指甲上，惊出一身冷汗。梅老师紧紧握着笨重的菜刀，顾不得切指甲的事，他望着方医生刚刚清洗过的脸说，歌带，送给皇甫老师了；相册，不是在柜里吗？梅老师没说，苏小明的歌带其实给柳见心了。在花枝镇，谁不知道铁路医院的王同喜大夫喜欢柳见心医生，而柳见心医生喜欢铁路中学的皇甫老师呢？方医生看着梅老师，没吭声。梅老师想，她知道歌带送给皇甫老师了，是什么意思吗？而柜里的黑色相册，其实已经不是皇甫老师送的那个了。

梅老师拎着暖瓶，穿过幽暗的操场，照常去开水房打开水。往返他一直想，这是皇甫老师送的暖瓶。洗脸时，他想起了从门与门框的缝隙间，看到的那双穿着白袜子、悬在空中的脚。而眼前的脸盆，也是皇甫老师送的。再看躺在炕上，似乎已经睡着的方医生，梅老师想，柳见心去给皇甫老师烧纸了，她显然没和柳见心在一起，那个时间，她去哪了，干什么去了呢？而她每天都要用这个脸盆至少洗两遍脸。当想到方医生晚上会骑蹲在脸盆上清洗隐秘之处时，脸盆里猛然跳出无数双诡异的眼睛。梅老师心里一惊，方医生俯身给皇甫老师做人工呼吸的一幕，猛然在他眼前跳将出来。梅老师浑身一阵阴冷，眼见着手臂上，瞬间突起一层密实的鸡皮疙瘩。

8

皇甫甲东是否给父亲带去很多东西，包括过冬棉衣，又是否有忏悔之意，已经无足轻重。重要的是，他对父亲说了母亲的事。小阿姐说，他是故意的。皇甫甲东虽然愚蠢地改名叫卫东，但是我相信，他去看望父亲是出于悔恨。或许他就是在向父亲忏悔时，透露了母亲的事。我不相信他会蠢到谋害自己的父亲。而小阿姐始终坚持自己的观点，她反问我，乙西，难道你相信，狗能改得了吃屎？

得知母亲已经过世一年多，父亲说，你们的妈妈解脱了。

父亲在遗书里还说，我真想照顾你们的妈妈一辈子。父亲深情表白说，我深爱着你们的妈妈。父亲深感愧疚，他说，你们的妈妈跟了我，没过几天消停好日子，哪享过什么福？

母亲已经解脱，我们的父亲还有什么牵挂呢？他把能做的事情都做了，比如用皱巴巴的烟盒纸写了遗书。蝇头小楷密密麻麻写在皱巴巴的烟盒纸上，要不是小阿姐孝顺心细，哪能发现父亲藏在衣领背面的遗书？父亲知道我寒假还会去看他，于是他选准时间，毅然对自己下手了。父亲想让我最后送他一程。父亲和我都没能见母亲最后一面，他在遗书的结尾处说，我去见你们的妈妈了，我和你们的妈妈永远不会分开了，孩子们，你们不要伤心难过……很长一段时间，学校大门口那两棵高贵、永远不会分开的美人松，在我看来，就是我亲爱的妈妈爸爸。

皇甫甲东把母亲父亲送进监狱，用小阿姐的话说，再以虚假的忏悔明目张胆地杀死了自己的生父。小阿姐擦着眼泪，一遍一遍对我说，乙西你记住，妈妈爸爸是皇甫甲东害死的。皇甫甲东连父亲最后一面都没见。他要是敢去参加父亲的葬礼，哪怕他跪在父亲面前痛哭流涕，作揖求饶，小阿姐和大阿姐怕是也会将他撕碎，当场让他陪葬。

让我深感惋惜的是，父亲最多再坚持两年，母亲也就再坚持三年，他们就会重见天日。父亲身体硬朗，在我看来，革命大半辈子的父亲完全可以活过百岁。皇甫甲东，或者说皇甫卫东，却没给父亲机会。他像是怕让父亲看到他日后的倒霉相，用小阿姐的话说，他急不可待地杀死了我们的父亲。

我对父母所做的选择，有过抵触。我最爱的妈妈爸爸，他们不仅抛弃了自己的肉体，或者说生命，同时也把我这个流落他乡的孩子，永远遗弃在了偏远闭塞的花枝镇。回想起来，母亲父亲离开后的那几年，冬天总是异常寒冷，特别漫长。

多年后，当我坐下来给小阿姐写信时，我似乎体验到了父母当年的感受。我好像就是当年的父母，心里没有一丝怨恨，平静的内心突然呈现出从没有过的清明。世事万物在我眼里，突然透明起来。比如皇甫甲东，他叫卫东后，表面鲜亮，人模狗样，可他的内心呢？没有人比他的内心荒凉黑暗吧？他的心里永远不会再有一丝一毫的光亮和温暖了吧？

人的生命或者说人生，岂能用数学计算？数学能算出卫星轨道，却算不出任何人的命运。人或许是 π，表面看都是 3.14，实际有人是 3.141，有人是 3.1415，还有的人是 3.1415926。人的微妙之处，更多的或许在于 3.1415926 后面那串各不相同的数字。π 值不同，或许就是各自不同的命运？比如我亲爱的妈妈爸爸。比如皇甫甲东。比如茫茫人海中，两个人相遇，甚或相爱，或许仅仅因为他们 π 值相近，或者 π 值相同？π 值相同或相近的人，在我看来，他们的灵魂必然相近。

我不知道一奶同胞的皇甫甲东 3.14 后面是什么数字？也不知道，我 3.1415926 后面又是哪些数字？作为公元 480 年左右，南北朝时期数学家祖冲之给出不足近似值 3.1415926 和过剩近似值 3.1415927，约等于密率 355/133 和约率 22/7 的这样一个无理数，π 真是浩渺无边。我唯一清楚的是，当我端坐在办公桌前，给小阿姐写信时，我是怀着美好愿景的，就像妈妈爸爸正在深情地呼唤我，我就要在这个再寻常不过的秋天，像父亲当年去见母亲那样，去与他们团聚，所以我丝毫没有悲伤彷徨，我的内心甚至突然呈现出从没有过的温暖与明澈——

小阿姐：

小姐夫终于调回上海，我真为你们高兴。二十年来，我好像从来没这么高兴过。这些年来，我身处这么偏远的地方，如果不是你一直陪伴我，给我写信，我真不知道日子怎么过。你不知道吧，你一共给我写了 309 封信。小阿姐，我从心里感谢你。

我也要谢谢你，看在三个孩子姓皇甫的份儿上，为了不让皇甫家的后代更为窘迫，你至今没把皇甫甲东赶出去。你是天下最善良可敬的人。

工作调动的事，（铁路）分局长说，他们已经派人和上海方面联系过，可还是不行。至于考研究生，终于允许我报考了，而我已经超龄了。我没法回上海了，所以决定在花枝镇成家。

其实我心里早有人了。她现在是大夫。在我心里，她是学校大门口那端庄美妙的美人松。我是那棵矮的，她是那棵高的。没人能替代她在我心里的位置。

你和小姐夫刚团聚，还得照顾孩子，可我还是希望你能来参加婚礼。我不想麻烦大阿姐。让小姐夫照顾孩子吧，希望你能在9月26日前赶到花枝镇。

森林里的花枝镇，秋天到处五彩斑斓。山上有味道特别的野果，还有营养丰富、鲜美无比的蘑菇。小阿姐，你不想来看看，来尝尝吗？

来时千万别带东西，我这边什么不缺。

小阿姐，你按照信封上的详细地址，参照我说过的乘车线路来吧，我在花枝镇等你。

弟　乙西
1987年9月8日夜

随着小阿姐和小姐夫一家四口的团聚，这世上，我还有什么可牵挂的呢？我只想让小阿姐顺利把我带回上海，为此，我打算提前给铁路分局长寄封信。计划给姜校长也写封信。

我用冰冷的江水擦净身体。回到教研室，我在黑暗中望了一会儿操场那边小屋里透出来的灯光。当我走进那个小屋时，喜庆的结婚证不仅仅让我感到欣慰。热茶毫无滋味。铺在炕上的鲜艳被褥，以及摆放在一起，绣着鸳鸯的枕头，让我一下想起方客运员，也就是现在的花枝站方站长，当年他和他媳妇在我们宿舍里的那一幕。坐到小屋里的饭桌前，桌面上好像摆着方站长和香乘做的几道家常菜，我好像听到了两个年轻人吃饭时的对话。她在结婚典礼上说，感谢爸妈把我养育大，请你们放心，未来的路，我们会携手走好。作为局外人，我还有什么不放心的呢？她曾经问我，等我结婚，有了自己的孩子，还会疼爱她吗？她小小年纪，哪能想到，我会终身不娶。望着小屋里温馨的灯光，我想，她不再需要给她交学杂费，给她买好吃的，买漂亮的衣服，也不再需要我给她写信，对她来说，我不过是曾经教过他们的老师而已。星空下，大门口那两棵美人松，身姿模糊，安静秀美。我把灯拽亮，坐到办公桌前，埋下头，在蛐蛐的低声吟唱中，给柳见心医生写信——

见心同志：

这是我第一次给你写信，也是我今生写给你的唯一一封信。

你第一次给我看病时，还是等待毕业的实习生，在我母亲去世之后，那已经是十几年前的事了。

那天你对我说，你喜欢我们学校门口的美人松，你说你是那棵矮的。我也特别喜欢那两棵树。从我二十年前来到花枝镇的那天起，那两棵美人松就在我心里扎下了根。它们总是让我想到美好、高贵和永恒。我却无法成为你心目中的那棵高的。我的灵魂或许并不在这里，尽管我很喜欢，很留恋花枝镇。如果这二十年我不是生活在花枝，而是生活在上海，我很可能会做无畏的争斗，直到牺牲自己。也或许会随波逐流，丢掉高贵的灵魂。好在我一直生活在相对简单纯净的花枝镇。

在花枝镇人的眼里，你我像是有着故事，可你我都很清楚，我们不过同是天涯沦落人而已。我曾经以为，你很快会喜欢上某个人，比如王同喜，从此过世俗化的生活。让我没想到的是，你比我倔强。无数次，我想对自己妥协，和你一起生活。多少次，当我找你看病时，当你不辞辛苦，主动义务来学校消毒时，我都想对你说，你来照顾我吧，照顾我一辈子。面对你，有时我的心异常柔软，甚至脆弱。而我那么做的话，无疑是在欺骗你，而且要欺骗你一辈子，这对你公平吗？越是艰难困苦的时候，我们越是要保持高贵的灵魂，你说对吗？

如今，你终于可以放下了。

你不觉得王同喜是那棵高一些的美人松吗？你只要关注他，就会发现，他有很多优点，比如说勇气，比方说，他会为你做任何事情，而我显然做不到。在花枝镇，没有人比他更爱你。只要你把心思用在他的身上，就会发现他的长处，对他的感情就会慢慢加深。相信你们一定会幸福的。结婚时，到那棵高一些的美人松下说一声吧，我会祝福你们的。

别伤心，开始新生活吧。不要徒劳地追问。衷心感谢你，并致以最诚挚的祝福！

皇甫乙西绝笔
1987年9月18日于花枝铁路中学

字迹潦草，可我不想重写了。我得给小阿姐写封长信，得让她确信，我是满怀喜悦离开的花枝镇，将回到我朝思暮想的故乡——上海，去与我们的妈妈爸爸相聚，以此减轻小阿姐的痛苦。另外，我还有一封更为重要的信要写。

我得从她五岁时写起。

我把小阿姐写给我的309封信搬到江边，坐在我们经常去钓鱼的石头上，从第一封信开始看，看完一封烧掉一封。重读那309封已经蒙尘，有的甚至早已泛黄的信的过程中，我不仅想到了一直陪伴我的小阿姐，回忆起上海那条我既熟悉又陌生的小巷，以及我亲爱的妈妈爸爸，同时，我在花枝镇的二十年，也随之浮出水面，其间总绕不开她。她上初中后，我就如同和她一起成长的少年，内心充满喜悦和期待。我似乎目睹了她作为女性，身体每个器官的每一丝变化。她充满汁液的身体，所散发出来的香味，或者说勃勃的青春气息，越来越浓郁。

我是想过告诉她，我身患不治之症。

可我又实在不想在最后时刻欺骗她。

其实在我教他们时，不止一次看到，他们在慌乱躲闪中，急切地用眼神交流。她流转的目光热烈而明亮，我好像能听到她狂热的心跳声。

发放录取通知书的上午，他们手上拿着通知书，她坐在自行车后座上，和我打招呼，她开心地说，皇甫老师好。从小见到我，她就这么向我问好。可是他们并没停下来。我没来得及回答她，她就坐在自行车后座上，向学校大门口飞去了。我孤独地站在阳光下，眯着眼睛望着他们，她摇着手上的录取通知书说，谢谢皇甫老师。她笑得多么灿烂，嗓音又是多么甜美。骑自行车的男生单手扶着车把，也扬起手上的录取通知书，也说谢谢我。我猜他们是急着去向家长报告喜讯，或者要单独彼此祝贺？那时我想，他们要是永远不毕业，像大门口那两棵美人松，永远不离开我，该有多好。我总是想起她穿着洁白的连衣裙，坐在自行车后座上，和那个男生一起，从我视野里飞快消失的情景。那情景让我既喜悦又绝望。从那时起，无论谁再和我打招呼问好，我好像都无法第一时间做出正确回应了。

他们终于一起回到花枝镇。大雪纷飞，他们在操场上追逐嬉闹。每天早晨，我站在镇中心的丁字路口，看着她骑着自行车，哼着欢快的歌去上班。离得远，可我还是能根据她的嘴型，断定她在哼唱《军港之夜》。她骑着自行车下班回来，我坐在教研室里，看着她跳下自行车，扑进小屋。他们每天都在我身边，在我视野里，却与我再无相干，他们无时无刻不在远离我。

我绝对不会告诉她，在她十五岁的时候，她的母亲曾去宿舍找过我。她的母亲似乎已经忘记多年前在我们宿舍里的窘迫。她穿着整洁体面的衣服，头发梳得光光亮亮，突然站在了我的身前。我好像预感到了什么，可我还是在心里说，这可是香乘的母亲。在我心里萌生了亲近，脸上不自觉地绽开笑容时，她走进屋，四下打量一番后，站在我面前说，皇甫老师，你一直关心我们家香乘，从小偏爱她，宠着她，我们从心里感谢你。我顿生愧疚，愧疚于以小人之心度君子之腹。手足无措间，我不知道应该请她坐到椅子上，还是坐到我干净的床上？而她盯着我，表情突然凝重起来。她非常严肃地说，皇甫老师，你可得为我们家香乘的将来着想，为她的幸福着想，你可别害了她。

十年后，她同样穿着整洁体面的衣服，头发同样梳得光光亮亮，不同的是，她的发髻间多了一朵小红花，眼角已经生出细密的皱纹。在我准备喝点儿喜酒时，她一脸喜气，不无得意地说，香乘这一结婚，我心里敞亮多了。可他们暂时得住在学校。皇甫老师，你那么大学问，就不想离开花枝镇，回上海？要不我给你介绍一个吧，比柳医生年轻漂亮，离婚没孩子，人不错。她看似平淡的话，无比锋利。难道她一直耿耿于怀多年前在 201 宿舍里的窘迫？她不仅是以母爱的名义，在用刀割我，往我深重的伤口上撒粗盐，更是在用羞辱的绳索，拼命勒我的脖颈。最后我听到，我的颈椎在秋天的早晨，咔嚓一声断裂了。

9

　　方医生回家时，梅老师早去花枝站，把皇甫老师送走了。
　　皇甫老师在写给铁路分局长的信中，请求用火车把他送到城里。皇甫老师在信里对铁路分局长说，我去城里查证过，火葬场已经投入使用，效果非常好。他说遗体火化后，骨灰交由其姐姐带回上海。在给其姐姐的信中，他交代说，要把我的骨灰撒到黄浦江里。皇甫老师的姐姐第二天早晨就到花枝镇了。皇甫老师的姐姐戴着金丝眼镜，看皇甫老师的遗书时，几次因为过于悲恸，不得不摘下眼镜擦眼泪。梅老师想，皇甫老师的姐姐怎么来得这么快，来得这么及时呢？人死了以后，不都是埋到山上，堆起高高的坟包吗，怎么还要运去城里用火烧，再把骨灰撒到江里呢？仅仅因为皇甫老师没有后人？
　　举行简短告别仪式时，柳见心把皇甫老师头上的大檐帽正了正。郝司机拉响汽笛。汽笛声哀怨而悠长。绿皮火车在五彩斑斓的光影里缓缓起动。目送火车驶离花枝站，梅老师，方站长，姜校长，柳见心，还有瘦小枯干的赵主任，以及皇甫老师的学生，大家禁不住潸然泪下。柳见心擦下眼泪，冲着远去的火车喊，皇甫，你这个懦夫，一路走好！她嗓门异常粗壮，那声呼喊在绚烂的林海间回响着。王同喜阴着脸，搀扶着她。

梅老师情绪低落，他手上拎着刚从供销社买回来的新暖瓶，穿过操场去打开水。皇甫老师送的脸盆和暖瓶，他拿到烧过皇甫老师遗物的江边，把暖瓶装进脸盆，再把脸盆试探着放到水面上，轻轻推向江面。皇甫老师要求烧掉他的全部遗物。不过是一堆高深的数学专业书和生涩的学术期刊，部分期刊里印着他的数学论文，以及一床被褥和几件衣服。绝大部分东西，皇甫老师生前已经做了处理，比如把相册，《安娜·卡列妮娜》，苏小明的歌带，送给梅老师和方医生。小型收录机和磁带，据说给了那个患有严重哮喘、至今未嫁的矮胖女管理员。在给姜校长的信中，他又把14寸黑白电视，一些文学书，以及一千块钱给了学校。皇甫老师在信里对姜校长说，这点儿钱，给学生买书吧。梅老师和皇甫老师的姐姐等人，把皇甫老师的遗物搬到江边烧掉，灰烬扬进了江水里。百川入海，梅老师想，灰烬或许能在未来的某一天，漂到上海吧？

梅老师用新买的脸盆给方医生兑好洗脸水。方医生洗完脸，梅老师把洗脸水泼到操场上。端着空脸盆，站在操场上望着黄昏里的两棵美人松，梅老师想，皇甫老师再也不能看美人松了，他已经被送到火葬场了吧？梅老师眼前映着熊熊烈火，烈火噼啪乱响中，猛然响起女人撕心裂肺的哭喊声。梅老师怅然地拿着空盆进屋。方医生坐在炕上说，暖瓶和脸盆呢？梅老师把崭新的脸盆端到胸前，木然地说，这不是吗？方医生说，你好好看看，原来脸盆上的红双喜字，有这脸盆上的字体粗吗？方医生眨着眼睛，眼泪直往下淌，还有相册，哪去了？

梅老师感到意外，她怎么全知道了？皇甫老师送的脸盆，她怎么看得那么仔细，怎么连文字的粗细都记得那么清楚，仅仅因为她总用脸盆洗脸吗？

方医生带着哭腔说，洗脸我就觉出气味不对，你喝口水，看能不能喝得下去！

梅老师放下新脸盆，端详着新暖瓶，吸了吸鼻子。冲洗了好几遍的新暖瓶，的确还有异味。

梅老师用心煮好挂面。屋里只有方医生吃鸡蛋面条的声音。像为打破沉默，梅老师说，今天有人来找皇甫老师，核实论文的事。皇甫老师写的线性代数的论文，教授专家说，非常有建树，只是有一处看不太懂。梅老师端着筷子说，皇甫老师真了不起，他参加过氢弹和卫星的数据运算。方医生放下筷子，转过身，坐在炕上望着黑洞洞的后窗抹眼泪。梅老师看着她俊俏的背影，眼睛慢慢黯淡下来。

　　第二天晚上，梅老师烙了油饼，做了白菜豆腐汤。梅老师坐到炕沿上，对方医生说，师院来人了，说和皇甫老师谈过，皇甫老师调去师院不用教学，只要发表论文时，把师院名称写在他名字前面就行。这次院长说，让皇甫老师当教授，任数学系主任，说房子都给准备好了。

　　方医生从炕上抓起皇甫老师送的《安娜·卡列妮娜》。早晨她把《安娜·卡列妮娜》带去了医院，刚才下班才拿回来。方医生垂下眉，翻开书。梅老师想，她怎么对皇甫老师的事，不感兴趣呢？梅老师看看饭桌上的油饼和冒着热气的白菜豆腐汤，想去开水房，用开水再好好冲洗一下暖瓶。梅老师刚拎起暖瓶，方医生手上攥着书，坐在炕上突然说，我想好了，咱们离婚吧。梅老师好像一直在等这句话，方医生话音刚落，他就把暖瓶猛然摔向地面。暖瓶砸向地面的同时，梅老师质问方医生，为什么？一声爆响，银亮的内胆碎片和热水同时飞散，碎片跳跃着铺到地上，地上瞬间闪起一片晶亮的光。

　　方医生眼睛都没眨一下，就像根本没有摔暖瓶这回事。方医生手上攥着书说，你不知道为什么？梅老师踩着水中的光亮，脚底下响起一片碎裂声。梅老师说，因为皇甫老师？方医生说，皇甫老师的东西，你全扔了，你不知道为什么？梅老师好像被自己弄糊涂了，到底为什么呢？因为我无法接受她给皇甫老师做人工呼吸？梅老师看方医生的嘴，她的嘴唇饱满红润，闪着诱人的光。梅老师知道那张嘴的味道，这两天，他没品尝那张嘴的滋味，他想知道，方医生给皇甫老师做过人工呼吸的嘴，味道是不是发生了变化？梅老师心里有了异样的感觉。方医生看着他，把攥着书的手放到饭桌沿上说，皇甫老师对你怎么样，你不清楚？你怎么能这么对他？你难道看不出来，他和咱们不一样？他从上海那么远的地方来花枝镇教咱们，让你我能有今天，还有比他更好的老师吗？你就这么对他？

梅老师莫名地羞愧。他想反击，那你下午怎么不去车站，送送皇甫老师？而他原本是想和方医生讨论一下，数学系主任是不是比姜校长官还大？而且给房子，是楼房吧？这要是给咱们，咱们还用借住这么简陋的地方？皇甫老师当上数学系主任，将来都能当师院的院长，他怎么会在论文要发表，就要博取更大功名，前途一片光明的时候，对自己如此残忍呢？难道他就不想离开偏远闭塞的花枝镇？

方医生盘腿坐在炕上说，你难道想一辈子在这教书？在这教书没什么不好，可人生一世，即使不能像皇甫老师那样淡泊名利，也总得有点儿更高的理想吧？梅老师完全赞同方医生的观点，他想说，我一直想做像皇甫老师那样的人。他甚至想表决心。方医生却迅速切入正题说，哪天我死了，你也会把我的东西全扔了，当我没来过世上一样？方医生委屈地望着梅老师，眼里闪动着亮晶晶的光。

脚下踩着水和光亮，梅老师想说，怎么会呢？你比什么都重要。梅老师还想说，我是遵照皇甫老师的遗嘱，把皇甫老师的东西处理掉的。辩解的话就在嘴边，可他感到底气不足，根本说不出口。他感觉方医生对此肯定会嗤之以鼻。他好像听到方医生从鼻孔里发出了嗤之以鼻的声音。方医生却退一步说，不离婚，也行，你把皇甫老师送的暖瓶，盆，相册，苏小明的歌带，都给我拿回来。

梅老师一下想到了被他推向江面，装着暖瓶的脸盆。不知道脸盆和暖瓶顺水漂到哪去了，是不是沉进挖河砂的深水坑里了？他去江里野浴，知道江里布满大大小小的陷阱。即使暖瓶没碎，也让钓鱼的，或挖河砂的人捡走了吧？方医生手上攥着《安娜·卡列妮娜》说，苏小明的歌也没了，你不觉得沉闷吗？

梅老师深感后悔和愧疚。怎么就把新暖瓶摔了，把皇甫老师送的东西舍弃了呢？皇甫老师的确有交代，要把他的东西全部处理掉，梅老师心里感到憋屈。他想清扫地面，又觉得应该抓紧办最要紧的事。蜜月没完，怎么能离婚呢？她是医生，给任何人做人工呼吸，不是都很正常吗，她的嘴不是完好无损吗？梅老师多么舍不得方医生香甜滑润的嘴啊。他慌里慌张出了门，听到方医生在他身后把《安娜·卡列妮娜》狠狠摔在了门框上。

站在伸手不见五指的操场上，梅老师不知道应该先去找柳见心，拿回苏小明的歌带，还是应该先去学校后面的江边，看看能不能把暖瓶和脸盆从江里找回来？

　　秋天的黎明悄悄来临。雨后的天空异常晴朗。流着眼泪等到半夜，并在睡梦中见到了梅老师的方医生醒来后，发现梅老师居然彻夜未归。方医生红肿着眼睛，没叠被也没清理地面，简单洗把脸，没吃早饭就匆忙骑上自行车，骑车趟过操场上的大片积水去上班。柳见心穿着深蓝色毛衣，手上拿着两封一模一样的信，堵在医院大门口。一看信皮上方香乘三个字，方医生一阵眩晕。她太熟悉那种用碳素墨水写出的漂亮的钢笔字了。柳见心走向院子里的王同喜。看着柳见心和王同喜消失在楼门里，方医生半天才回过神。漂亮的方医生红肿着眼睛，倚住凤凰自行车，小心翼翼拆开信。晨风中，手上拿着两张干干净净的白纸，方医生感到恍惚。漂亮的方医生此刻还不知道，一颗神奇的种子，已经在她身体里隐秘地萌发了。

马兰花

贾雨峰站在山坡上的一块大石头上，在给秀儿打电话："我和王歌在一起呢，你怎么样啊？"

王歌坐在旁边一块长满青苔的石头上，望着山下的村庄。夕阳下，村庄炊烟袅袅，一片安详。

贾雨峰继续和秀儿通话："真那么好吗？那我和王歌也去吧？"

王歌听不到秀儿说话，但是可以想象。不仅这会儿，从4月12日秀儿去省城后，他总想秀儿的样子，包括她坐上长途汽车，站在车里向自己和贾雨峰挥手的那个瞬间，那天秀儿穿着黑色上衣，深蓝色牛仔裤。这些天，一想到秀儿，她就是这身穿着。还想秀儿说话的声音，以及她的笑声。秀儿说话，往往以笑声结束。他喜欢她结束话语后的那声笑，透着一股欢快。还喜欢她说，好啊，嗯。她的每一声好啊，都那么快乐，像遇到什么天大的好事。其实，哪怕对她说，你给我洗洗袜子吧，她也会说，好啊。好啊，不仅仅是同意的意思。在镇上读书时，她没少给洗衣服。秀儿说"嗯"的时候，就是很认真的样子了。不知道她现在是不是真还穿着那件黑色上衣，深蓝色牛仔裤，但一定是开心的吧？她怎么回答贾雨峰的呢？好啊，她是这么说的吗？

贾雨峰叫王歌："快来，秀儿要和你说话。"

王歌像是不太相信，犹豫一下，从石头上站起身，爬上贾雨峰所站的大石头上。

接过手机时，王歌的手有些抖，全身也跟着抖起来。这是秀儿去省城后，第一次听到她的声音。只能听她说话。秀儿说她在省城很好，然后问："你能和贾雨峰一起来吗？"

如果父亲能像秀儿那样，说好啊，那该多好。父亲把酒杯放下，打量他一眼后，说："去省城？家里的地谁管？你想累死我和你妈？这么大了，一点儿不懂事。"

王歌把嘴里的东西咽下："秀儿都能去，我怎么就不能？那点儿地，不是种完了吗？"

母亲慢慢放下饭碗，瞅一眼王歌的父亲，问王歌："是秀儿让你去的？"

不等王歌回答，父亲抢先说："那就更不能去。她有她舅照顾，你去给他们做牛做马？那家伙，只知道坑害家乡人。"

月光洒在窗台上，让王歌感到冷。他趴在窗台上，望着天上的月亮，就听秀儿说，你和贾雨峰一起来吧，我让我舅给你们安排轻快点的活儿。还有贾雨峰，他说，那怎么办，我爸可同意了，我明天一早就走，你自己看着办吧。

王歌枕着打好的行李，瞪着眼睛陪着月亮消失在天边。

清晨，村口的大榆树下，王歌正在啃冷馒头，贾雨峰扛着行李过来了。瞅瞅靠在树上的编织袋，贾雨峰问王歌："你怎么在这儿？你爸同意了？"

王歌把冷馒头塞进方便袋，伸手抓起自己的行李："咱们快走吧。"王歌快步走在前面。

两边是茂密的山林。走过一段山路，他们在公路边坐下来等车。

长途汽车越是不来，王歌越感到口渴。他怕父亲和母亲追来。他向村子的方向张望一下，跑到山崖下，崖下有一汪泉水。王歌用手掬水，喝饱后，伸手洗脸。清早从家里出来，不敢出动静，所以没洗脸。洗完脸，抬起头后，王歌看到，不远处有一丛马兰花。

马兰花一片蓬勃，三朵蹿在空中的花儿，开得正艳，蓝色的花朵蝴蝶似的，在晨风中呼应着起舞，花瓣上的露珠闪着水晶般的光芒。还有很多含苞待放的。王歌一下想到村东边野地里的那一大片马兰花。他曾经和秀儿在春风中一起去采过，拿回家插在瓶子里。王歌心里忽然冒出一句：秀儿，我给你带马兰花了，你养活它们吧？他好像听到秀儿说，好啊。

王歌赶紧从地上捡起一根木棍，从离花儿很远的地方挖掘起来。他不想伤到花的根。当掘点汇于花儿的底部，一丛花儿整个脱离了土地。把花儿捧到水边浇足水，这才捧到贾雨峰跟前。贾雨峰从行李上坐起身，一副很吃惊的样子："你想，带上这些花儿？"

王歌让贾雨峰把装馒头的方便袋倒出来，转眼间，马兰花被暂时安置在了方便袋里。

长途汽车上，王歌一直把花儿抱在胸前。即使睡着了，胸前还是紧紧抱着那丛花儿。花儿不似王歌，一点儿没有困倦的样子。

换乘火车前，王歌给马兰花又套上了两层方便袋，还去厕所给花儿又浇上一些水。花儿一点儿没受委屈，看上去，仍然像生长在野地里。

"呵，什么花儿啊？这么漂亮！"女列车员扫地，看到座位底下的花儿，发出一声惊叹。周围的旅客好奇地望过来。

王歌把花儿捧到手上："我们叫马兰花，山里野地里长的。"

女列车员凑近看："花瓣儿真像蝴蝶啊，我还是第一次看到这么漂亮的蓝色花儿呢，太喜欢了，能分我一点儿吗？分一小点儿就行。"女列车员没瞅王歌，而是一直盯着他手上的花儿。

王歌有些犹豫，想一下说："正开花呢，不能分，一分，整个就全死了。下次吧，下次给你带，好吧？"王歌不能说，这花儿已经有主人了。

女列车员笑起来："舍不得？是送女朋友的吧？我就是说说，太喜欢了嘛。"

王歌腼腆地笑。

女列车员把地清扫干净，对王歌说："你把花儿放茶桌上吧，放座底下，太委屈它们了。"

蓝色的花儿往茶桌上一放，王歌的心情立刻晴朗起来。即使父亲把电话打到贾雨峰的手机上，态度异常恶劣，也没能影响他的心情。

他告诉父亲,自己是去省城打工,不是去胡闹,他会节俭的,会给家里寄钱。看着马兰花,王歌感觉自己一下长大了。

出站口,秀儿看到王歌捧在胸前的马兰花,叫起来:"马兰花开了啊,是村东边野地里的吗?"

王歌把花儿递到秀儿手上:"是在道边挖的,你养它吧?"

"好啊,我会照顾好它的。"秀儿一下光彩照人起来。

建筑工地当然没有花盆,只好把花儿栽到离秀儿住的工棚很近的围墙边上,只在方便袋底部扎上几个小眼儿,然后埋进地里。墙边安全,砖头砸不到。四周用砖围护着。这是贾雨峰建议的结果,王歌没反对。

他们的工作是往搅拌机里填水泥和沙子。每天天刚亮就得起来,下午最热的时候休息两小时,直到夜幕即将降临,才能吃上秀儿做的饭菜。秀儿会偷偷留些好吃的,让王歌和贾雨峰去她的工棚里吃。

第一顿饭,秀儿问:"我这儿有我舅喝剩下的白酒,你们要不要喝点儿啊?"

王歌看贾雨峰。王歌还没喝过白酒呢。

贾雨峰倒是没客气:"有吗?那喝点儿啊,解解乏。"

秀儿从床铺底下拿出多半瓶白酒,可是只有一只杯子。王歌要回去拿自己喝水的杯子,秀儿说:"别麻烦了,你俩用一个杯子不行吗?"

贾雨峰先喝了一口白酒:"哦,好喝,比我爸那酒溜子好喝多了,一点儿不辣。"

秀儿看王歌:"你也喝点儿啊。"

王歌不能推脱,他想,得像个男人。可抿下一口后,眉头还是皱紧了。贾雨峰说:"头次喝吧?瞅你那样,哪是喝酒啊,跟喝毒药似的。"贾雨峰笑起来。

王歌吃菜,贾雨峰又喝口酒,然后把酒杯递给秀儿:"秀儿,你也喝口啊。"

在王歌看来,秀儿不可能喝,可没想到,秀儿竟然毫不犹豫地接了酒杯:"好啊,我还没喝过白酒呢,尝尝。"秀儿只用舌尖舔触一下，就叫起来："这么难喝啊，你们男人怎么还喜欢喝呢。"秀儿皱着眉，赶紧往嘴里填菜。

"要不我们怎么是男人呢。"贾雨峰端起酒杯，滋溜又喝下一口，有滋有味的样子。

多半瓶白酒，都让贾雨峰喝了。回到工棚，贾雨峰一头扎到通铺上，一夜再没动弹。

王歌去看马兰花。城市的月光下，马兰花在墙边脱俗地绽放着，看上去，像是能够适应城市的环境。王歌蹲下身，近距离瞅着蓝色的花朵。王歌突然想，它们会不会像我一样想家呢？会不会想山里的土地、风、阳光和雨露？看着花儿，王歌胡思乱想半天，才回到工棚。

最后一朵马兰花在清晨绽放了，王歌拿着矿泉水瓶想去给花儿浇水，远远看到，秀儿正在给花儿浇水呢。

秀儿手里拿着空矿泉水瓶，见王歌过来，笑一下说："你每天都来看花儿，那么喜欢这丛花儿？"

蓝色的花朵孤独地挺立在城市的蓝天下。最早开花儿的，已经结籽；更多的还残留着枯萎干瘪的花瓣，颜色几乎褪尽，那唯一绽放的一朵挺立在空中，显得是那么孤单而忧郁。王歌心里有种说不出来的滋味。看着花儿，王歌说："不来看的话，就得等明年春天了。"

秀儿也看那朵唯一的蓝花："就剩一朵了……"

王歌在翠绿间寻找花骨朵，可是，真没有没开的骨朵了。看着翠绿中的一抹蓝色，王歌不知道应该说什么。

秀儿抬眼，看王歌的脸："你黑多了，也瘦了。"

王歌下意识地摸脸："是吗？我本来也不白啊。"

相比而言，王歌的脸比贾雨峰的脸白，但是现在，已经看不出一点儿白颜色，黝黑的皮肤，闪着一层亮光。

看着王歌的脸，秀儿说："你应该涂点儿防晒的东西。"

王歌不明白，问秀儿："你说的是什么？"

秀儿手里握着空矿泉水瓶，笑起来："我听别人说，脸、胳膊和手，涂上一层东西，就不怕太阳晒了，就晒不坏了。"

王歌似乎明白一点儿："化妆品？我连雪花膏都抹不得，你忘了？一抹脸就发热，一点儿不得劲儿。我穿长袖衣服遮着点儿，再戴上手套和安全帽。"王歌话锋一转说，"贾雨峰大概能抹。"

"那你的脸呢，怎么办？"

"不知道。黑就黑呗，我又不是女的。"

第一个月发工钱，贾雨峰从上到下换了身新衣服，鞋子和手机也换新的了。王歌呢，给父母寄去五百元，再就是用一百块钱买下了贾雨峰的旧手机。贾雨峰把旧手机给王歌，王歌说，我要手机干吗？贾雨峰说，给你爸打电话啊，你爸也可以给你打。尽管想到，父亲打电话得向别人借手机，而且得像自己和贾雨峰那样，跑到山坡上打，村子里没信号，而父亲没有手机，自己根本无法给他打电话，可王歌还是犹豫着接下手机，转手拿给贾雨峰一百块钱。买下一个手机卡，摆弄半天，王歌终于发出人生的第一条短信，他对秀儿说：王歌用这个手机号，以后你可以打这个电话找我。秀儿回复说，好啊。

王歌的手机却总是沉默着。父亲一个月才给王歌打一次电话，王歌呢，只能给村里人的手机发短信，让人通知父亲，父亲再打回来。这样，王歌的手机当然只能沉默，尽管他总是看手机，看有没有短信。除秀儿发过好啊两字，再就没收到任何信息。

最后一朵马兰花落了，蓝色的花瓣耷拉下来，越来越蔫，最后，枯萎的花瓣随风而去，只剩二十几个花籽探在叶子上方。长长的叶子倒还茂盛。不认识的人会以为，那是一堆野草。没有花朵的马兰花，的确像一堆野草。一个工友见王歌在浇水，好奇地问，你给草浇水干吗？王歌说，不是草，这是马兰花。王歌给工友讲马兰花，工友一摆手说，什么马兰花，你可真有闲心。工友摇着头走了。

终于接到秀儿的电话，王歌赶紧往秀儿住的工棚跑。

桌子上摆着一小盆土豆炖白菜，一盘花生米，还有一盘猪头肉。贾雨峰坐在秀儿的床上，手上已经端起了酒杯。

秀儿对站在桌子前的王歌说："快吃饭，一会儿咱们去看音乐喷泉。"

音乐喷泉？王歌不懂。秀儿就解释。贾雨峰说："看了不就知道了？"

饭吃到一半，在贾雨峰用筷子剔牙时，王歌感到肚子一阵绞痛。等王歌慌里慌张从厕所里跑出来，回到秀儿住的工棚，贾雨峰和秀儿已经不见了。看着狼藉的桌子，王歌感到奇怪，不是说，一起去看音乐喷泉吗？赶紧给贾雨峰打电话。贾雨峰说，秀儿的舅舅找秀儿，有急事，我陪她去一下，明天晚上再去看音乐喷泉。王歌想，干吗不让我也陪秀儿去啊？

王歌把矿泉水瓶灌满水，去给马兰花浇水。水从瓶盖上所扎的小眼喷洒而下，落在一丛长长的叶子上，王歌一下想到秀儿说：就是水从地上喷到空中，再落下来，像下雨似的，很好看，有音乐伴奏呢。王歌想，水怎么能从地面飞到天上呢，水不都往低处流吗？用瓢往天上泼吗？王歌呆呆地看着瓶子里的水洒落在绿色的花叶上，直到瓶里的水落干净，一滴不剩，他才把空空的矿泉水瓶放到马兰花旁边，一转身，向工地外面跑去。

王歌赶到音乐喷泉时，正是城市的灯火最辉煌的时刻。河对岸的喷泉，在音乐和灯光的烘托映照下，不断变幻着，看着，让人有种不知身在何处的美好感觉。这是王歌所看到的最美的景象。他真希望贾雨峰和秀儿能赶快看到这美景，所以，他赶紧给贾雨峰打电话。

王歌趴在河边的护栏上，对贾雨峰说："音乐喷泉太好看了，你们在哪，快来看啊。"

贾雨峰大概在犹豫，因为王歌没有马上听到他的回答。在静下来的那一瞬间，王歌感觉，尽管自己的右耳朵有手机紧紧堵着，可他所听到的声音却跟左耳朵听到的一模一样。王歌愣一下，看着对岸的水柱喷起到空中，又在音乐声中闪着亮光落下，把手机从耳边慢慢拿开了。

尽管满眼的水柱和灯光，满耳的音乐，但对岸的喷泉和灯光却一下不再那么美丽，一下同时失去了吸引力。四周，好像一下沉寂下来。

王歌愣愣地看着远处的水冲上天空，再无奈地落下，站看半天，才逆流而上。

那两个身影凭栏正望着河的对岸，灯光洒在他们的身上。一个人的手抚在另一个人的肩背上。背后望去，他们跟城里人没什么两样。那一刻，王歌的眼睛静得如同一池秋水。

回去的路上，王歌给秀儿打电话："秀儿，音乐喷泉真的很好看啊，你明晚去看看吧。"

"好啊。"秀儿只说了两个字，电话就断了。

尽管总去浇水，可马兰花还是完全枯萎了，枯萎的长叶子黄黄的，垂落在地上，更加像一团野草。这时秀儿和贾雨峰已经去新工地了，那里同样要建几座高楼。贾雨峰说，他去新工地当工头。他们是打出租车走的，背后看去，他们已经不像是和自己从一个山村里走出来的人了，王歌猛然觉得，那两个人离自己正越来越远。出租车起动后，他们很快消失在城市里。而王歌必须留在这里，做最后的清理工作，迎接竣工验收。王歌手里拿着灰铲，和工友拆除围墙和工棚。王歌一边拆墙，一边看墙边那堆别人会以为是野草似的东西。砖头开始砸向那堆野草似的东西，王歌知道，不用多久，砖头就会把它覆盖，继而，可能会被铲车铲到车上，运到不知名的地方。

王歌猛然向前跑去，工友们的砖头砸在他的腿上脚上，也没能阻止他。他冲到那堆野草似的东西那，开始用手扒拉砖头，近乎疯狂的样子。工友们停下来，好奇地看着他。王歌丢开一块块砖头，然后用灰铲挖掘起来，很快从土里捧起一个破烂的方便袋。王歌把装着土的方便袋紧紧抱在怀里。工友们围上来，问王歌："什么宝贝啊？"

王歌没吭声，怀里抱着那个破方便袋向工地外面走去。

王歌回到山村时，寂静的村庄已经在大雪的覆盖之下。扔下行李，王歌转身出屋，向后山上爬去。春秋两季，从山下望上去，山坡上的那两块大石头是黑色的，而现在，山坡上一片苍茫，根本看不到那两块大石头。但王歌知道，它们在那。他趟着雪，一步一步，艰难地向山上爬去。

王歌终于喘着气站到那块大石头上。山下，雪中的村庄，依然一片安详。

王歌望着山下的村庄，手里始终握着贾雨峰曾经用过的手机。秀儿说：你回去吧，我们不回去了。明年你再来吧。王歌说，好吧，我会来的。

冬天总是那么寒冷。王歌一次次爬上山坡，坐到那块铺满雪的大石头上，手里拿着手机，一坐就是半天。手里的手机从来没响过，他也从来没打过电话，尽管手机显示出两格信号。也没有短信。手机一如既往地沉默着。

又一个春天来临，又是夕阳西下，王歌把山坡上那块最大的石头用铁棍撬动了。长着青苔的大石头从山上轰隆隆地滚下去，带着一串绝尘的长烟，穿过新绿的树林和草地，向着村庄咆哮而去。速度达到极限，接近村庄时，哐当一声撞在一棵青杨上，青杨向前一摆，树头再向后一摇，只听咔嚓一声，青杨拦腰折断，挂满绿叶的树头忽地一声落到地上。

村庄里的狗骤然狂叫起来。

村庄完全安静下来后，王歌从山上慢慢走下来。走在村路上，看到几个小女孩在跳皮筋，她们一边跳，一边唱：

小皮球
下脚踢
马兰开花二十一
二八二五六
二八二五七
二八二九三十一
……

夕阳下，童声在村庄里回响着。女孩们唱着，跳着，秀儿也是这么唱着跳着长大的。一个扎着小辫儿的女孩唱着唱着，跳着跳着，就变成了秀儿。秀儿的脸上沁着细密的汗珠，身子那么轻盈，小辫子在脑后颠跳着，活泼而富有生机。

王歌猛然转身，夕阳的光影中，越走越快，终于跑起来。

父亲见王歌气喘吁吁进屋，瞅一眼，没吭声。

"爸，我要去省城。"王歌喘着气说。他的脸上有着一层细汗。

"不是说，再不去了吗？"父亲有些迷惑。

"我得去，必须得去。"王歌异常坚定。

"你这孩子，又在发什么疯？"父亲显然难以理解。

"我得去取样东西，拿了东西就回来，一分钟都不会多待。"

春天，城市里的花同样在绽放。高档小区大门对面的马路边，一个女孩儿望着花坛里的一丛蓝花，对一个男孩儿说："你快看，那是什么花儿，真漂亮啊。"

男孩儿上前看着花儿说："不知道啊。是挺特别，这么蓝，跟飞起来的蝴蝶似的，是蝴蝶兰吗？"

女孩儿蹲到蓝色的花朵跟前，瞅着花儿，伸手碰一下蓝色的花瓣："我太喜欢了，真想把它拿回家。"

男孩儿反对："不好吧，违反公德。"

女孩儿坚持："你天天陪我来看也行。但要是被人采走怎么办？还不如我们拿回家好好养着呢，你说是不是？我太喜欢了。"女孩抬眼看男孩。

男孩儿说："怎么拿啊？用手挖吗？"

女孩儿想一下说："这样吧，我在这看着，你快回家去拿个什么东西来挖。对了，你家有空花盆吗？"

男孩儿认真起来："没记得有啊。"

女孩儿盯着深蓝色的花儿说："没关系，你先拿个方便袋来，先把花儿弄回家，明天咱们再去买花盆。快点儿啊，我在这等你。"

王歌还是一张黑脸，他从公共汽车上跳下来，手里拎着一个方便袋。远远看见，一个女孩儿蹲在花坛边，正聚精会神看着什么？王歌心里咯噔一声，拔腿向女孩跑去。王歌跑得飞快。王歌一边跑，一边在心里喊，别动我的花儿。女孩抬眼看王歌，王歌在心里默默地说：秀儿，我把花儿拿回去了？他好像听到秀儿说，好啊。王歌的耳边响起秀儿欢快的笑声。

山麻渣

1

以前看这座大厦，金丽总有一种高不可攀的感觉。现在，她坐在这座大厦顶层的旋转餐厅里，自然感觉不真实。仔细看一下对面老男人的手以后，才把刀叉拿在了手上。学会使用刀叉当然不难，让左手和右手默契配合，这才是问题。慢慢地，她的眼里不再只有刀叉，吃进嘴里的东西这才有了点儿滋味。接着，盘子里的食物也开始模糊起来，眼里渐渐浮现出周围的景物。

她发现，餐厅里的顾客多数是年轻人，两人一桌，像她这样，女性对面坐着一位男性。那些女性都无比鲜亮，面色干净，神态和衣着都与她的学生身份相去甚远。在她看来，这不是问题，问题是那些女性对面的男人。那些男人年轻而帅气，像经过挑选才踏上这三十七层旋转西餐厅。自己对面的男人呢，餐厅里的每个人似乎都可以称其为大叔。可以看到他鬓角的白发。而应该白的地方，比如脸和手，反而与白无关，连黄色都谈不上。他身体每一处肌肤大概都被阳光长久地停留过。他面前同样摆着盛有食物的精致盘子，刀叉同样闪着光亮，而他穿的深蓝色西服，却像租来的似的，并不是像别的男人那样，脱下正装，穿着熨烫平整的衬衫或T恤，那身西装像贴着名牌标签的地摊货。她身上的圆领线衫才六十块钱，可和这样一个男人坐在一起，她觉得除了用刀切下食物，故作优雅地放进嘴里，目光游离地咀嚼，再没有其他的事情可做。她一点儿也不想看对面的男人，一眼也不想看，也不想说话，情愿只是自己在吃饭，或者，鲁亮坐在对面更好。

可金丽又知道，鲁亮做梦也想不到自己正在这样一家西餐厅吃饭。这种西餐厅，对鲁亮来说，可望而不可即。这个时间，他应该在学生食堂里体味那种连猪都不爱理的食物吧？

对面这个后来称之为老王八蛋的男人，一刻也不肯消停下来，服务员把盛有食物的盘子放到面前，报完菜名，完全可以下手了，他还插嘴，指点应该从什么位置下刀。金丽充耳不闻，偏要另觅途径。她狠狠将刀切下去，刀切在盘子上的声音清晰可辨，明显带着一股狠劲。金丽不看他，一眼也不看，自然不知道他的表情，也不想知道他是副什么德行，只管东一榔头西一笤帚地乱切，然后机械地把食物送进嘴里。有一刻，她觉得，自己手上的刀像是正切在老王八蛋的脸上。已经放弃了最初的优雅。端着肩膀吃饭，实在是件痛苦的事，有时候，甚至不知道嘴到底在哪。开始几口还有点儿滋味，毕竟平生第一次用筷子和汤匙以外的形式吃饭，而且是陌生味道，但是，陌生的滋味很快就全没了，只好双手举着刀叉停住，扭头望窗外。窗外不远处，有一座电视塔，正一点点地向她逼近，电视塔通体金黄，略带一丝淡绿。就是不看电视塔，这餐厅里的任何一个角落，任何一对男女，哪怕任何一个被人用过的盘子或酒杯，似乎都比面前的老王八蛋有吸引力。老王八蛋呢，恰恰相反，可以感觉到，他的目光一刻也没离开过自己的脸。脸又不是花，没有所谓美女的那些特征，没做任何修饰，有什么好看的？她举着雪亮的刀叉坐在那，望着窗外，很久不动，老王八蛋于是又喊服务员，再给上道法国蜗牛。这是第六个盘子。盘子很快放到面前，老王八蛋刚想张口，金丽突然说：你能不能消停会儿！老王八蛋张着嘴，看着金丽。金丽脸上一下露出了笑容。老王八蛋低下头，端起酒杯，抿口红酒，然后拿起了刀叉。金丽忍着笑，探出双手，开始切蜗牛。而她心里，正愉悦地唱着《荷塘月色》。

2

我叫吴宝财,以前是农民,以后也永远是。

吴姓不好起名,起什么名都是没有,除吴病听起来好一些,又不能用作名字外,真不晓得吴姓还能起出什么好听的名字,总不能叫吴敌吧?所以我早就放弃了改名的想法。我绝对没想到,有一天,一个年轻女人,她会叫我老王八蛋。王八蛋已经够可以了,还要加上个老字,作为男人,我居然接受了,听久之后,当她叫我时,心里甚至美滋滋的。我的脑袋,是不是得好好治治了?

当然,我已经不住在那个叫石门岭的山村了。最后一次回到那里,已经是11年前的事了。当时是春天,我回到三源浦镇,去看那个女人。那个女人嫁到离石门岭14里的三源浦镇,我只好去镇上,住进最好的一家旅馆,然后到菜市场上找她。方洪文告诉我,她每天都到市场上卖野菜。她果然坐在菜市场头上,在卖山麻渣。我很奇怪,山麻渣在我们石门岭,随处可见,比如田间地头,随便划拉几把,都够包一顿包子。我喜欢吃山麻渣馅包子,尽管那只是一种再普通不过的野菜。有人愿意花钱买随手就能采到的山麻渣吗?三源浦镇距石门岭仅14里,镇上居民与石门岭的村民又有多大差别?但她的确坐在那里卖山麻渣。我一直盯着她,慢慢走过去,站到她面前,她没看我,而是对着地面上的袋鼠皮鞋说,这些都是新采的,你看多新鲜,买点儿吧,回去包包子,我可以便宜些卖给你。我脚上的袋鼠皮鞋一动没动。我扫了一眼那些山麻渣,的确很新鲜,绿油油地摊在敞口的编织袋里。可她为什么不看我,是为躲避我的目光吗?我不知道她说便宜些是多少钱一斤,不便宜的价钱我更不想知道,我根本没想过山麻渣的价钱。她伸手翻弄一下野菜,为的是让我相信的确是新采的。我却一直盯着她的手。她的手很粗糙,包括手腕上,起着一层细密的疹子。后来我才知道,那是紫外线过敏的结果。脸上也有疹子。当时我以为她受风了,比如在山里采山麻渣出汗,吹了山风。长着疹子的脸有些黑，头发凌乱。凌乱的头发里，居然有片新鲜的树叶。那片树叶圆圆的，很小，像是榆树叶。榆树叶怎么落到她头发里的？我猜想，也许她正埋头在山里采山麻渣，结果差点儿撞到一棵榆树上，她抬头看，只见挂在枝丫间的榆树钱正鲜嫩，于是她嘴里泛起了榆树钱的味道，小时候总吃嘛，甜丝丝的。她面带笑容，伸手拽住树枝，扯下一把榆树钱。这时从树上落下一片叶子，正好落在她的头上，头发凌乱，那片鲜绿的叶子支棱着，扎进了她的头发里，而她浑然不觉，就这么带着一片榆树叶来到了菜市场上？

我这么想着，看着那片鲜嫩的榆树叶，很想给她摘下来。但直到坐到饭店里，我才对她说，你头上有片树叶。尽管无伤大雅。她伸手摸向头顶说，有吗？她没能摸到，树叶太小了。我说，我给你摘下来吧。不等她说话，我已经伸出手，身体与她保持着距离，小心地捏住那片小树叶，拿了下来，放到她手心里。那片绿叶在她沾满野菜汁的手心里显得是那么绿意盎然。她瞅瞅树叶，随手放在了桌面上。

我给她点上最好的八道菜，希望她能好好吃顿饭，希望吃了饭以后，她的脸和手上米粒似的疹子能消失，皮肤能白嫩起来。她的脸和手，看上去，让人难过。我问她，怎么会起这么多小疙瘩？她说太阳晒的。我说，我给你治好吧。我想，我是能够帮她治好的。听了我的话，她想笑，可是没笑出来。看一眼窗外，她说，不用治，不晒太阳，几天就好了。我有些疑惑，问她，很痒吧？她瞅瞅自己的手，小声说，还行。我更加感到惊奇，心想，她怎么可能不见阳光呢，天不可能总阴着，总下雨，她也不可能天天躲在屋里，皮肤怎么可能光滑白嫩起来呢？

结果，她一口菜没吃。

金丽每道菜只吃几口，我不得不一连给她上了六道菜。采山麻渣的女人呢，我劝她，你忙活一上午，好好吃点儿东西吧。她坐在那，却连筷子都不肯动一下，目光躲闪着，一个劲儿说不饿。我早晨吃下两个山麻渣馅包子，喝掉一碗粥，一上午没干一点儿活，可还是饿了。她呢，可能很早就起来了，山上山下，奔走一上午，怎么会不饿？我猛然想到脚边那一编织袋山麻渣，赶紧拿出一百块钱放到她的面前。山麻渣不卖出去，她说什么不离开市场，我只好说，我全买了。装着山麻渣的编织袋就在我脚边上。

她拿着一百块钱出去，很快回来了，把 82 块钱递还给我，然后要回家。她瞅着窗外，像在自言自语，天还早呢，再上山采一些，晚上说不定能卖出去。我劝她半天，说会给她补偿，可她还是匆忙走了，跟逃跑似的。

我真希望她从此不再上山采山麻渣，我完全可以让她像春天的植物一样鲜嫩。而她却把我和一桌子菜晾在了暖风习习的五月中午。一大桌子菜，一筷子没动。那天阳光多好啊，我却只能叹息。盯着桌面上那片圆而嫩绿的榆树叶，看半天，我才伸手把它拿在了手上。

3

这样一间客房，一晚上多少钱？金丽没有概念。她和鲁亮去的小旅馆，住一晚才 20 块钱。那样的小房间，没有窗户，只有一张小床，连衣服都没地方放。他们却感觉非常满意。在金丽看来，有张床，哪怕再小，只要能放下两个年轻的身体，也就足够了。

还是大客房好，有睡衣，有液晶电视，可以上网。鲁亮要是在这就好了，可以通宵玩游戏。被子枕头，白得耀眼，而不是布满可疑的污点，躺在上面，一定非常舒服。还有落地窗，和鲁亮坐在窗前，看看夜景，一起吃点儿东西，或者仅仅拥坐在一起，也好啊。金丽缓缓坐到窗前，窗外大片灯火给人一种温暖而又迷茫的感觉。

卫生间里传出哗哗的水声。坐在落地窗前，金丽很快被一种想哭的感觉所覆盖。另一座城市里，鲁亮在干什么？快九点了，他应该准备就寝了？他所住的宿舍，没这个房间大，却塞着八个即将毕业的男生，哪有隐私可言。每次去见他，都要等别的同学去上课后，他们才慌乱地躺到床上。第一次之后，鲁亮告诉说，有块床板断了。她一下想起那张单人床的嘶叫声。自己呢，同样和孙婷婷等五个女生挤在一间十二平方米的房间里。鲁亮这时要是在吃夜宵，不过像自己平时的夜宵一样，一碗泡面和一袋榨菜而已，而且必定是袋装泡面。一瞬间，金丽是那么想念或许在吃泡面的鲁亮，想到鲁亮，是那么想哭，却哭不出来。金丽只能望着窗外的大片灯火发呆。

　　过了一会儿，她把手机拿到手上。这是一款最新版诺基亚手机，粉色机身，漂亮的按键。如果不是因为那部波导手机坏了，怎么可能与卫生间里的老王八蛋扯上关系？修手机无疑是主要原因，但不是绝对因素。去修手机的女生多了，难道都会与一个男人扯上关系吗？孙婷婷不是陪我去了吗，她怎么什么事没有？或许应该怪那顿该死的午饭？也不对，应该怪该死的钱。如果自己兜里有钱，自然不会对一部三千二百块钱的手机动心，更不会在乎一顿午饭，怎么可能跟他走呢。现实却是，得省钱啊，就是手机问题不存在，省一顿饭钱也好啊。和鲁亮说好一起去野三坡，没钱就得一分一分地省。已经一周没吃肉了呢。鲁亮同样没钱。一顿普通的午饭其实算不得什么，女生们见网友，不是常和陌生男生吃饭吗？吃顿饭又能怎样？关键还是这部手机。老王八蛋给买下手机后，一周来，和他吃过几次饭了？每次他都出手大方，真是个土财主。吃饭档次越来越高，胃口反而越来越差。我才不主动张口呢，金丽一直缄默。他的目光让金丽相信，决不用自己张嘴。只是有些意外，原以为吃吃饭就能解决问题，想不到，一顿西餐过后，竟然跟他走进酒店了。

　　鲁亮，你快来救我吧，我害怕。

　　可是，发出的短信却是：你这个周末没事吧？去野三坡怎么样？

　　粉色手机很快收到回复：好啊，就是，你有钱吗，我没钱了。

　　金丽再次望窗外，然后回复说：钱不成问题。你必须周五晚上赶来，周六早晨一起出发。

　　金丽握着手机，望着窗外的灯火，正陷在憧憬中，老王八蛋擦着头发，从卫生间里出来了。他看看窗前的金丽说，你也去洗洗吧。

　　金丽还是望着窗外，坐了片刻，猛然起身，伸手抓起了床上的小背包。把黑色的小背包背到身后，金丽说，我得回去了。金丽没看老王八蛋，而是低着头从他身边走过去。与他错身的刹那，金丽以为他会像捉小鸡一样捉住自己，扔到床上。可是没有，很顺利就从他身边过去了。他没反应过来吗？金丽脚下反而有些迟疑。打开门的时候，才听到他在身后说，你等一下。这下他该出手了，金丽想。他马上会冲过来，把自己硬拉回房间，扔上床，或许会做下思想工作，或许不会，而是直接干他想干的事。要跑吗？却迈不动步。本能地回头，发现老王八蛋不但没像疯狗一样冲过来，反而一下消失在了墙角。金丽正迷惑，不知所措时，对方出现了，手上拿着棕色钱包。他要给我路费吗？或者，拿钱来诱惑我？金丽站在门口没动。暧昧的灯光下，金丽看着老王八蛋拿着钱包过来，从里面拿出一沓钱说，我这现金不多，就这些吧。金丽没接他手上那些粉红色的纸，老王八蛋就往她身后的背包里塞，她愣愣地站在门口，没做任何反应。

　　下了楼，站在酒店对面广场上，金丽望着六层那扇亮着灯光的窗户，手里紧紧握着诺基亚手机，机身已经有了可观的温度。那部黑色波导手机，信号原本很强，可自从上次去见鲁亮，在他宿舍里，手机从床上掉到地上，信号一下就摔没了，之后就是在寝室，信号也时有时无，只能站到窗边接打电话。当然耽误事。有时鲁亮打不进电话。有时无法及时收到他的短信。特别是夜里，室友们都在被窝里和男生们用QQ、微信聊得火热，她的手机却显示无服务。没钱买新的，金丽想，能修好的话，只要信号好就行。没想到，修手机的看过以后说，弄不了，只能返厂。手机已经用了将近四年，厂家会给修吗？正不知道怎么办时，一直站在身边的老王八蛋说，买部新的不就得了？老王八蛋脸上带着笑。孙婷婷说，你给买啊？老王八蛋还是笑，行，没问题，买最好的。想到这，金丽眨了眨眼睛。

　　要走出那个房间时，金丽想的是，把新手机卖了，和鲁亮去野三坡足够用了，大不了买部一般的，二手的也行，能接打电话，发短信，能上QQ、微信就行。而现在，不但有了新手机，而且去野三坡的钱也有了，绰绰有余。金丽觉得像在做梦。而头顶的路灯的确亮着，对面的确有个商务酒店，最关键的是，手里的确有部最新款诺基亚手机，拉开背包拉锁，里面也的确有一沓粉红色的钞票。站在路灯下，望着六层亮着灯光的窗户，再瞅瞅头顶的路灯，金丽不知道接下来应该干什么了？不远处，火车站的广播说：由北京开来的K825次列车即将到达本站……金丽想起来，去年圣诞夜，鲁亮就是坐这趟火车来看她的。

4

方洪文曾经也是农民，后来不是了。他是农民时，与我这个农民也不一样。他爹是村主任，所以，他在石门岭念完小学，没像我一样回家帮大人种地，而是去三源浦镇中心校念初中，然后又去省城念师范，再回到镇上，他已经是人民教师了。我曾一度十分怀恨无能的父亲。当我当了兵，特别是师长找我谈过话以后，我发现，我的命运远比方洪文好得多。当我带着无比艳丽的师长女儿回到石门岭，再看到方洪文，我觉得自己的腰比踢正步时还直，方洪文却像踢了一天正步的新兵，腰怎么也直不起来了。在我看来，方洪文的一生只能在三源浦镇中心校发挥有限的光热。这样也好，那个女人的一些情况，我远在两千里之外也能知晓一二。当然，为此我要在每年春节前给方洪文寄去几千块钱。对于那点儿钱，我从来没当回事，我想，就当是送给远房亲戚孩子的压岁钱吧。

小沈阳说，世上最痛苦的，是人死了钱没花了。赵本山说，最最痛苦的，是人活着钱没了。实际上，当你想给一个人花钱，又花不出去时，才最难受。我想给那个采山麻渣的女人花些钱，比如给她买漂亮衣服，新潮化妆品，或者贵重首饰。我把一个个购物袋拎到她卖山麻渣的菜市场，可她却像躲灾星似的，拎着装着山麻渣的编织袋转身就跑，我一个大男人，像是都追不上她。我想，或许她无法将那些东西拿回家，那些东西拎进破旧的小院，的确扎眼，她怎么和家里人说呢？自己买的？镇上哪有那些货色？说捡的？这样一想，我不禁笑起来。于是我拎着一个黑色方便袋，在镇上找半天，才在石桥头上找到她。她蹲在连接镇南镇北的拱形石桥头上，身前是一袋子山麻渣。我慢慢走近她，在她面前站了片刻，然后把方便袋塞到她手里，转手去拎她面前的编织袋。她赶紧上来抢，手一松，我给的方便袋掉在了地上。她紧紧拽住装着山麻渣的编织袋，用哀求的口气说，你别再跟着我了，我不会卖给你的。我说，卖给谁不是卖，我想买不行吗？她说，不能卖给你，卖不出去也不卖给你。我把编织袋抢背到身后，对她说，你拿着方便袋回家吧，我再也不缠着你了。我把黑色的方便袋从地上捡起来，再次塞到她手里。她犹豫一下，像是好奇，转而往方便袋里看。我看到，她一下张大了嘴，她张着嘴看半天，才模糊地说出了一个字。那个字模糊不清，却让她像被烫了似的，转手一把抓住了我的裤腿。她抓着我的裤腿说，你这是想让我死呢。面对方便袋里人们一直追逐的东西，她想到的却是死。我看着她，想的是，要是没有裤腿多好，那样我就可以背着一袋山麻渣跑掉。我只想跑掉，有没有一袋山麻渣其实没关系，只要那个黑色方便袋在她手上就行。所以我用了狠劲，按着她骨感很强的肩膀，在她抓着我一条裤腿的情况下，用力一踢腿，就听嘶啦一声，裤腿立刻变得肥大起来。看上去，我的举动像在抢女人的东西。我的心情却一下子轻松了，我背着编织袋转身就跑，我觉得自己跑得很浪漫，很有诗意。可是，当我觉得已经安全了，回头看时，发现她离我已经很近了，似乎一伸手就能抓到我。我心里一下紧张起来，脚下就生了风，耳边也有风声。我知道，真跑起来，她根本跑不过我。可是没想到，她的念头竟然那么强烈。我跑过拱形石桥，跑过摩托车穿行的镇街，奔上通往镇外的土路，我以为已经跑出很远了，可是每次回头，都能看到她的身影，她的脸早已经红了，红红的脸上，有着汗水的光亮。她一脸汗水，一声不吭地跟跑在我的身后。她的力量从何而来呢？是我手上那个不值钱的破旧编织袋里的山麻渣，给她的力量吗？如果有终点，那么，我跑过终点就行了，可是根本没有终点，好像只有我停下，才是终点，我不停下，哪怕只是放慢脚步，她也会一直跟着我，哪怕耗尽最后一点儿力气。终于，她的脚步开始跟跄起来，眼看着就要倒下去了。看着她紧绷着嘴唇，步子轻飘飘的，好像已经挪不动步了，我的心一下软了下来，我真怕她倒下去。那一刻，我的心无比柔软。我把手里的编织袋扔在了地上。在穿过整个三源浦镇的过程中，我手里一直拎着那袋山麻渣，一会儿扔在肩上，一会儿拎在手上，我以为，只要拿走她的野菜，就是买了她的东西，她就能停下来。她卖一辈子山麻渣也换不回那样一个黑色的方便袋。我转身往回跑。我的胸口在隐隐作痛。

要接近她时，她摇晃两下，身体飘向地面，我赶紧伸手扶住她。她手上的黑色方便袋掉在了地上。她没顾掉在地上的方便袋，而是反手一把抓住我的衣襟，死死攥住。她脸上全是汗，惨白着。看着她的脸，我的心一阵绞痛。我把她扶到路边一块石头上坐下来，我知道，她非常需要水，可是，我却没有一滴水可以给她，只能眼睁睁看着她大口喘气。尽管在大口喘气，可她还是费劲地抬手指了一下不远处的编织袋。我赶紧跑过去，把编织袋捡回来，拎到她身前，她就跟搂抱孩子似的，把编织袋抱到怀里。大概坐了十几分钟，她除了喘气，就是闭着眼睛，一眼也没看我。我只能束手无策地看着她。之后，她慢慢站起身，拽拖着编织袋，转身向来路走去，地上那个黑色方便袋，对她来说好像不存在。我弯腰捡起地上的方便袋，望着她轻飘飘的背影，眼泪一下涌了出来。我站在她身后，看了她半天，才小跑着追上去，想替她拿编织袋，她却不肯松手。她说，你这是想让我死呢。我只好默不作声地跟在她的身后。

我把两编织袋山麻渣晒在旅馆的窗台上，然后每天都去山上，远远看她在山间采山麻渣。那个春天，漫山遍野似乎都是山麻渣。坐在挂满奶白色花朵的槐树下，看着她在山间一会儿蹲下身，一会儿直起腰。她的目光几乎贴在了地面上。采好一编织袋，她便匆忙向镇里走去，我跟在她的身后，远远看她蹲在石桥头上卖山麻渣。旅店里的山麻渣晾干后，我离开了三源浦镇。回到城市，每隔一段时间，我会抓一把山麻渣干泡上，泡好后炒着吃。其实我更想包包子，可师长女儿根本不会包山麻渣馅包子，事实上，她什么包子也没包过，连米饭几乎都没做过。吃完那些山麻渣，我开始让方洪文给我寄。我每年给他几千块钱，他给我寄一些晒干的山麻渣。吃上山麻渣，我心里就会安生一些。对我来说，山麻渣不是野菜，而是一剂药。

采山麻渣的女人看到钱，会想到死。金丽和她不同。金丽收下了手机和钱，这让我有了一种满足感。不用四处奔波，就能把东西和钱送出去，心里很舒服。可以看出，她对钱很渴望，当然也很警惕。但有什么要紧的呢,我把钱给出去花了,目的达到,不是很好吗?

我躺在商务酒店宽大的床上,思绪渐渐被困意缠住。我好像翻了下身,然后坠入混沌中。那个娇小女人的身影,再次陪伴我到天亮。

5

通向山顶的木制台阶上,写着中国历史年表,比如公元前221年秦始皇统一六国,公元105年发明造纸术。那些文字让爬山有了乐趣。金丽开始一包劲,紧跑几步,跑到上面用手捂住一个年份,等鲁亮上来,就考他。这样玩了一阵儿,脚步开始沉重起来,而山顶还在头顶上,依然遥远。他们坐在半山腰的凉亭里歇了一会儿。到达山顶时,金丽感到嗓子眼像在着火,鲁亮赶紧跑向售货亭,很快拿回一瓶可乐。金丽喝一口,见鲁亮手里空着,问他,怎么,就买了一瓶?鲁亮说,我不渴。金丽瞅一眼鲁亮干燥的嘴唇,把手上的可乐递给他,然后转身向售货亭走去。

他们喝着饮料,临风眺望着山下。山已经绿了,有花在远处或近处开着。

争执的是下山问题,坐缆车,还是步行?金丽要坐缆车,她说,上山容易下山难,上来已经累个半死,我怕是下不去了。鲁亮说,我扶你,咱们慢慢走。一些年龄大的都踏上归程了,金丽却还在坚持坐缆车。金丽说,不用担心,我有钱。以前金丽说有钱,鲁亮很清楚,就是说她还能生活,余钱不会很多,所以他说,那你坐缆车吧,你到山下等我就行,我一点儿事没有,肯定能走下去。金丽看鲁亮的脸,他的脸不过有些红,有些汗迹,跟平时差不多,可她还是看了半天。金丽想看他的眼睛,可他的目光并不在自己脸上。金丽咬着嘴唇,转身向缆车售票处走去。

就在这张床上,昨晚他们亲热了四次,是最新纪录。而此时,只金丽一个人躺在上面,身后,卫生间里的水在叫着。卫生间的水好像只有那一种叫法,无论公共浴室,还是家里,包括宾馆,卫生间的淋浴声都不会发生本质改变。一样的水声，让金丽想到了火车站广场对面那家商务酒店里的淋浴声。眼前猛然跳出那个老男人的身影，他边走边从钱包里往外拿钱，灯光下，他的手上闪着一层红光。而现在，那些闪着红光的钞票，除了消失一部分，剩下的依然在她的钱夹里。突然间，金丽很想起身找出钱包，拿出那些钱，然后把钱从窗口扔下去。金丽想象了一下，一沓钱纷纷扬扬从楼上飘落下去的景象，双手不由紧紧攥住了床单。

卫生间里的水声终于停了。

鲁亮只穿条短裤，上身布满水珠，一出卫生间，就被金丽一把抱住了。金丽双手紧紧勒住鲁亮的脖子，很快，像是一瞬间，屋里响起女人的哭声。鲁亮眨了眨眼，犹豫一下，慢慢伸出手，抱住了她，力量慢慢加大。紧紧抱住金丽，抱了好一会儿，鲁亮问，怎么了？金丽更紧地抱住他，哭声骤然放大N倍。鲁亮不再问什么，而是弯腰抱起她，把她平放在了白色的床单上。

鲁亮把金丽抱到床上，很认真地开始亲吻她的时候，吴宝财和孙婷婷正在喝茶。吃完晚饭，其实想知道的都掌握了，可孙婷婷没尽兴，反正没事可做，也的确希望有个人在身前晃动，吴宝财就请她喝茶。吴宝财坐在窗边，端起茶碗喝一口，然后看窗外，他想象不好野三坡什么样，更想不好金丽此时在干什么？上午，他给金丽打电话，金丽说她今天去参加招聘会，临近毕业，她急需解决就业问题。吴宝财说，我陪你去吧？金丽笑起来，你？我已经够没信心了。金丽很快关了电话。再给孙婷婷打电话，孙婷婷也没与任何单位签约，但她十分爽快地答应了邀请。吃饭的时候，拐了一阵弯子，终于从孙婷婷口中得知金丽的去向，吴宝财的屁股一下离开了椅子，他就那么撅着屁股挺在那，犹豫半天，才慢慢把屁股重新放在了椅子上。现在，夜色浓重起来，不知道野三坡是什么天气，跟这里应该不会有太大出入吧，也是夜风习习，给人一种蠢蠢欲动的感觉吧？

孙婷婷端着茶碗，问吴宝财，能问个问题吗？

吴宝财没回身，他盯着窗外的灯火，像在用后脑壳说话，说吧。

孙婷婷笑一声，以你的眼光，我和金丽谁漂亮？

吴宝财像是要回头，可还是只给人一个后脑壳。吴宝财看到，窗外的夜色中，出现一个娇巧女人的身影，身高不足一米五八，肩膀窄而瘦弱，夏天的时候，她穿着淡黄色的的确良小褂，可以看到她脖子下方凸起的锁骨。还有她的小手，他的手完全可以把她的小手覆盖住。可是，她长什么样呢？只记得，她的单眼皮薄薄的，比一张纸厚不了多少，杏核眼带着一点儿弯度，鼻梁稍稍有点儿塌，嘴唇薄厚适中，短发，脑门上方别着一枚黑头卡。五官拆分开来，好像都能记住，而一组合到一起，却怎么也记不得是怎样一副样子了。他有一张她的一寸照片，已经泛黄，可看上去，怎么都觉得不是她。那个小巧的身影站在夜色中，五官模糊，像在怯怯地看着这扇窗户。当她走出暗影，身影渐渐清晰起来时，吴宝财发现，她已经不是记忆中的那身装扮，看上去，完全是一个当今女大学生的模样。仔细看，她的眼里依然充满哀怨，好像在用眼睛说着什么。一下听到她的声音，她说，你这是想让我死呢。他想对她解释，可她却把身子转过去了。等她再回头看的时候，依然满眼忧郁，而他却发现，那是金丽的一双眼睛。他迷惑一下，猛然转过身，怔怔地看着孙婷婷。孙婷婷看着他，睁大眼睛歪下头。把头放周正后，孙婷婷说，干吗这么看我？还是我漂亮吧？

吴宝财将身体靠到沙发上，仰着脸，闭上了眼睛。过了很久，他眨眨眼，长长地嘘出一口气。

站在街边，吴宝财招手叫出租车，孙婷婷问，咱们去哪？吴宝财拉开车门说，你该回学校了。路灯下，孙婷婷扭动着屁股叫嚷，不！我要去宾馆。她扭动身体时，身上像是长满了虱子。吴宝财看一眼街灯下的孙婷婷，弯腰钻进车里，然后对孙婷婷说，那你自己去吧。吴宝财砰一声关上车门。孙婷婷跑上来，追着车拍打车窗玻璃，吴宝财摇开车窗，像是对夜风说，你没金丽漂亮！

6

  我把车停在离学校门口不远的地方。不知道兔子何时出现,只能在此守候。

  坐在车里,我想到了师长的女儿。我已经半年多没看到她了。师长女儿对我来说,始终是个谜。18年前的春天,师长把我叫到他办公室的时候,我觉得自己的双腿像被通上了电,直突突,感觉双手放哪都不得劲。师长对我越客气,比如亲自给我倒茶,我越感到惊恐。之前,我只见过师长一面。那时我是通信兵,驻扎在一个中等城市附近的一个小山包上,我们的最高首长不过是连级。就是那个连级干部,他突然把我叫到连部,对我说,师长要见你。我想一下师长的模样,那是个瘦高男人,除肚子有点儿突出外,其他地方都挺瘦,不像大首长,如果说营长,我一点儿也不觉得奇怪。前一天,他突然来到山上,我不知道他具体来干什么,我们只是列队欢迎。站在队伍里,我觉得,师长并没注意到我。在我们连队,我除了比较黑,特别老实外,实在没有突出的地方。师长在山上待了不到一小时,午饭没吃就走了。就是这个如同一阵风的师长,改变了我的命运。

  师长把我按坐到沙发上,开始和我谈心。师长其实不用问我什么,我家里的情况他就能一清二楚,可他还是问了我一些问题。完了,他问我,退役的话,你想干什么?我怯怯地对师长说,俺想,回去当村主任。我想到方洪文他爹背着手走在村子里的模样,想到方洪文因为有当村主任的爹,而在三源浦镇上当老师,我希望我和锦丽的孩子将来能像方洪文一样去镇上的学校上学,将来能在镇上当老师,那样,当我再去三源浦镇的时候,就可以挺直腰板,而不是像我爹那样,弓着身子走路。师长听了我的话,有些外突的肚子上下颤动起来。师长颤动着肚皮说,挺有理想嘛,不过,你不想在城里生活吗?当时我真一点儿不想待在城里,要不是当兵可以当村主任,方洪文他爹就当过兵,我根本不会想到当兵,根本不会跟在方洪文他爹屁股后面，求他跟征兵的人说好话。我只想当三年兵回村里当村主任，方洪文他爹五十多了，我觉得当兵回去，正好可以接他的班，村里再没有当过兵的人了。更主要的是，锦丽在村里等我呢。师长却说，我能让你当连长，一直当到团长，不比当村主任好？我想一下我们团长，他是个矮胖的人，我和连长去给他送野兔山鸡时，团长对连长说，好好干吧，听说你对象要你回老家结婚，干吗回老家，你可以一直升到团长，到时候像我一样把家属带到部队上，岂不更好？如果我当上团长，就可以把锦丽接到部队上？我的心更加剧烈地跳起来，好像只要一张嘴，心就会从嗓子眼蹦出来。师长接着说，我会为你安排好一切的。我几乎要像当初感谢方洪文他爹那样跪到地上了。

师长的确为我安排好了一切，只不过，我刚被告知已经转为军官，还没换下士兵服装，没过下当官的瘾，就又被告知，我已经转业了，我被安排到了一个生产香肠的工厂。第五天，我就成为师长女婿了。半年后，我居然当爹了。可笑的是，我那会儿还不知道怎么才能让女人生孩子。我没有一点儿反抗的能力。一切都是稀里糊涂的。

说起来，师长女儿真奇怪。她只在怀孕和生小孩后的一个月里，我能掌握她的行踪，之后，要是我哪天能见到她老老实实待在家里，我想，那她一定是身子不干净。我从来没看到过她的身体，但我知道，她多数时候是个身子干净的女人，所以，她总会突然从家里消失，只在我问她的时候，她才说她去哪，具体干什么，她向来守口如瓶。像大连、郑州、济南、天津这些地方，我都是从她嘴里听说的。我始终不知道，她去那些地方，到底干什么？我也曾想阻止她，比如把她反锁在家里，可第一次她就从窗户跳出去了，并且砸碎了所有的窗玻璃。我又采取第二种办法，就是问她到底出去干什么？她瞪着我说，你要再问，我就让你光溜溜滚回老家去。如果我没领着师长女儿回过石门岭，没有人知道我是师长女婿，光着屁股回去我也愿意。可是，我不能光屁股回去了，师长女婿这件衣服一旦穿到一个农民身上，是很难脱下来的，特别是当听说锦丽已经嫁到三源浦镇以后，我更不能脱下师长女婿那身外衣了。

好在我很快成为厂长。当香肠厂改名为华德公司，我这个董事长兼总经理就几乎长在办公室里了。就是回家，也总是先向家里打电话，家里没人，或者师长女儿接了电话，这样的时候当然很少，我才会回去。我回家往往只为拿点东西，比如换洗的衣服。

师长的部队一直吃我生产的香肠。等我把父母从石门岭接进城里，妹妹和妹夫能够替我管理公司时，我这个董事长兼总经理就常年飘在外面，只在某些时候回去看望父母。很长一段时间，我无数次去过大连、郑州、济南、天津这些地方，总希望在那些城市里能突然看到师长的女儿，那样的话，也许就能寻找到答案。遗憾的是，在那些城市里，包括许多高档场所，师长女儿从来就没在我眼前出现过。我也在自己居住的城市四处游荡，金丽就这样进入了我的视线。很多时候，我总是一身疲惫地回到家，躺到床上，或者看着我的爹娘发呆。两位老人刚到城里时，会问到他们的儿媳妇，比如过年，他们会问，你媳妇怎么不来？我说，她和她父母一起过年，他们只有她这么一个女儿。他们又问，总得把我孙女接来吧？我说，你们的孙女得跟她妈一起去。我怎么好跟他们说，那其实不是他们的孙女，而仅仅是师长的外孙女呢？很快，两位老人就什么也不问了，只在不经意间，轻轻叹上一口气。

半年前，师长女儿突然给我打电话，当我在一家茶馆看到她的时候，她的眼睛红肿着。我没问她是怎么回事，干吗要把自己的眼睛弄得跟烂桃似的，以前我曾问过她一些问题，比如她为什么总是一个人出门，可是，我从来就没得到过答案，后来，我就对她什么问题都没有了，倒是她偶尔会给我打下电话，问我，你在哪呢？一次我正和一个养猪的谈买猪的事，她又这样问我，我说，我在养猪场。她哈哈笑着挂断了电话。我想，有时她给我打电话，也许只是想知道，我是不是还活着？要是我已经死了，那离婚的事也就省了。

师长女儿红着眼睛坐在那，双手捧着茶碗，问我，最近怎么样？

我不知道她是在问我的生意，还是我这个人，但不管她问什么，我都只能回答她，很好。

这么多年，你就不想和我离婚？师长女儿看着我。

师长硬把她塞给我，但我从没想过离婚的问题。现在，我当然早已经不再稀罕师长女婿的外衣，师长已经不是师长了，但离和不离又有什么区别呢，我又不想和谁再婚。

我们离婚吧，师长女儿说。

那你把协议写好，拿来我签字。我真说不好，怎么会回答得如此流利。

师长女儿盯着我，看半天，不知道是怀疑，还是别的什么，然后又是什么没说，起身走了，从此再无音信。

我的思绪飘来飘去。就在我想着老家的山麻渣，想象着那个采山麻渣的女人，此时在干什么时，兔子出现了。

我跳下车，跑过去，一把抓住兔子。我抓的是金丽的胳膊。她回身看是我，瞪着眼睛喊：老王八蛋，你想干什么？！

从这天起，金丽把老王八蛋挂嘴边了，就像我没有名字，或者原本就叫老王八蛋一样。不叫我老王八蛋时，她情愿自言自语，也不愿和我说一句话。

7

病房里很静。老王八蛋每次进来，金丽都知道，但她一次也没睁开眼睛。躺在铺着白色床单的小床上，手腕上的口子只有轻微的感觉，而她又是多么希望能有疼感，越疼越好，就是为寻找疼痛，手腕上才会出现口子的，很深的口子，好像已经扎到骨头了。只有疼起来，剧烈地疼起来，才能感到自己还活着，所以当鲜血流出来，还感觉不到疼痛时，就再往深里扎，刀片终于变成了红色。现在，她同样需要疼感，只有疼痛能把思维吸引过去，才不会有生不如死的感觉。当然，能睡着也好，睡着跟死了没什么两样，顶多做两个稀奇古怪的梦。却一直醒着。七天来，她每天的睡眠都不足两小时，不管白天还是晚上，只要打下盹，醒来就再也睡不着。最开始还好，几天睡不着后，猛然会陷入睡眠，最长一次一觉睡了一天两夜。开始并没感到可怕，她甚至给鲁亮发短信说，我要成仙了，四天吃了十来个小西红柿，睡了不到七小时，不饿也不困。

鲁亮对此毫无反应。

已经五十多天没有鲁亮的消息了。从野三坡回来后，只收到鲁亮一条短信，他说他已经回到学校，然后，无论怎么打电话，他都不接，无论发什么内容的短信，他都一字不回。金丽不停地发，从早晨到凌晨，只要手机在手上，就写，手指开始还翻飞着，渐渐地，速度慢了下来，没有回复的诉说，让人慢慢丧失了心劲。给他的QQ留言，几天后他留言说，不上网了。给他的邮箱写信，那是他们相互写情书的专用邮箱，前后写了七十三封，没收到一个字。只能不停地看旧邮件，以前自己写给他和他写给自己的。鲁亮像是一下就从地球上消失了，迅速而彻底。她发短信说，我要死了，我正在哭，我觉得自己不行了，你能救救我吗？她说，我买了一沓刀片，白亮白亮的，我喜欢白亮的颜色，让人能感觉到锋利，我想刀片也喜欢我，也喜欢亲吻我，我想和刀片谈恋爱。当她用短信、邮件、微信和QQ留言把他们相处五年的点点滴滴回忆一遍，当然，有很多重复的地方，短信有九百多条，QQ留言五六十页，这时，她在短信里说，我买了一沓刀片，白亮白亮的，我喜欢白亮的颜色，让人能感觉到锋利，我想刀片也喜欢我，也喜欢亲吻我，我想和刀片谈恋爱。这样说过后，她再次坐火车去一百多公里外的城市，去到鲁亮的学校时，已经是晚上，她轻飘飘地往楼上走，上到三楼用了19分钟，和前两次一样，鲁亮还是没在寝室，他的室友看着她，不作声，看她一会儿，就不忍心再看了，她想，怕是会让他们做噩梦吧？尽管看不到自己的脸，但她知道，自己的样子一定十分吓人。在将要熄灯就寝的时刻，屋里的人一个个溜了出去，等她要离开时，屋里只剩下她一个人了。她再次看鲁亮的床，她的视力已经非常糟糕，事实上，不仅视力糟糕，精神也时常出现恍惚——模糊中，鲁亮的行李好像已经打好了，床上不见了那条蓝白格的床单，没有被褥，只有一张脏兮兮的泡沫垫，像是明天他们就会毕业离校。她看着那张泡沫床垫，不敢肯定，自己是否真在那上面睡过？在那张床上睡过吗，和那个人？那个人的脸已经模糊不清了。她低下头，又在别人的床上坐半天，然后走出了那间向阳的寝室。她只是想再看看让自己成为女人的地方，特别是那张曾留有自己体温的床，并没指望能看到那个人，在她看来，看没看到那个人已经没有任何意义了。

举起刀片前，她把手机关掉了。她不希望听到任何声音。她总觉得四周很吵，即使一个人待在寝室里，也能感觉到人声，或者不明就里的声音，在空气中，在她的耳边，在她的脑袋里，不停地嘶叫着。她只希望四周能安静下来，彻底安静下来。四周很快真的安静下来了……

走廊里光线昏暗。孙婷婷坐在塑料椅子上，对吴宝财说，我先是看到血，血从门底下的缝隙流到走廊里了。进了屋，看到她躺在床上，手腕已经不流血了，她却还睁着眼睛，目光暗淡地盯着天花板。好在她很轻，我一个人就把她抱到了楼下。

吴宝财右胳膊肘支在塑料椅的扶手上，手在太阳穴的部位抓扯着，像是要把太阳穴处的皮肉从眉骨上撕扯下来。

孙婷婷说，你能来太好了，我替金丽谢谢你，要不是你，我真不知道该怎么办，因为，我根本没有钱。

吴宝财盯着孙婷婷，看半天，开始从钱包里往外拿钱。

孙婷婷看着吴宝财手上的钱，厚厚一沓，闪着粉红色的光。孙婷婷说，你这是干什么，你以为，我在向你要钱吗？

8

金丽穿件淡绿色的睡衣，坐在窗台上，望着外面。外面阳光灿烂。一只黄嘴丫麻雀站在向日葵花盘上，叽喳地叫着。老王八蛋手上拿着把铁锹，在清理院子里的杂草，一下一下地铲着地面，可以听到铁器碰到石块的声音。看上去，他跟个农民没啥两样。这个老民一样的男人，为什么对我这么好，金丽一直没弄明白。他不在家的时候，金丽曾经四处寻找答案，结果连张女人的照片都没看到。盯着他卧室墙上的画框看半天，金丽也没搞懂，那只是一枚发黄的小树叶，说不上什么树的叶子，那么小，那么普通，有必要镶进相框，挂到墙上吗？寻找一段时间后，金丽想，暴富的老农民，能有什么稀奇的东西呢？

孙婷婷敲敲门，端着托盘进来，金丽看一眼，托盘里依然是一杯牛奶，两只煎蛋，七八个草莓和小西红柿。金丽说，放下吧，我待会儿吃。孙婷婷把托盘放到窗台上，看着金丽说，今天你脸色不错。金丽浅笑一下，望一眼窗外的老王八蛋，回过头，微笑着说，你这么照顾我，不好对不住你。你忙你的，不用管我。孙婷婷站到窗前，看一眼正在除草的老王八蛋，然后小声问金丽，有没有兴趣，咱俩出去玩玩？金丽把脸俯到膝盖上说，浑身没劲儿，不爱动。孙婷婷轻叹一声，伸手从睡裤兜里掏出手机，翻找一下，把手机递到金丽面前。金丽直起身，伸出手，转眼又把手缩回去了。你要我看什么？金丽问。你看下不就知道了？孙婷婷举着手机。金丽笑一下，是图片吗？我现在这身体，享受不了了。孙婷婷曾把一些带颜色的图片存在手机里，不时和金丽分享。孙婷婷否定，不是图片，硬把手机塞到金丽手里。金丽看一下孙婷婷，低头看手机屏幕。

目光只在屏幕上停留了三秒，转眼间，手机已经飞向透明的窗玻璃，咔嚓一声，玻璃裂碎，手机飞到了窗外。金丽手劲大得惊人。我不看这东西！飞起的玻璃碴儿根本挡不住金丽的话。孙婷婷一下子呆住了。在外面干活的老王八蛋反应倒是够快，他扔下铁锹，眨眼已经站在窗外，望着屋里的两个女人，惊恐地问，怎么了？金丽通过破碎的玻璃对老王八蛋说，婷婷的手机太旧了，你给买部新的吧，旧的我替她扔了。金丽满脸笑容。孙婷婷眼泪却要下来了。老王八蛋看着屋里的两个女人，两个人都没受伤，他说，好，应该的，买最好的。孙婷婷转身跑出房间。金丽冲窗外的老王八蛋说，现在就去，我和你一起去。老王八蛋有些犹豫，你说，现在吗？怎么，不行？老王八蛋脸上赶紧堆起笑，行，怎么不行呢？金丽从窗台上跳下来，把脸凑到玻璃的破洞处，还不快进来换衣服，我要马上去。金丽咯咯笑着，冲出房间，奔向卫生间。

临出门，金丽对躺在床上的孙婷婷说，你在家好好待着吧，我去给你挑部最漂亮的手机。有了漂亮的手机，你好跟鲁亮说，我和老王八蛋在一起呢，才好向鲁亮和老王八蛋随时通报我的情况，你一向不就是这么做的吗？孙婷婷脸冲着墙，没吭声。

车子开出别墅区，金丽问老王八蛋，附近有景区吗？最好有寺庙。

只是一个很小的寺院，很快就转完了。金丽却不肯走。老王八蛋说，不是去买手机吗？你自己去吧，金丽说着走向一间禅房。

阳光从开着的门照进去，洒在禅房的地上，屋里静悄悄的。金丽屏住气，迈步走进去。

尼姑转过身时，金丽看到一张女人的白脸。她的脸和老王八蛋的脸正可谓黑白分明。白脸看上去，似乎很年轻，如果不是身上灰白的褂子，头上灰白的圆帽，应该说，是个很漂亮的女人。不是惊艳，但看着让人欣喜。她目光淡定，望着金丽说，施主，有事吗？她的声音听着，让人心里感到踏实。金丽上前说，师傅，我是想，我能不能在这住一晚上？金丽觉得自己的声音是那么俗气。对方放下手中的毛笔，从椅子上站起身，施过礼后，她抬起头说，施主，我们这里不留香客，还请宽量。金丽坚持说，师傅，我只住一个晚上，可以付食宿费。对方脸上铺开一层淡定的笑，施主不要提身外之物，你能告诉我，何以有此想法吗？金丽也不清楚，怎么会突然想进寺庙，怎么会突然想体验寺庙的生活，是因为总听到市井之声吗？这里的确安静，静得没有一丝杂音，好像连喘气声都清晰可见，倒让人想听钟声了，寺院的钟声，早晨或傍晚，悠长而雄浑，让人的思绪猛然在钟声之后淡定下来。金丽支吾着说，我，我想听听钟声，还想，吃斋饭，会有钟声吧？对方目光还是那么淡定，可以和我一起吃斋饭，斋饭前，会听到钟声，斋饭后，你即可离去。金丽有点儿急，让我住一宿吧，明早再听听钟声，吃顿斋饭，我就走。金丽看着对方淡定的目光，对方却将目光投向了她的身后。金丽看到地上的人影，回身，老王八蛋站在身后。金丽慌忙说，我和他不是一起的，师傅，你留我住一宿吧，就住一宿。不知道为什么，金丽想留宿禅房的想法瞬间更加强烈了，是因为她那张白脸，以及淡定的目光吗？

对方转过身去，走到墙边桌子跟前，缓缓坐下，轻轻提起砚台上的狼毫说，两位施主，请回吧，恕我不送。

金丽瞪一眼老王八蛋，一扭身，率先走出禅房。站在阳光下，金丽气鼓鼓地说，老王八蛋！都怪你，你进去干嘛？不见应声，金丽回身，只见老王八蛋还站在禅房里的那一窄溜阳光里，一动不动。金丽一下提高了声音，冲着老王八蛋的背影喊：还不走，买手机去，快点儿！老王八蛋还是不吭声，停一下，他倒退两步，转身走出了禅房。金丽看到，阳光下，老王八蛋低着头，那张脸，黑得跟死了亲爹似的。

9

方洪文打电话告诉我，那个女人的男人出事了。那个男人喝了一些酒，在镇上闲逛，不知怎么，从拱形石桥上掉了下去，偏巧雨后河水湍急，被冲出去一里多地，捞上来，早没气了。

我曾经盼过那个男人早点死，当得知他真的死了时，不知道为什么，我没有一点儿高兴的感觉。我想到了那个娇小的身影，不知道她会哭成啥样？我见过她哭。那年冬天，我和师长女儿回到石门岭，一天晚上，师长女儿要吃酸东西，一副不吃上酸东西就会死掉的样子。我知道，锦丽家有棵山梨树，她妈总喜欢晒梨坨，冬天熬水喝，治咳嗽，而且她还喜欢上山摘山枣，我想，怎么也能从她家里搞到一点儿酸的东西。我心里忐忑着，可又非常想去看看锦丽。想不到，只有锦丽在家。我进到屋里，把她吓了一跳。她一下从炕上爬起来，倒退着，退到墙角，站在炕上怯怯地看着我。我只看她一眼，就只能瞅地面了。她就那么站在炕上，之后，我猛然听到女人的笑声，那声音高亢得让人猝不及防。再看她时，她还张着嘴，脸上还有笑容，当我低下头，要转身离开时——我觉得那笑声让我后背发冷，像有阴风猛烈地吹在我的后背上，毛孔一下子炸开了——那笑声却瞬间转变成了哭声。我抬头看，她已经在哭声中矮下身子，娇小的身子蜷缩到炕上，显得愈加瘦弱。站在地中间，看着她蜷缩在炕上，肩膀耸动着，我的眼泪一下也出来了。实际上，那天晚上，我的哭声比她的大多了。我跳到炕上，抱住她娇小的身子，和她一起哭起来。我不知道我们的哭声到底传出去多远，或许整个石门岭都听到了吧？

每到冬天，我总是想她在炕上恸哭的样子，耳边时常会响起我和她的哭声。

师长女儿呢，关于她的事，我几乎一无所知。除了那个曾经落到我名下的女孩，我知道她和我没有任何关系外，我连这个来路不明的小女孩到底是怎么来到这个世界上的，都不清楚。当她的户口迁到师长家以后，已经与我没有一点儿关系，我与师长女儿又有什么关系呢？那纸证书我只见过一回，然后就被师长女儿拿走了，现在放在什么地方，我根本不知道，那上面，怕是连我的姓名都看不清楚了吧？

我也一直搞不懂，对于三源浦镇的那个女人，我是她的什么人呢？童年伙伴？还是该叫作乡亲，或者邻居？她在我心里那么重要，而对于她，我又有何意义呢？

现在，三源浦镇在呼唤我了，我却无法立即订一张机票或火车票。师长女儿淡定的目光一直拉着我。在我的意识里，师长女儿一向生活得很好，如果缺乏物质生活，她怎么会不来找我呢？我是他法律约定的丈夫，她有权享用我的一切，比如把金丽轰走，甚至连我一起轰出去，然后独享我的别墅，或者把我银行里的钱一次次转入她的账户。师长不是穷人，但向我要钱不是更合理吗？没有师长，哪有我的今天？可她却从没花过我的钱，我想她是不缺钱，花天酒地都有人买单吧？我怎么也没想到，她居然身处远离灯红酒绿的环境，不但没有酒肉锦衣，更没有什么男人，甚至连一点儿杂音都没有，清静得能听到呼吸的声音。她的脸，好像上次见过之后就再没见过阳光，那种灰白，让我感觉到了一种压力。目光清澈，淡定，以往的焦躁和闪烁不定，突然被时光磨灭带走了吗？十几年，她一直生活在那样一种境遇中吗？突然间，我感觉看清了师长的女儿。可是一眨眼，我又觉得，师长女儿依然是一个谜。

还有那个年轻女人，她把自己弄得遍体鳞伤，差点搭上小命。她越来越易怒，已经扔了我两个烟缸，而且都是通过我二楼卧室的窗玻璃扔出去的，砸碎了四只咖啡杯，踹碎了一个不锈钢水杯，塑料杯被扔进了马桶。甚至用打火机把我房间的窗帘点着，当我惊恐地从床上醒来时，她竟然在地上跳着脚，哈哈大笑。孙婷婷房间的门把手硬让她掰了下来，仅仅因为有一天晚上，她以为我在孙婷婷的房间里，这让我对她的手劲无限敬畏。如果有一天，她嘴里骂着老王八蛋，举刀砍下我的头，都不是什么稀奇事。可是，如果我不管她，她可能走出别墅就会跳进路边的护城河。至于用石头砸自己的头，从立交桥或高楼上跳下去，更没啥稀奇的。有一天，她笑嘻嘻地说，老王八蛋，现在特后悔吧，后悔不该招惹我，是吧？她一下就把眼睛笑成了一条线。

可是，我必须得出趟门。

临从家里出来，我一再嘱咐孙婷婷，有事立刻给我打电话。我每月给她五千块钱，供吃供住，又给她买了新手机，可她还从没向我提供过有价值的信息。这当然也好，说明金丽一切正常，我希望她能正常地生活在我的庇护之下。可没想到，我刚下飞机，刚打开手机，孙婷婷就打来电话，她压着嗓子说，金丽在收拾行李，可能要去和那个男生见面。我问她，你怎么知道是去见那个男生？孙婷婷说，鲁亮给我发过短信，问金丽的情况，你想啊，他能不和金丽联系吗，要不，她还能去哪呢？我想不出来，要是不去见那个男生，金丽还能去哪？难道她要回老家？

方洪文接着也打来电话，他焦急地说，宝财啊，你走到哪了，快点儿吧，锦丽在石桥这捉蚂蚁吃呢。

蚂蚁，无处不在。我曾经也对它们很着迷。在村子后面的树林里，我和锦丽捉住两只大黑蚂蚁，将它们的小腿儿各扯下一只，再把它们放到一起，它们立刻撕咬起来，一副你死我活的架势。它们自相残杀后，我和锦丽一人捏住一只，拽开肚子，吸食里面的液汁，有种酸酸的味道。和锦丽蹲在蚁穴边，看它们叼泥挖洞，或运送和它们身体差不多大的白卵。一看到蚂蚁运白卵，我知道，要下雨了。不好玩的是，有一天，我让锦丽背过身，然后向蚁穴撒尿，结果没过多久，我的小家伙就红肿起来，疼了好多天。我一直不敢和锦丽说起这件事。锦丽捉的是那种大黑蚂蚁吗？她不是小孩，而是一个中年女人，她追着蚂蚁，捉住它们，然后往嘴里塞，而不是从树上撸下一把榆树钱或者槐花，或者到山里采山麻渣，我能不紧张吗？我想到了桥下危险的河，对方洪文说，你千万看住她，我马上打出租车，尽快赶回去！

10

　　从锦丽房间回到自己房间，吴宝财没开灯，他只想爬上床，好好睡一觉。自从把锦丽从石桥上带回她家里，再从三源浦镇领到自己家里，吴宝财就没好好睡过，得时刻盯着她，生怕出事儿。一个在桥面上四处寻找蚂蚁，捉到手里把玩一下，然后呵呵笑着塞进嘴里，这样一个女人，出点状况再容易不过。只能时刻看着她，看她到底病到什么程度，是否真像医生说的那样，得住院治疗。在吴宝财看来，没病的人住进那种地方，也会疯掉的。把她安排到隔壁房间，看着她睡着后，吴宝财才松了口气。

　　吴宝财没脱衣服，为的是随时起身方便。穿着衣服，揭开凉被，只钻进半个身子，吴宝财就惊叫着一下跳到了地上。床上随即响起女人的笑声。摸索着想开床头灯，女人说，别开灯，别开别开。吴宝财还是手忙脚本乱地按亮了床头柜上的台灯。

　　床上的被子下有个人形，吴宝财问，谁？被子里传出笑声。吴宝财要拽被，金丽这才露出脸，被子抵在下巴上。等她睁开眼睛，眼里就放出了光芒，脸上也忍不住涌现出了笑容。金丽笑着说，累了吧，快睡吧。吴宝财站在床前，盯着床上的金丽，你怎么回事？快回自己房间。金丽还是笑，别害怕，我穿着衣服呐。金丽揭开被子，果然穿得很整齐。吴宝财把目光从金丽起伏的身体上挪开，你在这，我睡不着，快回自己房间。金丽盖上被子，我也睡不着，总做噩梦，你陪我吧。吴宝财说，那好吧，你在这睡，我去你房间里睡。

吴宝财转身去洗澡。洗完澡，又去锦丽房间待了一会儿，才回到自己房间。看上去，锦丽睡得很香。这时金丽已经走了。吴宝财钻进被窝，闻了一下，好像没有女人的气味，很快就睡着了。不知睡了多久，猛然惊醒，发现一个女人在盯着自己看，台灯下，看得很认真。吴宝财开始以为是锦丽，于是他说，你好了吗，全好了？金丽呵呵地笑起来。吴宝财这才真正醒过来，一下坐起身，你怎么又来了？金丽也坐起来，你照顾她，我就照看你呗。我不用谁照看，吴宝财说，你照顾好自己就行。金丽重新躺下，那好，我睡了啊。金丽呵呵笑了一声，给了吴宝财一个后背。吴宝财看着她的后脑壳，叹了口气，你怎么这么不懂事？还让不让人活？你这是想叫我死呢！

吴宝财已经焦头烂额。当他走进师长女儿的禅房时，师长女儿从抽屉里拿出一张纸，递到他手上。吴宝财看看她，低头看手上的纸。纸上的蝇头小楷很漂亮，堪称书法。可只看一眼，吴宝财就立刻表态，不，我不同意，永远不同意。师长女儿说，我知道你为什么不同意，当你发现，我并不像你以往想象的那样，而是生活在这样一种境遇中，你不忍心，是吧？吴宝财无言以对。师长女儿站起身，慢慢摘下头上灰白的圆帽，你看，我还能做你的妻子吗？师长女儿的光头泛着青光，看上去是那么让人绝望。这次不是师长女儿转身就走，而是吴宝财，他盯着师长女儿泛着青光的头，看半天，然后把那张软乎乎的纸撕了个粉碎，按到桌面上，转身出了禅房……

金丽忽一下转过身，看着靠在床头上的吴宝财说，我觉得，我跟她一点儿不像，你觉得我们像吗？吴宝财不吱声。金丽笑着说，你看，我比她年轻，皮肤比她好，紫外线不过敏，而且比她有文化，哪方面不比她强？我再也不叫你老王八蛋了，行吧？吴宝财这才意识到，这两天，金丽嘴里的确没再出现老王八蛋。

锦丽老了，而自己当初记忆中是年轻的锦丽，所以觉得她们很像，特别是那种忧郁的眼神。也或许，她们本来就不像。吴宝财看着对面墙上相框里的那片金黄色的小树叶说，你到底想干什么？金丽把手伸向吴宝财，我想干什么，你不知道？吴宝财任凭金丽抓着自己的手，你都看到了，我不会扔下她不管，不管她病成啥样，我都不会再舍下她。金丽说，我也没想让你扔下她不管啊，我们一起照顾她，不好吗？金丽抚摸着吴宝财的手。吴宝财说，我不能让你照顾她，你还年轻，得过自己的生活，有孙婷婷足够了。金丽把吴宝财的手拉到胸前，你认为，我连自己都照顾不了，哪能照顾别人，对吗？跟你说实话吧，我早就好了，见过他之后，一下全好了，他跪在地上求我，我却感觉像在看戏，一点儿感觉没有，我是笑着转身走的，见他前后不到五分钟。

五分钟，就全都没了？

吴宝财抬头看对面墙上的那片小树叶。那片金黄色的小树叶在相框里慢慢亮了起来，吴宝财看到了那个春天，锦丽头发里带着一片鲜绿的榆树叶在山间奔走着，她弯腰采下一棵棵鲜嫩的山麻渣，装进编织袋，然后背到三源浦镇上卖。她抬眼看到自己时的那副吃惊表情。当她面对一桌子菜的时候，却没动一下筷子。拿到卖山麻渣的18块钱后，匆忙走了。还有她面对黑色方便袋，看到里面的钱，那一瞬间的表情。她死死抱住自己的腿说，你这是想叫我死呢，那种表情和语气，谁能代替？有谁能替她每年春天去山上采山麻渣，拿回家晒干后，让方洪文寄给我？没有她采的那些山麻渣，这些年，我又将如何度过？谁又能替她蜷缩在炕上恸哭，替她抓蚂蚁塞进嘴里？吴宝财鼻子发酸，转眼已是泪流满面。金丽抓起枕巾，给他擦眼泪，吴宝财推开她的手，你这么年轻，日子长着呢。金丽想说什么，吴宝财说，你听我说，我是一个过时的男人，我已经打算好了，送你去加拿大留学，如果你拿到文凭，到时还想回来照顾我和锦丽的话，你再回来吧。吴宝财抬手抹了一下眼睛。

金丽慢慢躺下来，把枕巾蒙在了脸上，她的眼前一片漆黑，而她却又明明看到了吴宝财的脸。那张脸很黑，眼角的皱纹尤其明显。走在人群中，没有人会注意他。很长一段时间，自己一心在戒备着他。可是当看到他牵着一个又老又瘦弱的女人走进这座别墅的大门时，金丽觉得，他一下高大英俊起来了。没错，无论从他的外表，还是身上的衣服，都不会有人说他帅。可是，你看他握着那个女人的手，那份力量是多么的恰到好处，有谁会愿意握那双干燥、粗糙的手呢，而他却握在自己手里，看上去是那么体贴。他和那个女人走在一起时，总像是走在通往结婚典礼的红地毯上，看上去是那么绅士而幸福。他甚至亲自给那个女人洗头发，他的手在她的头上温柔地动作着。把那个女人稀疏枯燥的头发洗干净后，才让孙婷婷给她脱衣服洗澡，一再叮嘱，一定要给她洗干净，要给她洗奶浴。亲自把新睡衣拿出来，左看右看，放到床上。看着他给那个女人洗头的时候，金丽突然觉得，自己的头是那么的痒，真希望他也能给自己洗一次头发，感受一下，那样一双农民的手，抚在自己头皮上，是什么感觉？曾经和鲁亮共浴过，自己这么年轻的身体，鲁亮也没给洗下头发，如果换成那个衰老的女人，他肯定连看都不会看一眼，而自己，总有一天，身体会比那个女人还丑陋。想到这，金丽的鼻子禁不住一阵泛酸。她伸手摸向吴宝财的方向，没摸着人，拿下脸上的枕巾，猛然发现，吴宝财已经不在房间里了。

11

金丽的飞机 16 点一刻起飞，终点温哥华。那是一张单程机票。孙婷婷送金丽去机场，两个人走了以后，吴宝财和锦丽来到了院子里。

吴宝财的耳边总是响着飞机的轰鸣声，总觉得抬头就能看到一架正在爬升的大飞机，可是抬头四下看，天上却连只鸟都没有。

望了会天空，吴宝财低下头，坐在椅子上吸烟。他已经很久不吸烟了，可是，却突然非常想抽烟。锦丽不知道从哪采下一根野草，举到他眼前，晃动着说，山麻渣，山麻渣好吃，你吃山麻渣。锦丽脸上带着笑。吴宝财伸出手，把草接到手上，看了看说，好，我吃山麻渣。吴宝财咬下草尖那截，一下一下地嚼起来。锦丽看着他，咯咯笑。吴宝财用力咀嚼着，随着咀嚼，他感觉自己的眼窝在慢慢变热。伸手把锦丽耳际的头发放好，吴宝财含着泪说，山麻渣好吃，山麻渣真好吃。吴宝财咧着嘴笑，绿色的汁液顺着他的嘴角往下淌。当眼泪终于流到脸上的时候，吴宝财咽下了嘴里的东西。

　　锦丽拽一下他的衣襟，看着他手上的野草，突然说，你怎么哭了？怎么吃草呢？吴宝财瞪大眼睛，吃惊地盯着锦丽。就在这时，装在上衣口袋里的手机突然响起来。吴宝财掏出手机，显示是孙婷婷的来电。吴宝财想，金丽通过安检，登机了吧？他把手机举到耳边，就听孙婷婷说，不好了，金丽让我看行李，说她去卫生间，结果不见了……吴宝财微微张着嘴，唇齿间，淡绿色的汁液，依稀可见。

春天里

1

听到消防车的叫声，李民在沙发上动了动。可以确定，消防车正从江桥那边开过来。李民以为哪里着火，消防车只是经过。意外的是，刺耳的叫声迅速逼近后，竟在楼下停止不前了。李民赶紧起身，走进阳台。

眼前的景象，让人难以置信。

马路斜对面的酒店，四五层的几个房间，正向外喷着明火。消防车停在马路上，车顶的警灯旋转着，闪着红蓝色的光，依然在叫。两个消防兵拖着水管飞快地跑到酒店楼下，高压水枪仰起来后，水转眼向五楼房间的明火射去。往上看，八九层，有人蹲在窗台上，在挥手，应该是在喊叫，可关着窗，听不见他们在喊什么，也许在喊救命？李民一闪念，是在拍电影吗？高压水枪喷出来的水，有着一定弧度，非常壮观。

可地上并没有拍摄器材，所有人都不像在演戏，因为演得太像？

片刻后，李民才想到，应该去帮忙救火。那些人被困在楼上，让人揪心。他们怎么逃离火场呢？也许应该跑到楼顶上，火是无法烧透楼盖的，可是，怎么才能跑到楼顶上去呢？

在李民为那些人捏着一把汗的时候，又有两辆消防车呼叫着开来了，消防兵穿的衣服，特别是帽子，看上去有些笨重，但身手都很利索，云梯转眼开始上升了。看着慢慢升上去的云梯，李民更觉得像在拍电影。这下好了，都能得救了。李民又想，自己真是老了，不会再有消防兵的那般身手了。做手术时，他时常感到力不从心。也许没什么事，不过烧毁几个房间，客人受些惊吓而已。夜半三更，睡梦中突然身陷火海，是种什么感觉呢？李民看下时间，差几分凌晨三点。

下楼走到马路边，着火的几个房间已经不往外喷火了，不知是烟，还是水雾，正从窗户往外冒着。云梯已经降下一次，落在地面上的一个男人，和消防兵叫着什么。李民想看看那个高嗓门的男人，这时，救护车闪着蓝灯，从桥上呼叫着而来，到了近前，李民发现是自己医院的救护车。李民想，需要救护车吗？没看到谁受伤啊。没等他看清救护车上跳下来的是谁，手机就响了。筱君急切地问，你在哪呢？李民望着酒店说，这边起火了，我来看看。云梯这时又在往上升。筱君说，你去喝茶了吧？快别看了，领导让大家赶紧做好抢救伤员的准备，你赶紧回来吧。

云梯升上去，这次救下一男一女。女的不知道因为害怕，还是因为什么，头一直埋在男人胸前，男人紧紧搂抱着她，背对着地上的人，离得又远，不知道他们什么表情？

李民三步一回头，往医院走。其实离医院很近。走过江桥，拐个弯，就是医院。李民的小房子离医院近，所以上夜班时，他时常像今晚这样，偷偷跑去，用热得快烧壶水，沏上茶，喝两杯，再慢悠悠走过江桥，回到医院。有天半夜，筱君尾随他去了，进了屋，她四处打量着说：想不到，你有个这么好的地方，我说你怎么总是半夜突然失踪呢。筱君的脸，因为兴奋，有点儿红。

其实每次去，筱君都很兴奋。她也喜欢到阳台上，既可以看斜对面的酒店等景物，又能观望江桥。尤其晚上，江两岸灯火绚丽多彩，江桥上车水马龙，总让人有种恍惚的感觉。

每次来，她还特别爱上卫生间，或在里面洗澡。李民坐在沙发上，看得一清二楚。好在筱君给他的是侧影。反之，他在卫生间，筱君在外面，同样一目了然。卫生间的玻璃既没磨砂，也没贴纸。

筱君洗澡时，总是边洗边唱。李民喝着茶，听着筱君有一句没一句的歌声，时常想，要是吕小慊在里面洗澡，会是什么样呢？玻璃很快会蒙上一层水雾，吕小慊的身体会越来越模糊，会在某一时刻，达到最具观赏性的效果，然后慢慢掩在一片朦胧中。他觉得，筱君除了比吕小慊年轻外，其他都没法跟吕小慊比，尤其身材。端着茶杯，明知道是筱君，李民却觉得是吕小慊在洗澡。她仰头冲水时，胸部微微颤动着，水从头上冲下来，滑过她的脸和脖子，从前胸和后背流下，一直流过脚面，看上去，像一部默声电影。他始终不明白，为什么那一刻，筱君的歌声和水声，于他会突然消失？等筱君隐没在玻璃后面的水雾中，他才醒过神。他很清楚，吕小慊就是真来了，也不会在自己的注视下洗澡。他已经很久没看到吕小慊的身体了。家里卫生间的玻璃磨砂了，吕小慊洗澡时，显然无法拉开门去看。

李民不急不躁，回到医院，换上白大褂，第一辆救护车刚好到了。有人被装饰材料燃烧产生的毒气熏得够呛，被送进了高氧舱。还有几个烧伤的。一个帅哥最重，他从二楼跳下来，据说落点是水泥台阶，结果摔得七扭八歪。李民想，这都是不注重消防演练的结果。只要用湿毛巾捂住口鼻，跑到没有烟火的地方，等待救援就行，至于弄这么惨吗？忙乱中，他没把这场火灾太当回事。

筱君凑到他身边，小声说，听说熏死七个。筱君戴着口罩，说话瓮声瓮气。李民也戴着口罩，从口罩上沿看她。

筱君说，大半夜都在睡觉，不知不觉就被熏死了，相当于安乐死。

筱君又说，听说房间里电子鼻不好使，既不报警，也不往下喷水。电子鼻都是摆设。

李民看着筱君，还是不相信，后果如此严重。他到过现场，现场虽然忙乱，但并不像死了人，他看到的人，都活生生地从云梯上下到了地面，就是那些躺在病床上的，也没有一个有生命危险。

隔壁突然响起吵闹声，李民和筱君赶紧跑过去。听半天才明白，病床上吸氧的男人，和一个女人睡在着火的酒店里，他老婆气得想拔他的氧气。女人喊道，快死吧你！筱君抬脸看李民，眼睛亮闪闪的。李民并不看她，只是看着那个女人被大家拉出病房。

快中午时，李民在换衣服，准备回家，筱君从外面进来，笑着说，嫂子来慰问你了？你可真幸福啊。李民漫不经心地系着扣子，什么嫂子？筱君依然穿着白大褂，装什么装啊，我刚才都看到她了。

吕小慊来医院了？来干什么，怎么没打招呼？父亲前些天来住院，心脏不好，弄不好得做介入治疗，吕小慊来送过几次饭，筱君见过她。可她去沈阳了啊，同学聚会，说最快明天回来，筱君看错人了吧？李民边往外走边给吕小慊打电话，无法接通。李民想，看来玩疯了，多年不见，即便同学，又有什么可黏糊的呢？

2

第二天晚上，李民站在阳台上，再看马路对面的酒店，一片漆黑，安静而落寞。以往彻夜开着、射向大楼的地灯关掉了。黑暗中，一眼看去，几乎看不出破绽。只有着火那几个房间，救火时，窗玻璃碎掉了。倒是过路的人，包括骑在自行车上的人，总抬头看，看来火灾影响挺大。

李民总忘不了消防车顶旋转闪烁的警灯，向上射出，有着弧度的水柱，以及云梯升在空中的姿态。没想到，云梯居然能升那么高。

热得快烧水的声音在身后一下消失了，他赶紧跑去沏茶。

当他倒上一杯茶，端起来想喝时，门铃响了。

脱鞋时，筱君客气了一下，我就是试试，没想到你真在这。等看到茶几上的茶，筱君笑了，我溜达半天，真渴了。筱君跪坐到茶几前的地板上，端起他想喝的那杯茶，抿一口。他缓缓坐到筱君对面的沙发上。筱君赶紧放下手里的茶杯，为他倒茶。筱君这点儿非常好，勤快，有眼力见。重新端起茶杯，筱君说，我以为着过火的酒店多恐怖呢，一看真没意思。李民想，她为看着过火的酒店才走到这的？筱君这时迅速放下杯，一边起身一边说，对了，从楼上看才清楚。筱君跑进阳台。李民看她背影一眼，摇了下头。

　　过后李民想，筱君真是诡异，要不是她，自己可能不会徒增烦恼，会依然过着清汤寡水的日子，写处方，做手术，查看病人，值无聊的夜班，看着吕小慊和自己住在一起，却不知道她一天都在想些什么，日子就那么慢悠悠往前推进，等到老了，像父亲那样，受些病痛的折磨，然后在未来的某一天，悄无声息地死掉。可那天晚上，筱君在阳台上站了片刻，突然跑过来，拉起他往阳台拽。他身子后倾着，皱着眉说，你这是干吗？筱君说，你来，你来嘛。

　　路灯下，女人站在马路边，隔着马路在看对面的酒店。从楼上看，她显得有点矮。李民心一紧，她怎么在这？是来找我吗？他比当初看到酒店失火还吃惊。筱君说，我以为就我好奇呢。你是不是忘了，我是在那个酒店举行的婚礼？筱君侧脸看他。

　　筱君不提醒，李民真就想不起那档子事。他哪有心情回答筱君？楼下马路边的女人，这时挪动脚步，向对面的酒店走去。他看着那个再熟悉不过的身影，问筱君，你看她在这下边，所以来按门铃？

　　筱君不说话，也不看李民，而是转身进了客厅。

　　女人紧走两步，穿过马路，走到酒店门前，仰脸往酒店楼上看看，然后转身慢慢往江桥的方向走，一边走一边不时往身后看，看那座昨晚失过火的酒店。

　　筱君在屋里说，好奇，不行啊？

　　女人已经走到了江桥上，站在街灯下的桥上，扶着栏杆看桥下的江水，江面荡着一层亮光。李民莫名地有些紧张，突然想，她不会从桥上跳下去吧？

　　筱君在屋里说，别以为我不知道，你们貌合神离。

　　李民回身看筱君。筱君坐在沙发上，手里端着杯，端详杯里的茶叶。

　　李民更关心江桥上的女人，桥上的女人又在往前走，路灯下，她的身影看上去孤单而飘忽。

　　筱君坐在沙发上说，你不用否认，我从你的眼睛里已经看出了一切，跟我一起值夜班，你眼里有时会闪火苗，你这种年龄眼里还冒火,谁都能想到是怎么回事。更何况,你还有这么一套小房子,总一个人憋在这,真叫人心痛。

她是出于心痛,才在自己的注视下洗澡,让自己看她的身体?或许,她想给自己的并不只这些?李民有点走神。

筱君放下茶杯,站起身说,不打扰了,我走了。

李民想说什么,却不知道说什么好。

筱君打开房门,把鞋拎到门外,穿好,才探身看着站在阳台门口的李民说,你不去看看她吗?别出什么事。

李民回身看江桥,路灯下的江桥上,车流不息,已经不见了吕小慊的身影。身后房门嘣地响了一声,他知道,筱君走了。

站在阳台上,望着江桥的方向,李民拨打吕小慊的手机,好半天,吕小慊才接听。李民问,你在家吗?李民从家里出来时,吕小慊在电脑上看《雪花那个飘》,挺投入。她这时应该在家看电视剧才对,而她却跑到了街上,跑到刚失过火的酒店跟前,就是坐车到这,至少也需要二十分钟,难道自己前脚离家,她后脚就出来了?

吕小慊说,我没在家,出来散步了,看得我头昏脑涨,出来透透气。李民想,也许吕小慊认为我回家了,才不得不说实话?

李民接着说,你在哪呢?

吕小慊说,我在江边呢。你在哪,要来吗?

李民说,我快到家了,想问你要不要带点什么回去?

吕小慊说,没什么要买的。你先回去吧,我一会回去。

李民放下手机,愣了愣,想起昨天,他忙活完那些烧伤和熏倒的人,回到家已是中午,他掏出钥匙打开房门,进到客厅,吕小慊猛然从卫生间里出来,吓他一跳。吕小慊没说要回来,筱君之前说她看到吕小慊在医院出现过,他以为筱君看错了,没想到,她不但回来了,而且洗了澡。看着吕小慊身上那件白色睡衣,他一下想到了被救下来的那对男女,站在云梯上的女人,同样穿着白睡衣,回想起来,身材跟吕小慊差不多。他心里不禁怦然一跳。李民说,不是明后天回来吗,回来怎么不告诉我?吕小慊擦着头发说,不是着火了吗,何丽她哥被烟熏够呛,我们赶紧回来了。李民想,那些躺在重病室里吸氧的人中，有何丽的哥？李民说，我刚才打你手机，无法接通，你去我们医院了？吕小慊停住手说，别提了，手机不知丢哪去了，发现手机没了，我赶紧用何丽的手机拨，只响了两声，再拨就是无法接通，估计让人捡走了。是去医院了，我陪何丽去看她哥。筱君告诉你的吧？李民想说，你都到医院了，怎么不去看看我？吕小慊说，我想去找你了，想让你关照一下何丽她哥，可何丽不让，她挺难过的，有些难为情。李民端起茶几上的凉水壶倒了杯水，端在手上。吕小慊坐到沙发上，你不知道，听说她哥跟个女的睡在那个酒店里，她嫂子不依不饶，弄得她们家乌烟瘴气的。

李民盯住吕小慊。难道那个要拔老公氧气的是何丽的嫂子？大火真烧出来不少事。筱君说，有一家外地人嫁姑娘，娘家来人，提前一天住进酒店，结果新娘的母亲被熏死了，还有几个躺在重症监护室，婚礼演变成了一场悲剧。

李民端着水杯说，下午，我陪你去买手机吧？其实他又困又累，想好好睡一觉。

吕小慊又开始擦头发，何丽说，她下午陪我去买，顺道把卡补回来。

李民这时注意到了吕小慊的腿。吕小慊的腿，白而笔直，肥而不腻，可以做美腿模特，他真没见过比她还漂亮的腿。当时，他还没听到筱君说他眼里冒火一说，回想起来，看吕小慊的白腿时，自己眼里应该像筱君说的那样，色眯眯的？吕小慊的白腿就在眼前，盯着她白净湿润的腿看半天，然后眼光往上走，顺着白腿向上，交叉在了中间部位，白色的睡衣上绣着一朵蓝色的小花，停一下，接着向上，停留在了胸部，可以想见，现在那里面，肯定没有恼人的胸罩。吕小慊的胸罩曾经是李民的心病。他一条腿压在吕小慊身上，手滑向她的胸部时，吕小慊总是立刻僵硬起来，马上抓住他的手。她出手速度之快，令人咂舌。隔着胸罩，并没触到她的肌肤，她的手却已经用上劲了，像在抵挡握刀刺向她的手。两人较劲时，吕小慊一声不吭，她要是边反抗边喊叫上两声，那可真要命了。两个人较着劲，直到他不得不把手拿开。僵持的时间其实并不长。他要把手拿开，吕小慊都不肯松手，可能怕他把手转移到更加敏感的部位？他不得不说，你松手吧，我去卫生间。他真去卫生间了，一年四季都有热水，他却总是用凉水从头浇下。

每当他试图改变现状时，吕小慊总说，我也没办法啊。你不是给我治过吗，我也努力调整了，可是没有一点儿变化。

李民曾从网上下载了一些文章，上夜班前，打印出来，放在床头柜上。那些文章正常人看了，会有生理反应。他坐在办公桌前，想象着吕小慊躺在床上，床头灯下，看那些文章的样子。吕小慊会不会脸红呢？或许，她会打来电话？李民一次次看手机。直到零点以后，手机才有了动静。抓起手机时，他一闪念地想，如果吕小慊叫我回家，回不回去呢？却是筱君发来的短信：别等电话了，很晚了，洗洗睡吧。他回身，办公室里依然只有他一个人，门紧紧地关着。

吕小慊只在经期时不管他的手，而那种时候，是不能进一步发展的。他总盼着吕小慊快点完事，而当吕小慊身体终于干净时，她的手也就攒足了力气。就是说，李民其实是被吕小慊逼进那座小房子里的。

李民正盯着吕小慊的胸部看，吕小慊放下手上的毛巾，掀起睡衣，斜着身子看着自己的左后边说，真倒霉，摔了一跤，看把我屁股摔的。吕小慊白润的左屁股上有片红色的擦伤，不严重，否则，她怎么敢洗澡？不等李民做出反应，都没给他说话的时间，吕小慊已经把睡衣放下了，连少半拉屁股也看不到了。李民当时想，女人最漂亮的时候，应该是出浴和做爱时，然而，作为自己的老婆，吕小慊最漂亮的时刻，都不再属于自己了。

3

李民走到马路边，站在吕小慊刚才站过的地方，隔着马路看那家酒店，突然想起来，昨晚自己就是站在这个位置，看消防员救火的。他怀着好奇，像吕小慊那样站好，很认真地向酒店看，看半天，并没觉得站在这个位置看,有什么特别的地方。

马路对面的酒店,一二层做餐饮,上面是客房。他回想一下,筱君结婚在二楼餐厅所摆的酒席,菜量少得可怜,味道很一般。整个餐厅装修俗不可耐。如果说,筱君因为在这举行过婚礼,才在酒店失火后来看的话,那吕小慊呢,她仅仅出于好奇?正对着旋转门的台阶上,铺着红地毯,不过是那种廉价的纤维地毯而已,但铺上,新人从彩车上下来,走在红地毯上,的确能添些气氛。一场大火之后,原本破旧的红地毯更加惨不忍睹。旋转门紧紧地关着。往上看,几个房间的窗玻璃碎掉了。整座大楼漆黑一片,死气沉沉。

李民既搞不懂吕小慊和筱君怎么都对这座失过火的酒店如此感兴趣,也不知道她们现在在哪?站在楼上,看到筱君也上了江桥,没等筱君走过江桥,他就下楼了。这时再看江桥,桥上面横拉着一些红色的条幅,他从没认真看过上面到底写着些什么字,只知道是广告。过了江桥,拐个弯,就是他所在的医院。想到自己工作的医院,李民心里禁不住猛然一颤。

十分钟后,李民走进了医院。

从医院出来,站在马路边,望着马路两边灯柱上挂着的红灯笼,李民有些茫然。他还是想不出吕小慊和筱君现在在哪?他想给吕小慊打电话,可掏出手机,拨的却是筱君的电话。李民说,你在哪呢?筱君笑着说,你猜。李民哪有心情猜?他说,我想和你说点事,你在哪?筱君说,我都听见你说话声了,你听不到我说话?汽车在身前不停地开过,他举着手机四下看,行人稀落,没看到筱君。筱君说,你往天上看。他抬头看天,春风中,天空似一块幕布,点缀着繁星。手机里传来筱君的笑声,我在你头顶上的咖啡馆呢。李民这才看到,筱君坐在街边二楼临窗的位置,在向他挥手。

李民坐到筱君对面说,你怎么在这?筱君笑而不答。李民想,筱君跑这来,是专门等我?

筱君喝了口咖啡,怎么,没找到嫂子?李民说,我不是来找她的。筱君望着他身前桌子上的咖啡说,有点凉了,要不,重来一杯?李民看看那杯摩卡咖啡,伸手端起来,喝一口,还好,热度算是正好吧。筱君竟然为自己点好了咖啡，李民有点儿感动。筱君望着窗外说，这是一年中最美好的季节，树木已经吐绿，人面桃花相映红，空气爽爽的，夜色下，让人心里有种毛茸茸的感觉。筱君说完回过头，冲李民笑了笑。李民看一眼窗外，春夜看上去的确很美。筱君微笑着说，你去医院干吗？李民想，筱君看到我走进医院，才来这点的咖啡？李民说，我要是不给你打电话，你点的这杯咖啡咋办？筱君说，好办，我喝了呗，大不了一宿不睡。李民笑了一下，你注意没有，因为火灾住进咱们医院的人当中，有没有个姓何的？他去医院，挨个病房看了，并没有姓何的病人。无论男病人还是女病人，都没有姓何的。吕小慊说何丽的哥，因为烟熏住进医院，显然有问题。他特意去曾经吵闹的那个病房，躺在床上的两个男人并不姓何。依照吕小慊的说法，应该是何丽的亲哥才对，可差点被拔掉氧气的男人，包括另一个男人，都不认识何丽。李民想，何丽的哥，转院了，或者出院了？同事说，暂时没人转院，也没人出院。李民还是不放心。记得筱君曾帮忙写过床头卡，也许她有记忆？

筱君坐在那想了想，姓何？好像没有。你问这个干吗？

筱君的回答并不出乎李民的意料。

李民没回答，筱君接着说，你去医院，就为这个？

李民端起咖啡，猛然间，特别想抽烟，放下杯，摸摸兜，身上没烟，下楼匆忙忘带了。身为医生，要不是和吕小慊出现问题，他可能永远不会沾染尼古丁。李民只能转手再次端起咖啡。

筱君望着他，到底怎么回事？

李民放下杯，双手前后有条不紊地抚摸起头发。

筱君说，你倒是说啊，你想急死谁啊。

李民停下手说，有点儿事，想不明白。

筱君侧身向窗外看一眼，回过头后说，真愁人！有什么事就说呗，吞吞吐吐的，真受不了！

李民双手用力按在腿上，低头沉默一下说，得，不愁你了。李民起身往外走，筱君叫他，他根本不理会。

走回江桥上，李民像吕小慊那样，扶着栏杆往下游看。两岸的灯火映在粼粼波光上，绚丽多彩。这样的季节，晚上出来散步，很惬意，可是，他已经很久没和吕小慊一起散步了。吕小慊总说累，不想动。逛街都由何丽陪着。前两天，李民说，我陪你去买两件换季衣服吧。吕小慊没看他，我和何丽约好了，下午去逛街。李民当时想，吕小慊和何丽不会是同性恋吧？那天下午，吕小慊和何丽真去逛街了，吕小慊从上到下买了一身，然后穿着新衣服和何丽去参加同学聚会了。他没送吕小慊，当时有个手术，吕小慊也没要他送的意思，他甚至不知道，吕小慊是坐火车，还是坐汽车去的？他只在做完手术，洗手时想了一下，吕小慊现在到哪了，到沈阳了吗？她真和何丽一起去的？

想到何丽，李民心里猛然又是一颤。

李民一边往前走，一边给何丽打电话。

李民报上家门，何丽说，唉？你怎么想起给我打电话了？李民有点窘，情急下，他说，我想问一下，你们去沈阳住的哪家酒店？说完他就后悔，要是何丽问，你怎么不问你老婆，怎么办？

何丽真就笑着这么问了。好在他早一步想到这点，他说，我也要去沈阳，想先定下酒店，小慊说，你们住的那家酒店条件不好，你能给我介绍一家吗？他觉得自己的话漏洞百出。

何丽说，我也不太了解情况，你在网上找找看吧。

李民举着手机想，何丽不好意思揭穿我吧？李民说，也对，那我到网上看看吧。何丽说，酒店有的是，不难找。李民说，问题是，安不安全，我怕我住的酒店也来场大火，那可就惨了。这么说的时候，李民看着那家着过火的酒店。

何丽说，哪那么容易就着火，要是那么容易，全国的酒店早就烧没了。何丽笑起来。

李民说，我也住你们住的那家吧，你们全身而退，不能就给我来场大火吧，条件差点没关系，安全第一。

何丽又笑，绕半天，你还是想知道这个啊，那我告诉你，是东方酒店。怎么，你对小慊不放心，要查查她？

李民也笑起来，你想象力真丰富，我还不了解小慊？再说，她和你在一起，我有什么不放心的？对了，你哥怎么样了？李民觉得，自己已经虚伪到了极点。

何丽说，什么我哥怎么样了？

李民说，不是被熏够呛，住在我们医院吗？

何丽说，你听哪个王八蛋说的，我哪有什么哥啊？

这次李民心里震动更大，赶紧打哈哈说，你没有哥啊，哦，那我记错了。何丽又说了什么，李民没听清，只匆忙说了句，不说了，挂了啊。他把手机拿离开耳边，因为他突然看到，吕小慊就站在前面，又在看着过火的酒店。

4

早晨，李民早早来到医院，查看着病历，删除年长和年幼的，把因火灾住院的男患者姓名记了下来。看着十几个男人的名字，猜测不出哪个和吕小慊有关系？总写病历，他对名字已经没有感觉。可是因为觉得其中一人和吕小慊有关系，他就细细地琢磨那些名字。那些名字太陌生了，一个也不认识，想象不出来，叫那些名字的人都是什么模样，所以越看越觉得古怪。实在忍不住，又跑去病房，能看到脸的都看了一遍。他穿着白大褂，像个尽职的医生。可事实上，他并不关心他们的病情。他只是想看看他们的脸，看看那些人都长什么样，有没有认识的，结果没发现一个称得上帅气的，而且都不认识。经历一场惊吓，烟熏火燎，哪个脸色能好呢。至于那几个脸上缠着绷带的，自然面目不详。李民有些泄气。

坐在办公桌前，看着那些谜一样的名字正发呆，筱君用食指和中指敲击着桌面，喂，找到答案了吗？

李民把手上写满名字的处方签折起来，揣进白大褂的外兜里。

筱君坐到对面的椅子上，我劝你不要自寻烦恼，你想过吗，揭开谜底的后果是什么？

李民手里捏着那张纸，心想，要不是你，会这么麻烦吗？你不让我往楼下看，能看到吕小慊吗？能发现那么多疑点吗？不过，她说得对，揭开谜底，又能怎样呢，能和吕小慊离婚？去年夏天，一天晚上，他约吕小慊下班后一起吃饭。他早早来到饭店，坐在临街的桌子前等她。这家饭店有道菜非常棒，那是一种指头长的小鱼，奇的是每条小鱼都一肚子鱼子，油煎之后很香。鱼的名字也好听，叫多情鱼。除了要点多情鱼，还想点炸茄盒。这家饭店炸的茄盒，颜色金黄，一看就是好油炸出来的，馅也好，可以说色香味俱全。各种饼也不错。他喜欢和吕小慊来这里吃饭，也就到这里吃饭，吕小慊似乎还有点儿兴趣。李民在看菜单，想找个可口的汤，身后有人说，快看快看，这娘们不错。另一个说，哦，哦，是不错，漂亮，有女人味，你说，这种女人上一次得多少钱？李民手里拿着菜单，回身看，身后是两个毛头小子。跟随他们的目光往窗外看，吕小慊已经穿过马路，正从窗外向前面的门口处走。先前说话的这时说，这种女人不好下手，不过肯定过瘾。李民愣了愣，像是不懂过瘾是什么意思。后说话的又说，你看她的屁股和胸部，真正点！吕小慊的侧影从窗前过去了。李民起身，一把把菜单摔在了那两个小子的桌面上。身前的女服务员尖叫一声。那两个小子中的一个，骂了句粗话，一下站起身。李民站在那，用手指指着他的同时，狠狠盯着他。那小子想了想，慢慢坐下了。

李民过后想，那天应该感谢那两个小子才对。他本来想和吕小慊谈离婚的事，因为那两个小子的难听话，他赶紧出去截住吕小慊，没在那家饭店吃饭，想说的话一句没说。他当时想，就是为了吕小慊不被那些混蛋玷污，也不能离婚，除非她自己提出来。而现在看来，自己或许一直被蒙在鼓里。继而又想，一直没和吕小慊离婚，是因为留恋她的身体吗？这一想法把他吓了一跳。

筱君叹息一声，起身去工作了。李民把处方签从兜里掏出来，看着那些名字，心想，也许可以把吕小慊的照片拿来，给那些在酒店住过，现在躺在病床上的人看，说不定有人会说，我见过她，然后指着病床上某个人，鬼鬼祟祟地说，她当时和他在一起。甚至会说出他们的亲密举动，比如，他们相互搂抱着走过酒店的走廊。再比如，看到那个男人如何把吕小慊推出险境，而自己倒在了烟火之中。并不能排除，和吕小慊有关系的人，已经被送进殡仪馆了。也许吕小慊的屁股就是在这一过程中擦伤的，手机呢，慌乱中丢在了火灾现场，说不定，已经烧没了……李民想了一上午。

　　下午的时候，李民对自己说，算了，何必去扒吕小慊的衣服呢？

　　李民去理了发，刮了脸，洗了澡以后，换上一身清爽的衣服。坐在床边，他想，也许在家里可以找到吕小慊的蛛丝马迹？他想了一下吕小慊可能藏有秘密的地方，连抽水马桶的水箱里都想到了，可就是懒得去翻动。好半天，他才站起身，回身望着眼前结婚时打的床。红松材质的婚床，虽然样式过时，但依然非常结实。在这张床上，他们有过非常幸福的时刻。他仿佛看到，吕小慊正慵懒地躺在床上，背对着他，她的背影永远不可能告诉他答案。走出卧室，锁房门时，他又想，或许应该去查一下吕小慊的手机账单，秘密自然会浮出水面？

　　李民坐上公交车。再坐几站就到电信大厦了，现在应该还没下班。他只是这么想了一下，下了公交车。

　　吕小慊比预想的来得早。坐到对面，看着桌子上的菜，吕小慊笑着说，你今天真帅！李民不知道吕小慊是说，因为自己理了发，洗了澡，外表帅，还是因为点了多情鱼和炸茄盒而帅？他觉得，多数是后者。他说，这不是给你点的，是我自己想吃，你想吃什么自己点。怎么说出这种混账话了？李民一惊，接着，赶紧给吕小慊打消毒餐具。吕小慊说，我就喜欢这两道菜啊，难道我再点一份？李民把筷子递给她说，点吧，多吃点多情鱼，自然就多情了。李民觉得，自己要疯了，嘴都不是自己的了。

　　吕小慊看着夹在两根筷子间的多情鱼说，好，我多吃点，看能不能多情。吕小慊开始吃鱼。李民看着她。也许因为很久没一起出来吃饭，吕小慊才有点儿兴奋，不和我计较？吕小慊咽下嘴里的鱼，端起酒杯说，味道不错，已经多情了，来，喝酒吧。李民赶紧给吕小慊倒上红酒。两人碰下杯，喝了口酒，吕小慊夸张地吧唧嘴，酒也不错，吃着多情鱼，喝着美酒，肯定多情！

　　吕小慊显然很高兴，李民突然意识到，开口提离婚，哪是那么容易启齿的事？

喝了一瓶红酒，吕小慊竟然没喝够，又要了一打啤酒。吕小慊说，多情鱼真不错，不但让人多情，还能让人酒量大增呢。吕小慊以前基本不喝酒，又是谈离婚的事，所以他只准备了一瓶红酒，想意思一下得了，没想到，吕小慊还挺能喝，她今天到底怎么回事？

吕小慊说，怎么，还不开口？李民回了一句，开口什么？吕小慊红着脸说，我知道，你想和我说什么，所以才让我来吃多情鱼，而且准备了红酒，说吧，到底什么事，是不是，要和我离婚？

李民一下子愣了，心想，吕小慊看出什么了？

吕小慊说，别不好意思，想说什么尽管说，我已经喝得差不多了，你说什么我都能接住，因为我基本听不太清你在说什么。吕小慊端起酒杯，笑眯眯地望着他，往嘴边送。

李民赶紧伸手抓住她的手，别喝了，你会难受的。

吕小慊挣扎着说，不多喝点儿，你说的话我会听得很清楚，那样更难受。是不是，她让你跟我离婚？

李民不看吕小慊，只管双手并用，从她手上抢下酒杯。

吕小慊说，干吗不让我喝啊？干吗不回答我？

李民把酒杯放下，你在说什么啊，谁让我和你离婚？这时候，他已经不想谈离婚的事了。吕小慊说，筱君啊。她对你真上心啊，还偷偷跟踪我呢，你们不是还有个小窝吗？李民心里禁不住又是一惊，原来她知道我的那个小房子。李民说，你喝醉了，别瞎说。吕小慊说，我才没醉呢，你听我说啊，两年前的父亲节，筱君给你发短信，你记得吗？李民皱起眉。吕小慊说，你忘了？李民真想不起来，筱君在父亲节给自己发过短信，什么内容呢？吕小慊说，祝你父亲节快乐！你们有孩子了？李民说，怎么可能。吕小慊说，那她怎么祝你父亲节快乐？梦想你成为她孩子的父亲？李民思维一时有些短路。吕小慊说，就是现在没有，等你和我离了婚，她也离婚，你们就能生孩子了，是不是特别期待？我知道，因为我没给你生小孩，你心里一直不舒服。我也想生啊……

李民心里一下堵得不行，有些喘不上来气。

放在桌面上的手机突然响起来。看到是筱君打来的，李民不想接。可他又知道，要是不接，筱君会一直打下去，他早领教过了，过后筱君总是振振有词，你不接电话，我以为你出什么事了呢，当然就得一直打。现在吕小慊在跟前，又不好关机，他只好按下接听键。筱君在那边急吼吼地说，你听说了吗，酒店是人为纵火，警察已经抓了好几个人，好像主犯跑了，听说是因为和酒店老板……李民打断筱君说，我这边有事呢，这事过后再说，成吗？

李民挂了电话，抬起头，发现吕小慊直着眼睛在看他。他有点儿不自在，小声说，是，筱君打来的，说酒店是人为纵火。吕小慊嘴角慢慢向上翘起来。停一下，李民一边起身一边说，她真是这么说的，我去买单。

扶着吕小慊走出饭店，站在街边等出租车，吕小慊说，我想去，看看，你们的小窝，成吗？吕小慊伏在了李民的胸前。夜色已经浓起来，春风拂面，带着花香与泥土的气息。李民眨了眨眼说，回家吧，我给你冲蜂蜜水，醒醒酒。吕小慊说，不！让我去，看看你们的小窝呗，从对面酒店，往你那个房子里看，什么……也看不清，我差点就葬身火海了。我站在九楼的窗台上，看到你站在马路边，拼命喊你，可你根本不理我，往桥上走了。我想给你打电话，可是，手机不见了。我多害怕，多么，绝望啊，我以为……再也看不见……你了……

身前的车流开始恍惚起来。李民眼前慢慢闪现出消防车顶旋转闪烁的警灯，水枪向上射出的水柱，以及缓慢地向空中升上去的云梯。一个女人，站在酒店九层的窗台上，一只手紧紧抓着窗框，另一只手拼命地挥动着，叫喊着，可是现场嘈杂，什么也听不清。在自己望着着火的酒店，望着云梯升降时，吕小慊正在九楼拼命地呼喊着自己，脱险后，她赶紧跑去医院，暗中观察我多久呢，就因为，她以为，她再也看不到我了？

手机这时又在裤兜里响起来，李民没理会，而是紧紧抱住了吕小慊。春夜中，当他的脸贴到吕小慊的脸上时，他感觉到，吕小慊的脸滚烫滚烫的，黏糊糊的，他知道，那是吕小慊的泪水。吕小慊身子软软的，伏在李民胸前，呢喃着说，你，到底，带不带我去啊？

小广场

　　小方坐在广场的灯柱下面,看一位母亲领着孩子学走路。年轻的母亲双手扶着小男孩的肩膀,母子俩东走走,西逛逛,不知在广场上转了多少圈?突然,年轻的母亲说,回家喽。小男孩咯咯笑着,往前走了几步,被母亲从身后抱了起来。母亲抱着孩子,很快消失在不远处的楼门里。

　　头顶的灯一下亮起来。小方发现,天已经黑下来了,小广场上更加落寞起来。

　　接着,雨滴落在了手上。小方抬头看看天,掐灭了手里的烟。烟是他常抽的长白山,已经是最后一支了,烟盒都被他揉扁了。他把烟盒摆弄一下,把地上的烟头一颗一颗捡起来,塞进烟盒。看到广场边的垃圾筒,他背着包走过去,把烟盒扔了进去。尽管下起了雨,可这一过程,他显得从容不迫。而且,站在雨中,他想的竟然是得买盒烟,点上最后一支烟的时候,他就想到了这个问题,可四下里根本没有食杂店。

　　雨猛然大起来,地上起了尘烟。他只好放下买烟的想法,转而去想到哪里避雨?

　　对面的灯光像是伴着雷声一下亮起来的。

　　周围已经有了一些灯光。这刚刚亮起来的不是白光或黄光,而是有些醒眼的一串红光。那串红光让他心里一热,肚子甚至跟着呜咽了一声。暖暖咖啡屋,这几个字让人感到温暖。一个女人站在窗前,像在看外面的雨。女人身影模糊，但是眼睛很亮。他站在雨里，把包往上背了背，就见女人离开了窗前，门打开的一瞬间，他有些恍惚，那个身影让他在心里叫了一声，是你吗？昨天晚上，他也这样问过苏眉，苏眉笑着说，是我啊。他一下睁开眼睛，四周只有城市的灯火。

站在门里的女人没回答他心底的问话，而是说，你不怕淋雨吗？她几乎是在喊。

经过她身边时，小方闻到了一股香味，淡淡的，似有似无，让人觉得很舒服。

他抹一把脸上的雨水，先是看到窗边桌子上的一团白气，然后才看清盘子里的饺子。两套餐具让他下意识地四处看。女人在他身后说，不用找，就我一个人。

女人再次出现在面前时，小方背着包，在看墙上的吉他。女人把一双蓝色拖鞋放到他脚前，是双男人的拖鞋。女人说，我没有鞋给你穿，穿拖鞋吧。衣服有换的吗？没有就用这个吹干吧。女人把黑色电吹风递到他手上。

小方脚上是一双带网眼的白色旅游鞋，两天始终和脚在一起，鞋和脚都该休息了。小方说，我去下卫生间。已经两天没说话，听自己的声音，他感觉有些陌生。

他最后一次说话，是对苏眉的父亲说的。背着包从苏眉父母家出来，苏眉的父亲跟在身后说，谢谢你啊，有空再来玩。他知道，苏眉父亲谢的是他带去的两瓶好酒，可是，有什么好谢的呢，那是自己的心意，诚心诚意，也是应该的，难道是为听一句感谢话吗？他回过身，看着面前的老人，又看了看身后那扇淡黄色的门，他知道，他不会再走进那扇门了，尽管为找到这扇门，费了不少周折。先是查电子地图，然后从县城坐车赶到那个山村，看到村子后面的那座大山，他才确信找对了地方。苏眉给他看过一些老家的照片，村子后面的大山印象尤其深刻。她还把村道也拍下来给他看，向他介绍说，那辆停着的车是我的，那扇黄色的门就是我家。他一路打听着，真找到了那扇淡黄色的门。村道上没有那辆银灰色的车。他想看看苏眉生活过的地方。苏眉的父亲要给苏眉打电话，小方说，我给她打过电话了，她说忙，从城里赶回来也需要时间，还是不要打了吧。其实，他又是多么希望苏眉能突然出现，很想看看她身处这个环境中的样子。每走进一个房间，都觉得苏眉就在自己的身前身后，特别是苏眉每次回来住的那个房间，床上摆着一本《中篇小说选刊》，他好像看到苏眉躺在床上，正在看那本杂志。他拿起杂志翻了翻。苏眉的父亲说，苏眉从小就住这个房间，每次回来都会看书到很晚才睡。他想说点什么，却只是看着那床被子。想在床上坐一下，甚至想躺一会儿，他知道，苏眉曾躺在这张床上给他发过短信，打过电话，可是显然不行。他自称是苏眉的同学，只能把原本很感兴趣的事物淡化处理。把杂志放到床上，他在心里叹了口气。

他最后对苏眉的父亲说，您别送我了，快回去吧……

现在，小方背着包走进了暖暖咖啡屋的卫生间。在卫生间的二十几分钟里，他想了一下外面的女人。她谈不上漂亮，最吸引人的不是脸，也不是身材，身上的衣服也没有什么出奇之处，是一件白色小衫和一条灰色牛仔裤。倒是她的头发，黑发中间掺杂着丝丝白发，让人颇有感慨。开始他以为是染的，仔细看，真是白发。怎么会有这么多的白发？他还没见过这个年龄的女人以白头发示人的。广场上经过的女人，比如刚才那个带着孩子的女人，所有女人都跟商量好了似的，一律长长短短的棕色卷发。外面这个女人，头发未经任何处理，很随便地扎在脑后。他想，她怎么不去烫染一下呢，心疼钱？不过，这样倒也显得干净。

外面突然响起炒菜的声音，香味很快飘进来。他吸吸鼻子，想不出在做什么菜。飘进来的只是葱花的香味。即使只是葱花的香味，饥饿感也猛然加重起来。饥饿感的压迫下，他想，应该走进饭店才对。接着，苏眉的话在耳边响起来。苏眉说，等咱们有了自己的家，我给你包饺子，给你做凉皮，天天给你做好吃的。苏眉手很巧，会踩缝纫机做活，家里的沙发套都是她自己做的。做饭也不错，别说包饺子，连凉皮都会做。她把做凉皮的整个过程用手机拍下来，发微信给他看。刚包好的饺子摆在帘子上，也发给他看。她说，看，这是我包的饺子。那会儿，苏眉的一举一动都牵扯着他的神经，哪怕她吃个韭菜叶，他都感兴趣；每到吃饭时间，他都要问苏眉，你吃的什么？可是，直到此刻，他也没能吃上苏眉亲手做的饭菜……

小方直直腰，听听外面的动静，然后开始洗袜子。等他走出卫生间，发现女人站在窗前，双手抱在胸前，又在看外面的雨。听到声音，她回过身，面对着他笑了一下。她的牙挺白。

小方急着看小餐桌，桌子上多了一盘小根菜炒鸡蛋和一盘爆炒花蚬子。小根菜炒鸡蛋黄白绿相间，看上去很诱人，飘着香气。

女人走到桌前，说，坐吧。

小方背着包，站在那，手上是洗过的袜子。

女人看看小方手上的白袜子，说，放窗台上吧。

小方把袜子放到窗台上，展开。窗玻璃一阵噼里啪啦响。女人站到他身边说，不会吧，这时节下雹子？小方没吱声。白色的颗粒敲击着窗玻璃，弹开去，有种大珠小珠落玉盘的意思。小广场上灰蒙蒙的，有人打着伞，穿过小广场，慢悠悠向远处走去。

女人望着夜雨下的小广场说，我看见，你在广场上待了两天，怎么回事？

小方想看身边的女人，她的脸就在自己左肩膀外侧的地方，可是，他却只是看着窗前一辆冒雨缓行的出租车说，你有烟吗？给我一颗，我的抽没了。

可以感觉到，女人看了看他的左脸，然后去吧台拿来了一盒芙蓉王。小方要给钱，女人却坐到了餐桌前，急什么，等你吃完饭一起算吧。女人拿起酒瓶，开始倒酒。

本来不想炒菜了，可这样的天气，还是吃点儿热菜，喝点儿酒的好。你一定很饿，先吃饺子吧，山芹菜馅的。女人把筷子递到小方手上。

吃完饭一起算，小方觉得这样也好，他缓缓坐下来。坐下来的时候，他还背着那个黑色背包。女人说，把包放下吧，背了两天，不累吗？放心，饭菜里没有蒙汗药，不信我先吃。女人夹起一个饺子，直接放进嘴里，尝了尝说，还行，我怕馅咸了，还不错。

味道的确鲜美，咸淡正好。小方手上夹着烟，吃饺子。他已经两三年没吃山芹菜馅饺子了。有一次苏眉说，她包了山芹菜馅饺子，于是小方说，你给我带点儿呗。可是苏眉并没给他带。

吃了几个饺子，喝上酒以后，小方感觉身体热乎起来。女人显然不胜酒力，脸很快红了。可她热情很高，频频举杯。这让小方想到了吃饭的一个场景。那次苏眉只倒了一杯啤酒，他只好自己喝白酒。两个人说了好多话。当时他们很愉快，对未来充满渴望。他甚至对苏眉说，你给我生个孩子吧。苏眉笑着说，生孩子谁养啊？小方说，一起养呗。苏眉大笑起来。他伸手摸苏眉的脸，她的脸只抹了一点儿护肤品，很干净。苏眉抓住他的手，两个人隔着桌子握着手，对望着。后来，他用手指抚动苏眉的嘴唇，抚了好一会儿。苏眉轻轻地咬了一下他的手指……

想什么呢？女人端着酒杯，脸上带着笑。

你是不是，总观察广场上的人？又为谁，准备的这些饭菜？

女人低着眉，你先说，你是怎么回事？

小方腼腆地笑一下，我只是想，消磨几天时光。

女人脸上闪着一层红光，为一个人消磨几天时光很正常，我已经为一个人消磨三年时光了，今天刚好整整三年。

小方看女人，你一直往窗外看，在等他？

这是习惯性的。已经看了三年，你说，眼前还有风景吗？

所以，你总观察广场上的人？

我是喜欢看广场上的人。许多人，看久了，觉得挺亲。就说刚才最后离开的母子俩吧，母亲结婚多年才怀孕，我是看着她的肚子慢慢隆起来的，那时候，她总出来散步。我一直对她很上心，还想呢，她会生男孩，还是女孩呢？后来她抱着孩子出来，我跑出去，凑上前，当看清是男孩时，我真替她高兴，你看她，多幸福啊。

小方想了一下那位母亲，她的脸上一直荡着笑，可以感觉到，她对孩子的那份喜爱。现在，她或许在给孩子喂奶，或者喂饭吧？然后给孩子洗澡，一边洗，一边逗孩子玩。当她把孩子搂在怀里，哄着睡觉时，那一定是她最幸福的时刻。小方不由想了一下那对母子依偎在床上的甜美相。等再看女人，女人这时跟个小学生似的，双手放在桌面上，端端正正地坐在那。

女人端坐着说，广场上，每天人来人往。早晨很多人在这晨练。起来早的话，我也出去和他们踢毽子。到了晚上，上班的，上学的，都回来以后，广场上最热闹。卖小商品的，套圈的，卖旧书刊的，打沙袋赢香烟的，大妈们跳起了广场舞，闹闹哄哄，挺有烟火气。今晚阴天下雨，人少。我挺喜欢这个小广场。我总是对自己说，我是为这个小广场，而兑下这个店的。

小广场吃饭吗？准备这么多吃的，你要和广场共进晚餐？

女人笑着，不知道你留意没有？中午有人在广场边卖山芹菜，我看又嫩又新鲜，就买了一些。我的晚饭从来不糊弄。

你总觉得，他应该在晚上出现？

苏眉曾在文章里说，我喜欢一个人晚饭后去小广场。广场上很热闹，让我感觉，与这个世界还保持着联系……苏眉的好几篇文章都说到了这个小广场。她说，我就住在小广场边上。于是昨天早晨，当小方看见一辆银灰色的车，从广场边的小区开出去时，他觉得那就是苏眉的车，只是没看清车牌，更看不清车里的人。小方一直追出去很远。车子慢悠悠穿过涵洞时，涵洞上面正有一列火车通过。接下来，小方开始在小区里寻找。不知道为什么，他觉得二楼一家像是苏眉的住处，难道只因为，阳台上有一盆植物？可是一整天，那家也没出现个人影。他想，晚上做饭时，应该有人出现吧？可还是没有人。估计苏眉已经吃过晚饭，应该出来扔垃圾，或者到小广场上散步了，可是一直没见她出现过。9点多钟，他站在了二楼那家门前，里面没有一点儿动静。墙上的声控灯很快熄掉了，他不敢让灯再亮起来。站在黑暗中，他有种咫尺天涯的感觉。想过把背包里的东西放到门口，这样苏眉出来就能看到。可是又不放心，一旦让谁拿走呢，比如捡拾垃圾和打扫卫生的。再说，苏眉真住在这吗？后来，头顶的楼梯上响起脚步声，他只好快步冲下楼，一直跑回小广场，坐到灯柱下面，大口喘气。后半夜，他看见一个女人向这边走来。女人抱着肩膀，走得很慢。他看着她靠近自己，努力看清她的脸以后，他说，是你吗，你怎么在这？猛然醒来，面前的地上只有一层灯光，他感觉，身心猛然一下疲惫到了极点……

女人端起酒杯，抿了一点儿酒，他走的时候，也是这样的夜晚，下着雨。我送他到门外，他回身看着这间店，有些恋恋不舍。等他坐出租车走掉，我回身看着店门，心里空空荡荡的。我转身进去跟店家商量，能不能把店让给我？接手这家店以后，生意还不错。我以为他过些天会回来，可是没有。第二年我还盼着，特别是我过生日那天，一直在等他。今年过了年，我把店名改了，这个名，是不是让人感觉温暖呢？

小方也喝了一口酒，暖暖，是让人觉得温暖。可你改了店名，他回来找不到怎么办？

女人双手叠在一起，又放在了桌面上，改店名其实挺麻烦，可我还是改了。他走后不久，我开始疯狂地给他打电话，发短信，像这样的雨天，我会问他在干什么，淋雨没有？他一淋雨身上就会起疙瘩，痒得不行，挠出血都不解痒。每天我都惦念着他。可他根本不回我的短信，电话也不接，后来干脆把我加入黑名单了，我连他的手机铃声都听不到了。QQ也给拉黑了。你听过这样一句话吗？如果发短信给一个人，对方一直不回，那就不要再发了，没有这么卑微的等待。而完全把我隔绝开来，这又意味着什么呢？

小方眨了眨眼睛，定住神以后，他说，感情不是沙子，没有的话可以随手抓一把，只要愿意，可以一辈子不松手。感情这东西，你越想抓在手里，往往越是抓不住；越用力抓，反而越容易从指间漏掉。不能过于炽热，否则会灼伤自己，殃及对方。这么说，你明白吧？

女人抬眼看他。

小方自嘲地说，我这也是马后炮。

女人垂下目光，当初，为什么非要分开呢？

情深缘浅吧。小方淡淡地笑，我也提出过分手，可是总扔不下，最后这次，不是我提出来的。

女人抚一下头发，那么，你又为什么提出过分手呢？

小方看着对面墙上的吉他，有一次，她出去玩，回来时坐在火车上，给我发短信，说她忘记给专栏编辑发稿子了，她马上在手机上写，然后发给我，让我在电脑上录入，再发给编辑。我打字慢，而且得一边看手机一边打，手忙脚乱的。我把一千五百字好不容易打完，发给那个编辑，就下网了。我急着去给她订房间，因为她凌晨到达。我给她准备了王老吉，她出门好几天，我想，得给她降降火。买了她爱吃的水果。还准备了方便面、真空包装的酱牛肉等，怕她下火车会饿。小方说到这，停下来，喝了一口酒。

女人低着头，看自己的手。

我为她准备好了一切，晚饭都没吃，饿着肚子等她到凌晨四点。那时我根本觉不出饿。可她一进房间，就嫌房间不好。我当时没有多少钱了，信用卡偏巧没在身上，我是冒雨找了很久，才订到那样一个一百二十块钱的房间。接着，她埋怨我给她打丢了一个字，害她半夜接编辑电话，而当时她手机正好要没电了。她说，就这么点事儿，你也办不好。然后又嫌我没给她烧开水。我是没给她烧水，可是准备了王老吉啊。怕上火喝王老吉，谁不知道？她数落我的时候，我一句话没说，只是不自觉地叹息一声，立刻遭到她的训斥。我长这么大，父母都没那么教训过我。我到底错在哪？只要我能做的，我都为她做。她出门，我冒着大雨跑到车站排长队给她买票。她走一路，我惦念一路。我也愿意为她做任何事。可是，为什么出力不讨好呢？有一天晚上，她说她电话没钱了，我赶紧打出租车去给她交上钱。给她的手机存上钱，她居然跟没事似的，让我一直担心，钱到底是否已经存上了？也不是要她谢我什么，但是我想，就是一块石头也应该被焐热了吧？她却时常一副冷冰冰的样子。小方眼前浮现出一张冷若冰霜的脸。

女人突然咯咯地笑起来，也许，她就那种性格呢，不爱表达。可能她觉得和你亲，不需要说谢谢之类的客套话吧。

我记得，她只有一次给我发短信，说，想你。错了也向来不会道歉，顶多说一句，一切尽在不言中。更别想听她一句安慰话。小方说，我总觉得，只有在她需要我时，她才会想起我。

女人抬头看小方。

小方顺着自己的思路说，当然，我也有做得很不对的地方。因为她提出分手，我曾经恨过她，咒诅过她。其实我知道，即使天下所有人骂她，我也不能那么做。面对她的冷漠，我不是也想过分手吗？可是做不到，人家提出分手，为什么会反应那么强烈呢？

女人拿起筷子，转手又放下，你是说，因为太在意她？

小方不吭声。

女人说，你可一点儿不像会骂人的人。但你显然不懂女人。她已经把衣服全部脱下了，把自己全部展现在你面前，你还要什么呢？

小方摇头，你不会理解的。只有疯子才知道疯子是怎么疯的，那时候，我比疯子还疯。

女人看小方，还好，现在你觉悟了，你想跟她和好？

小方笑，我想看看她，看她生活得怎么样？想给她点儿东西。

女人有些兴奋，是戒指吗？

小方回身从椅背上摘下自己的背包。女人看着他从包里拿出一个档案袋，还有一沓报纸。

小方说，我想把这些东西给她。报纸上有她发表的文章。档案袋里是我从网上搜到的与她有关的一些信息，下载后打印出来的。这些她可能都有，对她用处不大，可是放在我手里，总让我无法安心。

女人伸手接过报纸和档案袋。看到报纸上的小照片，女人说，你觉得，她漂亮吗？

在我心里，她最漂亮。

苏眉穿着件紫褐色线衫，冲着每一位读者微笑着。小方始终想不明白，她为什么就不能给自己一张笑脸呢？

女人抖动一下报纸，专栏女作家喜欢咖啡里加奶，喜欢坐在这外面。他们总是坐到很晚。那时候，专栏女作家的心，还很年轻。

小方问，和她在一起的男人是不是小眼睛，个子不太高？

苏眉不止一次在文章里说到一个小眼睛、个子不太高的男人。第一次读苏眉的文章，文中就提到了他。苏眉说，她最近认识了一个男人，谈得很投机。他身材匀称，让她喜欢。接下来，一天晚上，她站在小广场的健身器材旁，黑暗中，再次想到那个男人，是那么想念他。小方就这样关注起了一个专栏女作家。一开始，他只是好奇于一个专栏女作家的隐私。等苏眉最后一次说到那个男人，说她梦见那个男人给她打电话，要请她吃饭，她一直在等他时，结果没了下文。正是从这时开始，小方觉得自己就是那个小眼睛、个子不高的男人。苏眉曾骂他自作多情，是头奇笨无比的猪。小方开始不相信，后来，一次次面对她的冷漠，他想，也许我真的不够聪明。这两天待在小广场上，也非明智之举吧。我只是想看看，她是怎么在小广场上，站在黑暗中，想念那个男人的，仅此而已。两天来，小方一直这么安慰自己。

女人放下报纸，回忆说，他们总是坐在这里聊天。恋人们都要进包房，可他们从来不进包房，就坐在这里聊天，看外面小广场上的夜景。

小方不说话，在看小广场。

女人说，有一天晚上，老板睡觉前，告诉他们，你们走时喊我一声。等老板起来，发现他们不知何时已经走了，桌子上放着钱。我想，老板是被他们感动了，不管多晚，都不忍心赶他们离开。

小方想起来，那次在这里一直坐到后半夜，然后他们一起去了江边，一直在江边待到天亮。他给苏眉讲故事，说为苏眉提供写作素材。

女人吃了一口小根菜炒鸡蛋，然后说，你想喝咖啡吗？

小方说，以前咖啡喝多了，现在一喝就彻夜难眠。我真想踏踏实实地睡一觉。彻夜难眠，睡梦之间猛然惊醒，那种滋味让人感到害怕。

女人说，你就不能想想她的好吗？

小方说，她非常有才华，会写漂亮的文章，会弹吉他，除了话少，话少也谈不上是缺点，其他各方面都非常优秀。可我真希望她是一个平常的女人，在我需要的时候，能给我一个笑脸。

女人说，她那么优秀，你干吗不给她打电话？

小方摇头，不是不想打，而是不能打。

女人说，你还记得她的手机号？为什么不打呢，也许她早原谅你了。

小方端起酒杯，把杯里的酒干了。转手拿起烟，抽出一支点上。

吸一口烟，小方说，我无法原谅自己，我知道自己曾经做过什么。

女人仰着脸，找她这么久，真就不想和她说点儿什么吗？

小方看窗外，窗外的春雨，小了一些。

女人说，你这又何苦呢，伤自己，害别人。

小方收回目光，我曾经许下诺言，照顾她一辈子，可是我却扔下她三年，不管不顾，我早已经违背诺言了。我毫无怨言，脚上的泡都是自己走的，也许，真是情深缘浅吧。

屋子里沉静下来。片刻之后，突然响起一声脆响。

小方捂着脸，看桌子对面的女人，我一直希望有人能给我这么一巴掌，能一巴掌把我打醒。

女人握紧双手，眼里有了泪光，你到底想干什么？

小方捂着脸说，三年了，我就等着这记耳光呢，再就是盼着，能再次听你弹唱《初恋的地方》。小方看着墙上的吉他。

女人低下头，再次把双手叠放到一起，像在自言自语，明天，必须得给人家倒地方了，不能再赖着不走了。这地方，真该换主人了。女人静静地坐了一会儿，然后起身从墙上摘下了吉他。木棉吉他一尘不染，闪着柔和的光。女人端坐在桌子前，拨了几下琴弦。当她弹唱起来的时候，她的脸上带着甜美的笑容。

  我记得有一个地方
  我永远不能忘
  我和他在那里定下了情
  共度过好时光
  那是一个好地方
  高山青青流水长
  陪伴着我们俩
  初恋的滋味那么甜
  怎不叫人向往

吉他与深情的歌声中，雨停了，雨后的小广场上闪着一层亮光。

红 瓦

马在江边吃草。

马是枣红马，长长的鬃毛披在脖子上，在吃脆生生的水草。马吃草的声音很好听。刘萌想起了晨生吃生菜。

晨生把鲜嫩嫩的生菜叶卷一下，蘸点酱，送进嘴里，很快从嘴里传出咔嚓咔嚓的响声。酱是母亲下的生酱，烀黄豆时放了一根五味子藤，味道很特别。

晨生喜欢吃蘸酱的生菜。萝卜，大葱，生菜，茼蒿，甚至圈心菜，只要是新鲜的蔬菜，蘸上点酱，晨生总能吃得风生水起。母亲说，晨生泼食，好养活。

晨生吃蘸酱的生菜，声音其实比马吃草好听，样子也好看。

可是，已经很久没看到他吃饭的样子了。现在他不在村里，而是在花枝镇上。

要不是自己照看，晨生爸妈留下的房子，怕是早就塌了。

刘萌对枣红马说，你吃个草，干吗那么大声？

枣红马鼓着眼睛，抬头看她，目光深情。用长尾巴扫打一下叮在屁股上的虻，枣红马低下头，又去吃地上的草。

今年雨水丰沛，江水丰盈，岸边的草异常茂盛。

刘萌蹲下身，隐在草丛中，从一块矮草地上摘了两根白色的花。白花有拇指盖大。一个个很小的蕊，簇拥在一起，形成一朵白花。她把其中一朵白花的茎撕开，把另一朵的花茎从中穿过去，一拉，两朵白花挤在了一起。两朵挤在一起的花，被她放到了左手腕上。晨生在的话，会帮忙在手腕下面挽个扣，系上。以前，晨生每年夏天都会带她来江边采这种花，两朵白花穿到一起，戴到手腕上，他们称之为戴手表。晨生还会用各种花给她编花环，戴到她头上。总是采一朵最漂亮的花，比如红色的百合，插在她脑门上方的位置。她会一直戴着花环，回到家，也舍不得摘下来。现在没人给她编花环，就是想把两朵小白花系到手腕上，也没人帮忙。她只好上嘴，咬住其中一根花茎，用右手挽扣，把两朵花，绑在了手腕上。

她把手举到眼前，晃了晃，两朵洁白的花，偎在一起，挺好看。她和晨生戴好手表后，会把两只手放到一起，比谁的好看。要是她的没有晨生的好看，她就会要晨生手腕上的。晨生总会给她。有时他会说，我再找两个好的，给你编个更漂亮的。现在没人可比，她只能认定，自己手腕上的最好看。

又采了几朵白色的花，拿在手上，突然听到了蝈蝈叫。蝈蝈在离她不远的草丛里。她想逮一只铜蝈蝈。马上又想到，就是逮到了，是铜的，怎么养呢？以前都是晨生扎蝈蝈笼。他用高粱秸扎的蝈蝈笼，很漂亮，像一个闪着金光的宝塔。挂在窗前，每天得给蝈蝈采角瓜花或黄瓜花。蝈蝈吃饱了，就会叫。天热时，有时晚上也叫，只是没有阳光下叫得响亮。蝈蝈晚上叫的时候，像是有点胆怯，小心翼翼的，可能是怕吵到人的美梦？

管它呢，逮到再说。

她把白色的花，揣进衣兜里，双手扒着草，向蝈蝈的叫声摸去。她很专心。听到桨声时，她正好看到站在草尖上，正振翅鸣唱的蝈蝈。好大个儿啊，是铜的。铜蝈蝈叫声脆。她有些不知所措。记得晨生是双手去捂，这样，就不会弄伤蝈蝈。桨声越来越近，她大气不敢出，慢慢伸出双手。额头上的汗，闪着亮晶晶的光。她怕桨声把蝈蝈吓跑。她张开的两只手，离蝈蝈已经很近了，好像只要双手一合，就能捂住蝈蝈。

哎，干吗呢？

她的手一抖。蝈蝈一下跳进了草丛。

她没去寻声音,而是往草丛里看。蝈蝈蹿了两下,没影了。

她直起腰,望向江面。夏小利站在船上,双手把着桨,刹住船。浪花向岸边拍过来。

江面反着光,刘萌睁不开眼。她把戴着花的手,搭到眼睛上方。夏小利双手把着桨说,问你话呢。

刘萌向岸边走。夏小利突然用桨拍水。一泼水闪着光,向刘萌扑过去。刘萌赶紧躲。一小股水打在她的脸上。凉凉的。她赶紧伸手抹一下。夏小利开心地笑起来。

刘萌问,你要去镇上吗?浪忽地一下,扑在她的鞋面上。

夏小利说,你在这,等我划船载你去镇上?

枣红马从身后上来,用头蹭刘萌的肩膀,好像知道刘萌要去花枝镇上,它想让刘萌带它去。刘萌抚着马脸说,你不是每天都去吗?

夏小利往花枝镇的方向看,今天不想去,抓的鱼太少。他摆一下船,蓝色的船抵在她的身前。

刘萌眼前闪了一下花枝镇的街景。她跳到船上。船摇摆起来。她直接去看船舱里的两个塑料桶。一红一蓝。桶里有几条鱼挤在一起。她闻到了腥气。

夏小利站在船尾说,只抓到一条四斤的鲤鱼,你妈刚才拎走了。你家要来客?

刘萌直起腰,坐到船头。阳光打在脸上,她感到困。昨晚几乎没睡。母亲说,对方是花枝镇上做松花石砚的。她想起了镇街边上的那排房子。她和晨生去参观过。那时晨生刚毕业回来。加工厂的院子里,堆放着很多大块的松花毛石。屋子里有个展览间。有一方做好的砚,很大,绿色的叶子下面,挂着几串紫色的葡萄,奇的是,葡萄下面的那个小东西,身上花花绿绿的,浑然天成,趴在那,像是有飞虫飞来,它就会猛然吐出舌头,把飞虫卷吃进嘴里。她有点儿兴奋,看,青蛙多好看。晨生看了看,什么青蛙,那是变色龙。她仔细看,不由吐了下舌头。她吐舌头时,想的还是青蛙。看下标价,12万。她在心里叫了一声。一个巴掌大的普通砚,雕着简单的花纹,也要四百块。晨生说,我给你买一个吧,你不是写毛笔字,画画吗。她说,好啊，我要12万的。晨生看着那个金黄色的，巴掌大的石砚，你可真不贪心，你找个有钱的主，把我卖了吧。她说，卖你有什么用，顶多能换个巴掌大的，不划算。他们还去参观了加工厂。一个人在做松花石砚，说是五龙戏珠。外围的五条龙基本已经完工，露在外面的龙头和爪子，金黄金黄的，而中间浑圆的球体，是奶白色的，质地非常细腻。工匠说，这叫包金。她说，晨生，这个也行，你给我买吧，我喜欢。工匠笑着说，早有人看好，交订金了。出来后，晨生说，等我上山挖块好的松花石，亲手给你做块最漂亮的砚。这话，她没当真。晨生怕是早忘了？

她的眼前闪着光彩夺目的松花砚。

是不是已经来了？她往山坡上的村庄看。没看到有船从镇上来。也许开车从公路上来？不知道，会不会带来一方砚？不要那个变色龙，也不要五龙戏珠，巴掌大的一块就行。她都是在晨生家的屋子里练字画画，用的是父亲曾经用过的石砚，快磨穿了。她喜欢磨墨。父亲说，现在的墨汁不用磨，但是，磨一会儿，心就能静下来，才好写字画画。父亲说得很对。有时她心烦，就会磨墨，磨啊磨，磨着磨着，有时就把心磨成空白了。除了照顾马，侍候蜜蜂，看点闲书，再就是磨墨，练字画画。现在她写得最好的字，是晨生二字。她会用不同的字体写。她觉得用行书写最好，字活，像是晨生也跟着活泛起来。她把晨生二字贴到墙上，然后冲着字笑。东边的那片墙，早成了涂鸦墙。涂满了，她会再糊上一层报纸。

有时她想，练字画画干吗？手机能照相，好看的景拍下来，不比画的像？练字呢，也就过年时用。她买来红纸，磨好墨，写春联。晨生家的春联，好多年都是她写，和晨生一起贴上。连鸡窝都会贴上鸡鸭满架，看着，她想笑。她会把自己的愿望写到春联和条幅上。

她坐在船头，沉默片刻，还想到了花枝镇的街道，以及街道两边的建筑。

夏小利问，你想去镇上干吗？

她正好想到镇上的中心校。夏小利一问，她的心就跳到了中心校斜对面的邮局。她说，我去取点钱。

夏小利说，取钱干吗？

她开始脱淡绿色的上衣。露出了里面的短衫。手触到了衣兜里的存折和手机。她昨晚就把存折放进了兜里。她没回答夏小利，而是说，还等什么，走啊。

夏小利站在那，想说什么，没说出来。

船离开岸时，枣红马嘶鸣了一声。刘萌冲着岸上喊，我下午就回来了，你好好吃草吧，等着我。

枣红马走到岸边，望着她。她抬头看一眼山坡上那些白墙红瓦的房子。那是她的世界。

转过头，她望向花枝镇。江面平稳，阳光下，前方有一大片江面，闪着亮晶晶的光，有些晃眼。

夏小利划着船，木桨击水的声音，清晰，富有节奏。她把衣服铺在船头上。船头的木板，刷着蓝漆，冲洗得很干净。她躺下来。身体有着美妙的弧度。

夏小利问，晨生在镇上都好吧？

刘萌把一条衣袖搭到脸上。

夏小利接着说，你不给他打电话吗？

刘萌想一下，已经有些天没给晨生打电话了。有天晚上，母亲去晨生家的房子，跟她说了半天话，她就再没给晨生打电话。

夏小利说，我去镇上卖鱼，总能看到他。晨生胖了。看上去真帅。

刘萌说，你还是想下自己吧。头发那么长，也不知道剪一剪。

夏小利的头发快能扎小辫了。

夏小利呵呵笑，甩了一下头，你呢，快成尼姑了。

刘萌嫌天热，头发剪得很短。这样干活洗头，方便。

夏小利说，你怎么不戴顶帽子呢，脸晒那么黑。防晒霜也不贵。

刘萌说，不贵你怎么不买？你的脸，都没有我的枣红马好看。

刘萌其实挺白净，皮肤像母亲。虽说现在挺黑，但只要不出屋，养些天，就能恢复很多。一个冬天过后，还会一样的白净。

夏小利说，我怎么能有你的马好看呢，它的脸多长啊。

刘萌忍不住地偷笑。

夏小利每划一下桨，船就会向前冲一下，看着蜷缩在船头的刘萌，他尽量让桨声小一些，节奏也放缓了。

睡着之前，刘萌想了一下晨生，想不好，夏小利说的真帅，到底什么样？

慢慢睁开眼，依然是蔚蓝的天空，一丝丝的云，把天空拉了下来。她有些恍惚，不知身在何处。是躺在草地上吗？坐起身，看到的却是闪着光的江水。幸亏没冒冒失失地起身，要是像以往那样打个滚，说不定就滚落水里了。身前没有人。木桨放在两侧的船舷上。岸上，也没有人。

她一下看到，一根柳枝上，串着一条鲤鱼和一条鲶鱼，挂在拴着船的树上。自己采的小白花，原本揣在衣兜里，现在被绑在了柳条上。可能从兜里掉出来了？手腕上的小白花，还在。干吗挂那两条鱼？转而，她就笑了。

这里不是码头。她不喜欢码头的那种热闹。城里人来到镇上，都涌到码头，坐船游江。城里人非常奇怪。他们东拍西照，大呼小叫的。坐到镇街边的饭店里，吃鱼喝酒，出来时，个个脸红脖子粗的。夏小利抓的鱼，几乎都被城里人买走了。

跳到岸上，从树上摘下那两条鱼，拎在手上，爬上陡坡。一大片土豆花，一下展现在眼前。大片的白花中，散落着一些粉色的花。快起土豆了。起了土豆，种上白菜，等到收白菜时，一年就快过去了。她记得，春天时，还和母亲一起种土豆呢。好像就是昨天的事。

她俯下身，打量起土豆花。

她想起来，晨生喜欢吃土豆。夏天的傍晚，她和晨生坐在井台边，洗土豆，用玻璃片刮土豆皮。没了皮的土豆，白生生的，跟豆角一起下锅。母亲总是放很少的盐，炖出来的豆角土豆，可以当饭吃。吃土豆，晨生也喜欢蘸点酱。嘴里时而会发出咝咝的声音。晨生嘴急。冬天的晚上，做饭的余火里，埋上两个地瓜土豆，睡觉前扒出来吃。她闻到了烧土豆的香味。她吸了吸鼻子。想摘一朵土豆花，想了想，还是停了手。站起身，看了半天土豆花，才往镇里走。

镇街是水泥路，两边是各式房子。她往邮局走。远远看到了夏小利。夏小利盘腿坐在街边，身前是一个红色塑料桶。夏小利在吸烟。

她走到夏小利身前，把鱼递上去，给，你落下的鱼。

夏小利坐在树荫下，什么我落的，我可不认识这两条鱼。

刘萌看了一眼夏小利的身后，那个大铁门的边上，挂着一个木牌子。刘萌说，我是来取钱的。

夏小利看斜对面的邮局，那你怎么不去？

刘萌说，谁说我不去？不是来还你的鱼吗。

夏小利还是不肯接鱼。夏小利说，哪有你这样的，空着手来看人。

刘萌把鱼挂到了夏小利身边的树上。那是一棵枫树，秋天，叶子会变红，到那时，街两边的枫树，就像一树树的红花。

刘萌走到街对面，进了邮局。刚站到窗口前，姨就从里面出来了。姨把她拉到一边，小声说，你知不知道，你妈到处找你？你倒好，跑镇上来了。

刘萌说，我来取钱。

姨说，你什么时候取钱不行？取钱干什么？

刘萌说，当然是要买东西。

姨急着说，别买东西了，赶快回去，别让人在家等你，让你妈着急。

刘萌说，那我也得把钱取出来啊。

刘萌去窗口，要取五千块钱，姨问，取这么多？干吗？

刘萌说，花呗。

姨说，我知道，我管不了你。以前我就说过，别总给人寄钱，你就是不听，现在怎么样？

以前来给晨生寄钱，姨总挡着，她想寄五百，姨说，寄那么多干吗，寄二百吧。姨从五百块钱中抽出三张，然后把剩下的两张交给办事员，你就给寄这些，多一分也不行。晨生实习前，她想，离开学校，用钱的地方多，打算寄两千。当然不想让姨知道。可她刚填好单子，姨就从外面进来了。姨看看单子，一把给撕了，给减了四分之三，同样吩咐办事员，就这些。她曾让晨生办过银行存折，可去镇上哪家银行给晨生寄钱，姨都会突然出现。因为姨的把关，真就少给晨生寄了不少钱。姨没少说她，你大学不上，非得养蜜蜂，挣点钱，孝敬你爸妈不好吗？将来当嫁妆，不也很好吗？当年她没考上晨生念的大学。她考的大学很一般。于是她对爸妈说，你们别送我去，就是把我送去学校，我也会回来，就别花那冤枉钱了。她想的是，那所大学里没有晨生，去干吗？再说，晨生的学费怎么办？母亲说，你放心，我们会帮他。她还是不肯去。一旦爸妈不管晨生了呢？他们挣不了几个钱，能供了两个大学生吗？后来，姨帮忙给晨生办了助学贷款。可她还是给晨生寄钱。除了假期晨生回来，偷偷给他钱以外，换季时，她都要给晨生寄点钱，让他买几件换季衣服。

　　姨给母亲打了电话，放下电话，姨对刘萌说，你这孩子，还一直关机呢，你想想，这么做对不对？你让你爸妈、我，还有你姨夫的脸，往哪放？

　　做松花石砚的是姨介绍的。姨在镇上算是个人物。姨夫是镇长。晨生的工作，姨夫帮了忙。

　　姨说，你应该好好想想了，不能再这样下去了，让你爸妈操心。

　　刘萌说，我知道。

　　姨给她找来一个信封，把钱装好。姨说，你看看，来取钱，连个包都不拿。你马上给你妈打电话，立刻坐车回去。

　　刘萌把钱揣到裤兜里。

　　姨跟在她身后，出了邮局。正好有去乡村的中巴。刘萌上了车，看到姨站在街边，又在打电话。中巴还没开出花枝镇，刘萌就下车了。

　　她摸着裤兜里的钱，走在镇街上。不等走到夏小利卖鱼的地方，突然看到，孩子们从镇中心校出来了。孩子们放学了。她赶快往学校的方向跑。没跑出多远，孩子就迎面拥挤而来。整个镇街上，都是穿着校服的孩子。她躲着孩子们，总算到了学校门口。夏小利坐在地上，冲她笑。她挤到夏小利身前。夏小利说，我看你坐车回去了啊，怎么又回来了，没取出来钱？

刘萌说，我忘记拿鱼了。

刘萌从树上拿下串在柳条上的两条鱼。

夏小利说，我正想把鱼卖了呢。

刘萌手上拎着鱼，往学校门口看。拥挤的孩子中间，走出两个老师。两个大人挤在孩子中间，很显眼。刘萌扭头看夏小利。夏小利笑着，也在看那两个老师。

刘萌管不了那么多了，她一边往两个老师跟前挤，一边喊，晨生。

她的声音几乎被孩子们的吵闹声淹没了。孩子们并没主动给她让道，她只好把两条鱼举过头顶。她一直看着晨生。挤到晨生跟前，晨生往后退了退，站到街边。

刘萌打量一下晨生身边的女老师，她穿着镶有蕾丝边的白衬衫，胸部紧绷绷的，脸很白。女老师的脸和胸，都比她好看。没下雨，天空瓦蓝，她还打着伞。她手上那把粉色的伞，挺好看。晨生呢，穿着蓝色T恤，戴着眼镜。他是什么时候戴上眼镜的？刘萌一点儿不知道。她看晨生，镜片反光，看不清楚。再看女老师。女老师根本不看她。晨生扶下眼镜说，这是陈老师。陈老师这才冲她笑了一下。刘萌笑着说，陈老师好。陈老师真漂亮。陈老师笑，脸上浮出很浅的酒窝，她说，我先走了。陈老师转身沿着街边往东走。刘萌看到，陈老师的白裙子一扭一扭的，挺好看。

刘萌把鱼举到晨生面前，给，这是夏小利抓的鱼，你看，多新鲜，一会就炖上吧。

晨生看了一眼远去的陈老师，把鱼接到手上，你可真是，跑这么远来送鱼。

刘萌把手揣进裤兜，摸着那个信封，谁说是来送鱼的？我只是顺便给你带点鱼。

晨生问，那你来干什么？

刘萌看着那把走动的粉伞，你看，你在镇上上班，村里的房子没什么用，能不能，卖给我呢？

刘萌看到，晨生皱了下眉头。晨生说，那个破房子，不值钱，我早想好了，送给你家，我还想找个时间，回去跟你们说呢，这下正好，我就跟你说吧，你回去告诉爸妈，我也没有什么报答你们的，那个房子，就当是我的一片心意吧，你们不嫌弃就行。

晨生说话时，镜片不停地反射着光。

刘萌感觉眼前一下有点灰蒙蒙的了。她睁了睁眼睛，然后说，那可不行。那是你爸妈留下的，不是你的，所以，我得给钱。你知道，现在村里的房子不值钱，我就给你五千吧。刘萌掏出信封，递到晨生面前，我都准备好了，给。

晨生往后退一下，我不要。

刘萌追一步，你也不想想，你能总租房子吗，还得结婚呢，买房子，结婚，哪样不得用钱？快收下吧，虽说不多，但也能买个电视冰箱什么的。

刘萌去过晨生租住的房子。一间平房，经过她的打扫，有点儿家的样子。可想真正成为一个家，那得有新娘，得有自己的房子。现在，人都往镇上涌，镇上的房子越来越贵。镇子在不断扩张，房子在不停地盖，可房价却没往下降过一分，倒是夏村的房子，一天不如一天，村里的年轻人都出去打工了，除了过年，村里只剩她和夏小利两个年轻的。许多房子，早就空了，别说卖，就是能有人无偿住，给看着房子，都成问题。晨生的旧房子，想卖出去，几乎不可能。没人愿意住那种不吉利的房子。自己不买下来，不去住，将来落地化泥，是它唯一的归宿。那是泥房子，没有一块砖，房上的瓦，是她家后来给换上的。那两间房，在别人看来，可能一分钱不值。除非扒掉重盖。可谁需要在那里费时费力地建一座房子呢？建好了，谁又去住呢？

晨生还想往后退，刘萌一把抓住他的手，把牛皮信封拍在了他的手里。

刘萌往后退一步，看着晨生的两只手。左手上是鱼，右手里是信封，两只手都满了。就是这双手，曾经卷过生菜叶，给自己采过花，编过花环，扎蝈蝈笼；也是这两只手，刮剥过土豆皮。过一会儿，他会不会用这双手数那五千块钱呢？以后，他将用双手搂抱自己的媳妇，也许就是那个陈老师，抱自己的孩子，用右手写粉笔字，批改作业，他会用手做许多事，而任何一件事，都将跟自己无关。不对，他还得做一件跟自己有关的事。她站在那说，你有时间，回趟村里吧，给我立个字据，没时间的话，暑假回去也行。

　　晨生没说话。看不清他的眼睛。只看到镜片在闪光。

　　她向晨生摆手，看到了手腕上的小白花。转回身，身前已经空了。孩子们已经在远处了。四周已经没有了叽叽喳喳的吵闹声。那棵枫树还在，夏小利却没影了。向远处看，只有一些孩子，顺着水泥路，在向自己的家走。

　　她也在走，与晨生背道而驰。她想，晨生的手上满了，自己的手里空了。她感到了一种轻松。她突然想起来，怎么忘记给晨生拿蜂蜜了？那个陈老师，说不定会喜欢喝蜂蜜。用蜂蜜做面膜，也不错。她皮肤那么好，也许根本不需要保养吧？她下意识地摸了摸脸。

　　在向停船的地方走的时候，她一直面带笑容，一直往前走，没回头。走到那家照相馆门前，她才停下来，看橱窗里的照片。有结婚照，孩子的满月照，周岁照，三口之家照等。照片很好看。她推门进去。四下打量一下，她对那个浓妆艳抹的女人说，我想拍张照片。女人看她。她身上的衣服，似乎不太适合照相。

　　当她第二次从照相馆出来时，手上多了一个白色的小相框。相框里的照片，她很满意。她穿着淡绿色的上衣，站在中心校门口，微笑着。她满意自己的笑容，也满意挂在大门边的木牌子上的字。那也是她的母校。照片里，她左手腕上，还戴着那两朵白色的小花。如果身边站一个人，很近地站在自己身边，照片就更加完美了。

　　她的手上，不再空空的了，心里充盈起来。

　　她以为，夏小利会在船上，可岸边那棵树，像从来就没拴过船。那条蓝色的小船，不知道哪去了。

　　好像什么没想，外衣就落在了地上。把相框举到面前好好看了看，放到衣服上，走到岸边，她纵身跳进了水里。

　　很久之后，她在河中心的位置，突然钻出了水面。

　　这里靠近河口，水有点儿凉。她钻出水面后，奋力向河对岸游去，击打水花的声音很响。平静的河面被打破了。

游了两个来回，才觉得身子热乎了一些，也有点儿累，就漂浮在了水面上。头冲着河的上游，一动不动。

她会各种泳姿。水流很稳，让身体漂浮在水面上，对她来说，不是难事。这样省力。晨生的水性也很好。刚开始学游泳时，有天下午，她和晨生挤在一群孩子中间，正在江里戏水，晨生的妈妈突然来到江边，把晨生叫了回去。过后晨生说，他妈妈用棒槌，差点没把他屁股打开花。警告晨生，不许再去戏水。晨生真正学会游泳，是在他父母去世之后。晨生学习上很强，而学游泳，却有点笨，在她和父亲的一再帮助下，他总算把所有泳姿都学会了。既能像她这样，漂浮在水面上，也能踩水。她踩水时，可以露出胸。

她突然想，如果游回村里，得多久？三四个小时，还是更久呢？她没试过。想到岸上的东西，也不能往回游。衣服之类可以顶在头上，踩水或许能够回到夏村，半道可以上岸休息，可是，回去那么早干吗呢？她想到了串在柳条上的两条鱼，晨生已经炖好了吧？还有母亲从夏小利手里买的那条鲤鱼，应该早就摆到饭桌上，可能已经凉了？已经只剩下骨头了吧。母亲炖的鱼很香。她会从园子里掐一把芫荽，放到炖鱼的锅里。芫荽是专为炖鱼种的。用芫荽炖出来的鱼，味道香而特别。可她一点儿也不想吃母亲用芫荽炖的那条鲤鱼。虽然她并不知道那个做松花石砚的男人什么样，但只要他在饭桌上，她就不会想吃那条四斤重的鲤鱼。

天，依然瓦蓝瓦蓝的。可她很少看天，而是闭着眼睛。好像已经睡着了。

听到桨声时，桨声已经近在跟前。她懒得理，依然一动不动地漂在水面上。她想，船上的人会不会以为是浮尸，大呼小叫？期待中，并没出现惊叫，而且，桨声停了。她睁开眼，望了一下天空。也许，在自己意识淡薄的片刻，船已经过去了？往下游看，并没有船。她一下站在了水里。一个男的坐在船上，手上是一个白色的餐盒。夏小利露出了白牙。

刘萌转身，快速向岸边游去。

夏小利大声喊，你干脆游回去算了。

刘萌上了岸，穿上绿色上衣，背对着江水，脱下短裤。蹲到江边，投洗粉色短裤时，夏小利的船，向下游漂去了。

她穿好衣服，手腕上戴着两朵湿漉漉的小白花，走到镇街上。阳光明晃晃地洒在地上，她的影子很短。她不急不躁，强烈的阳光下，走一会儿，会禁不住地看相框中的照片。路过中心校时，她怕忍不住泪水，没敢往那边看。

走到码头，看到夏小利的船停在那。她想，用不了一下午，怎么也走回村了。她曾骑马来过花枝镇。今天怎么没想到骑马来呢？她走到江边，蹲下身洗脸。脸上早已经全是汗了。夏小利的船，向她靠过来。她不看夏小利，只是掬水洗脸。

夏小利说，我再给你降降温吧。他还是用桨击水，水打在她的脸上身上。她不理不睬。

夏小利停了手。

刘萌抹了一下脸。从身后拿起相框，放到船上，上了船。

夏小利看看那个相框，用力把船划离岸边。

刘萌坐在船头，沉默半天，才抬头看夏小利。夏小利剪了头发，人显得精神多了。刘萌说，怎么舍得剪了？夏小利只是笑。

刘萌看到，船舱里有一堆瓦。瓦是红色的。

夏小利划船的样子挺好看。刘萌觉得，他划船用不着上心，而看上去，他似乎专心于划船，根本没法和她说话。她站在船头，展开双臂，像是伸了个懒腰。坐下来，双脚垂在船外，有一下没一下地点着水。这样自然增加了船前行的阻力。但能凉快一点。她以为夏小利会说她，可夏小利只是盯着前方。

江两岸，翠绿欲滴。

转过一个弯，看到了山坡上的村庄。

离岸还有一段距离，枣红马就冲到了江边，来回跑着。

刘萌跳上岸，拍了拍马，想我了，是吧？枣红马嘶鸣着，甩了甩尾巴，用头蹭她。

她把长长的缰绳卷起来，套到马脖子上。拍拍马背，枣红马卧下，她爬了上去。马站起身。马吃得很饱，肚子鼓鼓的，马背也就宽了。没有马鞍，她便趴在马背上，双手搭在马的脖子上。马向山坡上走。桨声在远离。过了小山坡，她突然想起来，忘记拿相框了。不知道夏小利为什么没提醒？她一点儿也不懊恼，还是不肯直起身，趴在马背上，好像睡着了。

　　走进山窝的小树林里，马不动了。她还趴在马背上。马再次卧到地上，她这才从马背上滑下来。把缰绳从马脖子上拿下来，她说，真是，就不能让我多睡一会儿？

　　小树林里只有蜜蜂的嗡嗡声。

　　父亲从帐篷里走出来。父亲穿着老头衫。刘萌有点儿吃惊，叫了声，爸。父亲说，回来了？再不回来，我就得自己动手了。

　　她随着父亲的眼光往远处看。一根老树杆上，落着一团蜜蜂。天，蜜蜂分窝了。她赶紧跑过去，察看那团篮球大小的蜜蜂。等她想去拿蜂箱时，父亲已经把蜂箱拿到跟前了。

　　蜜蜂四下里嗡嗡地飞着。她想，真好，又多了一箱蜂。26箱了。很幸运，要是晚了，这箱蜂怕是就不知道跑哪去了。她想对父亲说点什么，回头看，父亲已经往树林外面走了。

　　安顿好蜜蜂，钻进帐篷，喝了点水。看到桌子上的两罐蜜，又有点儿后悔，怎么就忘记给晨生带上一罐蜜呢？晨生在干什么呢？在给孩子上课吗？耳边响起晨生说话的腔调。还有那个陈老师，她是不是像自己这样，在想晨生呢？她和晨生一起吃的午饭吧？一起做饭，然后坐到一起，吃自己拿去的鱼？一人一条，还是两条鱼都尝了？晨生会不会给陈老师夹菜？也许，还有一盘蘸酱菜吧？没有母亲做的生酱，他们吃的哪种酱呢，晨生喜欢那种袋装的酱吗？陈老师呢，她喜欢晨生吃饭的样子吗？会不会不喜欢晨生吃饭的声音？晨生都戴上眼镜了，也许，他吃饭已经没有声音了？突然想起来，去给晨生送鱼，大中午的，他竟然没问自己去哪吃饭，更没让自己去他租住的房子。她叫了一声，晨生。声音很小。突然间，她是那么想磨墨。

　　她跟在马的后面，往回走。

　　打开院门，立刻感觉出，有什么地方不对劲。一眼看到了竖在窗台上的相框。她已经不再关心相框里的照片，只想进屋磨墨。没回身关院门，而是直接把马拴到马棚。想进屋，一下看到，地上有扫帚扫过的痕迹。看了半天扫帚，才往后退，退到院子中央，抬头往房顶上看。前几天，台风经过这里，又是风又是雨的。那天晚上，她磨了半天墨，写了半宿字，又修了半天房子。房子上方的杨树被刮断一根大树杈，把房瓦砸坏了。村里盖房早就都用红瓦了，那种水泥灰瓦不结实，早没人用了。她往自己盖上塑料布的地方看，那里斜着换了一些红瓦，脊瓦也换了两块。那些新换的红瓦，看上去，像一道伤口。

身后院门响。母亲在关院门。母亲手上是一个方方正正的盒子。

她又看一下房顶，才转身朝向母亲。

母亲一手托着盒底，另一只手抚在盒子上。母亲走过来，像要急着说什么。她想起了母亲曾经说过的话：晨生啊，早晨五点半落生，晨生这名，还是我起的呢。刚满月，我抱着他，这个喜欢啊。那时候，还没你呢，我都不知道这辈子能不能给你爹生个孩子。一听说谁家生孩子，我就会管不住自己，非得去人家房前屋后转悠。很不招人待见。我管他呢，非去不可。我就想着，说不定，能从别人那里得到福气呢。这不，就有你了吗。晨生那孩子，小时候肉乎乎的，抱上就让人舍不得放手。我真希望，他是我的孩子。他爹妈啊，哎，真就把他托付给我了。那天早晨，他们赶着马车，临去镇上，把晨生交给我照看，谁能想到，怎么就掉冰窟窿里了？走什么江面啊，走公路，虽说绕远，不是安全吗。我还让他们买花布，打算给你做新衣服呢，不是要过年了吗？前几天的晚上，母亲不无伤感地说，晨生这孩子，咱怕是留不住了。很多话，她早就背下来了。

母亲站到了面前。她的目光越过母亲的肩头，看到山坡下，波光粼粼的江面上，一条木船，正向江对岸划去。

狂　欢

　　世界上的所有爱情，我们都要祝福其开始，或结束。
　　　　　　　　　　　　　　　　　　——题记

1

　　冷空气带来降温的同时，捎来了入冬后的第一场雪。赵晓晨把方便袋放到衣柜里以后，试探着把身份证插进用电插口，竟然有电。打开空调后，他去火车站把单单单接了过来。
　　推开房门，热气扑面而来，赵晓晨感到欣慰。
　　他左手提着单单单的提包，右手取下用电插口里的身份证，换插房卡时，单单单在他身后轻轻关上了门。
　　客人遗留的气息，在暖风中若有若无地流转着。
　　赵晓晨慢慢回过头——单单单贴着门站着，垂眉瞅脚下的地毯。浅色的地毯毛茸茸的。
　　刹那间，赵晓晨好像已经转身覆盖住了她。以前两个人至少一个月才能见上一面。上次单单单来，门一关，他立刻丢下了提包。赵晓晨想到了两个人在门口静默拥抱的时刻。他一次次让单单单鲜活的身体更紧地贴向自己，像要把她变成自己身体的一部分。初秋是拥抱的好季节，热烈而舒适。赵晓晨紧紧抱住单单单，在她耳边低声说，太想你了。单单单嗯了一声。从嗓子眼里发出的那声"嗯",几乎听不清。这是他们的唯一对话。赵晓晨再次用力抱一下她,松开手,单单单的脸就在他眼前,白中透着红润的质感。赵晓晨迎住她的目光,手在空中缓慢滑行,最后只有两根手指在她饱满俊美的脸颊上轻轻抚过。单单单没动,任凭他的手指抚过她富有质感的脸,只是眨了眨眼睛。赵晓晨的拇指和食指又在她性感的下巴上停留了片刻。似乎是他的拇指和食指让单单单两片红润的嘴唇间,呈现出一道勾魂的缝隙,缝隙间似乎正呼着热气。赵晓晨放开她的朱唇,再与她对视时,四周安静得只有空气。他弯腰抱起她,向床边走去时,单单单已经满脸桃花……

单单单的桃花脸,在赵晓晨的眼前漂浮着。赵晓晨拎着提包,有些飘忽地走到电视旁边,把提包轻轻放到矮桌上。浅色条纹提包挺新。单单单说,是她参加某个会议,会议主办方送的赠品。她曾告诉赵晓晨,她每次出门回到家,都要把包里的东西全部拿出来,该洗的洗,该刷的刷,包括包和鞋,再好好洗个澡——只有把外出所带的灰尘全部从下水道冲走,她才能安心。家以外,她从来不用坐便,出门住进酒店,她总是第一时间四下找蹲便。上次她来,赵晓晨咨询过总台,整座酒店没有一个蹲便。单单单说,我的神经特别敏感,有点儿尿就憋不住,喝水都有顾虑。她说,我总觉得酒店的坐便不干净,不管多么高级的酒店,就是垫上卫生纸,强忍着坐上去,也不行;无论在哪,方便完都要用湿巾。赵晓晨握着她的手说,干净点儿好,谁不喜欢干净的女人呢?

爱干净的单单单,如履薄冰般飘向床。站到床前,她表情平静地看着白得耀眼的床单和枕头。

赵晓晨也看眼前的大床。他仿佛看到,他正俯身把单单单放到床上。他似乎感觉到了两个人嘴唇粘到一起时的热烈与奔放。当然,也不仅仅是嘴唇粘在一起。当时他们刚刚吃过狗不理包子,没来得及刷牙。赵晓晨闻到了自己嘴里的蒜味,他停下来说,我去刷刷牙。单单单搂着他,不肯放手。不知过了多久,他们才气喘吁吁地分开。赵晓晨感觉有些喘不上来气。重要的是,单单单又在流泪。她已经不正一次在赵晓晨亲吻她时流泪。赵晓晨说，我咬痛你了？单单单紧紧抱住他，半天才说，从来没有人，这么认真亲过我。赵晓晨一下把她抱得更紧了。

赵晓晨好像也从没这么认真地吻过谁。单单单是说，有人吻过她，这当然再正常不过，可是，没有人这么投入体贴。说不清怎么回事，赵晓晨就是喜欢单单单，无法形容地热爱，自然喜欢亲吻她，凡是能抵达的地方，他都细心关照。他从没想过怎样用亲吻取悦女人，吻单单单时也没想，却难以抑制地贪婪而热烈。亲吻她时，他不仅在昏厥中战栗不已，而且也有想哭的感觉，可他的泪水被昏厥般的愉悦遮蔽住了。单单单却没忍住。她眼含热泪，用手指抚着赵晓晨的嘴唇说，我这是高兴呢。单单单挂着泪水的脸上掠过一层笑意……

此刻，赵晓晨的心在隐隐作痛。他看着站在床边的单单单，不知道她在回味以往的甜蜜，还是对床不满意，或者对床有所畏惧？他脚下动了动，看着单单单从肩上舒缓地拿下小背包，放到床上。单单单犹豫着，慢慢坐到床边。

赵晓晨或许应该上前拉住她的手，说几句体贴话，诸如路上是否顺利，累不累等。而他却急着去拿拖鞋。他手上拿着拖鞋，走到单单单身前，慢慢蹲下身。他甚至想单腿跪地，可又怕吓着她。放下拖鞋，他直接伸手去解单单单的鞋带，而眼前，却是他在火车站接单单单的那一幕。

在出站口，看到单单单的那一刻，赵晓晨百感交集。

单单单只在上车后，给赵晓晨发微信说，她已经上车，说了车次和到达时间，那是昨晚将近十一点的时候。之后，她再没给赵晓晨任何消息。赵晓晨夜里醒了多次。赵晓晨躺在床上想，她真坐火车来了吗？他起身来到窗前，望着宁静的城市，仿佛看到，一列红色的火车穿行在夜色中，正向他飞驰而来；透过车窗玻璃，他看到，单单单躺在卧铺上，黑暗中，脸上映着一层亮光，她在专心致志摆弄手机，而他却再没收到她的任何消息。

他顶着强烈的风，迎着零零碎碎的雪花，来到火车站，一直守在出站口，却担心会与单单单失之交臂。他想，要是单单单陪我接站，那多好，而他要接的，正是单单单。他在出站口转了多少回身，又送走多少陌生的面孔呢？当车站广播说，单单单乘坐的那趟车到站了，他也不敢确定，单单单是否来了？

在他几乎绝望时，单单单终于出现在出站人流的最后边。赵晓晨睁大眼睛，认准是单单单以后，胸腔和喉咙立刻出现强烈反应，怎么也抑制不住，眼泪瞬间涌了出来。他赶紧用两根手指狠捏眼窝。想向单单单挥手，可是根本做不出挥手的动作。赵晓晨激动不已。隔着铁栅栏，单单单看到他，好像笑了一下。赵晓晨的眼泪再次涌了出来。他擦下眼泪，再看单单单时，脸上泛着笑意。他努力让自己看上去既高兴又随意。他的目光来回躲闪着，可还是很快意识到，单单单瘦了，的确换发型了。上次来，单单单说她瘦了十斤。单单单说，我的目标是瘦到两位数。赵晓晨拍着她柔软无骨的手说，我喜欢你肉乎乎的样子。赵晓晨望着栅栏那边的单单单，心想，现在她如愿以偿了吧？

至于换发型，通过单单单所换的博客头像，赵晓晨早就知道了。赵晓晨当时想，单单单换博客头像，是想让我看看她现在的样子吗？他觉得，剪短了头发的单单单像是变了个人，好像不是他所喜欢的那个女人了。他看过一篇文章，说女人改变发型，往往是想忘记一个人。赵晓晨想，她已经把我忘了吗？单单单曾发短信说，感情已经没了。赵晓晨看着那几个冰冷的字，喘不上来气。迷茫，恍惚，压抑，让他呼吸困难。缓了两天，他才拼命给单单单打电话。不知道拨过多少遍，单单单终于接听。赵晓晨说，你能亲口告诉我，你对我没有感情了？单单单好像停顿了一下，然后斩钉截铁地说，好，我告诉你，我对你已经没有感情了。过后她曾解释说，我性子很烈。她说，总比欺骗你好。像是劝解。赵晓晨却怀疑，单单单是否对他动过心？或者爱过，而爱已经消散？或者，她真把我当作她爱情的殉葬品？赵晓晨几乎认定是后者。前些天，他又想，单单单说她性子烈，是说没感情了这句话，是性子烈使然？当单单单与身前的人流保持着距离，一步一步向赵晓晨靠近时，赵晓晨突然觉得，剪短了头发的单单单，依然是那个让他喜欢、爱得热烈的女人。赵晓晨想，她是长发，或短发，甚至剃成光头，又有什么关系呢？

恍惚间，赵晓晨似乎身在机场。有一次，单单单来之前，赵晓晨问她，你落地后，我能拥抱你吗？单单单说，你有胆量吗？结果众目睽睽下，赵晓晨一把将刚下飞机的单单单拥进了怀里。这次他真没胆量了。他怕单单单看出他流过泪，所以他目光躲闪着，只是伸手接过单单单手上的提包。坐出租车往酒店走的时候，他不知道把手放哪好了。上次从机场到市区，两个人一直握着手。有一次坐出租车，赵晓晨坐在司机旁边，单单单坐在后面，十几分钟的车程，赵晓晨却感觉异常漫长。再坐出租车，他都要和单单单坐在一起。他用余光看单单单的手，她的手放在膝盖上，近在咫尺，他却丝毫不敢轻举妄动，只能双手握在一起，在两腿之间，一次次地暗自发力。

现在单单单白皙的手，一左一右，就在他面前的床沿上，而他只能视而不见。他低着头，解单单单的鞋带。白鞋带再次让他陷入恍惚。他一下又跳到了火车站的候车室。

上次送单单单回去，午夜时分，他们默默坐在候车室靠近门口的椅子上。分别在悄悄向他们逼近。单单单看看他脚上的旅游鞋，又看看自己的鞋，突然问，你鞋带怎么系的？赵晓晨低头看两个人的鞋。单单单脚上是双深蓝色的休闲鞋，白鞋带的系法和他的鞋带系法似乎不太一样。赵晓晨蹲到她的身前，解开她的鞋带，一步一步教她怎么系。赵晓晨系上的鞋带，非常美观。单单单笑着说，我一直这么系鞋带，原来是错误系法。赵晓晨说，无所谓对错，怎么系不行呢。单单单说，我系的不好看啊，鞋带还总开。她弯下腰，按照赵晓晨的系法试着系上，高兴地说，还是你的系法好看，我总算学会系鞋带了。单单单笑着，把另一条鞋带解开，按照所谓正确系法，温习了一遍。而赵晓晨很快又把她刚系好的两条鞋带解开了。赵晓晨一手抻着一根鞋带，让单单单把脚并到一起，一比较，不由笑起来。赵晓晨说，怎么回事？单单单看着一长一短两条鞋带，颇感意外，她想了想说，我给搞混了吧？我一下刷了两双鞋，四条白鞋带搭晾在一起，匆忙间扯出两条，稀里糊涂就串鞋上了。两个人不由笑起来。

在赵晓晨看来，单单单向来一丝不苟，用她自己的话说，眼里揉不得沙子，想不到，她也有如此马虎的时候。

前两天，赵晓晨无意间看到电视剧里男主人公马拉松赛前蹲在女主人公面前重新给她系鞋带，他一下想起午夜时分，在候车室给单单单系鞋带的情形，不禁潸然泪下。那时候，他感觉单单单已经走出了他的生活。也许对于单单单来说，他不过是她生命中的过客。他是在电视剧男主人公的影响下，怀着试试看的想法，鼓起勇气给单单单发的短信——

> 还是想见到你。
> 相见不如怀念。
> 见最后一面，行吗？
> 已经分手了。
> 对我来说，什么都没改变。
> 我感到恐惧。
> 请你相信我，我没有你想象的那么可怕。
> 以前我很信任你，可又怎么样呢？
> 我不管那些，必须见面。我得照顾女儿，脱不开身，你难道让我去找你吗？
> 别来，我不会见你。
> 那你来吧。
> 你不能强迫我。
> 不是强迫，我是在求你。
> 见面有何意义？
> 想最后见你一面。你来吧，我等你。

单单单的短信都很简短。而对赵晓晨来说，如同恩赐。简短的对话进行了一天一夜。一天一夜里，赵晓晨似乎什么没干，他除了想怎么回复单单单的简短信息，猜她接下来会说什么，再就是等待她的回复。单单单发来几个字，接着往往半天没动静。一天一夜下来，赵晓晨累够呛。好在一天一夜后，单单单发来短信说，有始应该有终，那就见一面吧。

想见的人就在面前，赵晓晨却不敢与她对视。他默不作声，动作舒缓地解开鞋带，把鞋带一道一道松开，小心翼翼为单单单脱下鞋。把两只鞋放到身后，他转手捧起了单单单的脚。他捧的是单单单的右脚。单单单的脚上穿着白袜子。他特意把她的脚抬高一些，单单单就斜躺在了床上。他看到，她脚底下的袜子上，果然印着那三个字，果真是她上次来时穿的那双白袜子。当时发现那三个字，赵晓晨告诉她，单单单似乎不相信，有字吗？我随手买的，没注意。赵晓晨把自己的脚抬起来，给单单单看。单单单惊奇，你穿这个牌子的袜子？赵晓晨笑着说，我的袜子几乎都是这个牌子的。单单单说，我还以为，你袜子底下印的是踩小人呢。单单单笑得花枝乱颤。

赵晓晨好像是在单单单欢快的笑声中，体贴地为她脱下袜子的。他抬头看她。单单单已经坐起身，不看他，而是看自己的脚。她的脚趾甲上涂着闪闪发亮的指甲油。她活动活动脚踝，又勾动了两下脚趾。赵晓晨双手捧着她的脚，感觉她的脚底又凉又潮。他帮单单单暖脚。想挠她脚心，一挠，她准得笑。单单单身上的痒痒肉特别多，体质异常敏感，哪怕只是不小心碰下她的腰，她都会禁不住全身一颤。

可是，即使她笑了，也会很勉强吧？赵晓晨不想为难她。

赵晓晨手上拿着单单单的白袜子，站在她身前，看着她洁白的光脚说，你现在……赵晓晨没能说出再简单不过的"洗澡"二字。

2

犹豫之下，赵晓晨替单单单解开了最后一颗大衣纽扣。帮单单单把黑色短大衣脱下，挂到衣柜里，转回身时，单单单正在解腰带。那是一条棕红色的皮腰带，上面镶着很多亮钻。单单单一直用着那样一条漂亮的腰带。赵晓晨有点儿犹豫，可还是上前扯住深蓝色牛仔裤的腿儿，把裤子拽了下来，差点把里面的淡绿色毛裤一起拽下。赵晓晨看到，单单单紧紧抓住裤腰，脸一下子红了。单单单涨红着脸，不看赵晓晨。赵晓晨把牛仔裤放到床上，伸手要给她脱毛衣时，单单单抬头盯住了他。赵晓晨看着她静默的眼睛，慢慢放开手。他说不好，那静默幽深的眼睛里，透出的是不是冷漠？可以肯定的是，单单单不希望他动手。赵晓晨出手是不自觉的，他忘记不能再像以前那样对她了。赵晓晨就那么傻站着，看着单单单脱下洁白的羊毛衫，露出里面的黑色衬衫。

　　赵晓晨一下想起来，单单单曾经给他发过黑色衬衫的照片。单单单说，是她新买的，慕姿牌。慕姿牌上衣铺在床上，下面接着一条黑色太阳裙。单单单说，慕姿衬衫跟太阳裙很搭。赵晓晨看着单单单身上的黑衬衫，很想知道，是不是那件慕姿牌？可他既不能看单单单脖子后面的商标，也没法问——单单单冷漠的眼神，让他根本张不开嘴。他只能看着单单单把羊毛衫扔到床上，接着脱下毛裤，露出白色的打底裤。单单单曲线初现。她好像在为赵晓晨展示着什么。而赵晓晨只能平静地看着她穿上拖鞋，走过去，从包里拿出睡衣，一颗一颗解开衬衣纽扣，脱下黑色衬衫。她是背对着赵晓晨脱的衬衫，而以前，她是不会躲避赵晓晨的目光的。赵晓晨目光躲闪半天，还是望向她的后背，看着她背对着自己脱下衬衫，转手拿起睡衣，自上而下套到身上。当黑色胸罩后带被睡衣盖住时，赵晓晨闭了一下眼睛，脑海里浮现出单单单戴着黑色胸罩，脸上蒙着羞涩，面对自己时的样子。单单单的胸，即使在胸罩的遮掩下，也能充分体现女性的美。以前她戴胸罩，脱胸罩，赵晓晨会主动帮忙，他很愿意为她做这些事。单单单的任何事，他都非常热心。可现在，单单单只给他一个背影。绿色带花纹的睡衣很宽大，上次来，她就是带着这件睡衣。单单单就那么背对着他，在宽大睡衣的掩护下，脱下打底裤。放下打底裤，她双手背到身后，从睡衣外面解开了胸罩挂钩，一阵忙活之后，非常巧妙地脱下胸罩，从脖子下面的睡衣领口处，把黑色胸罩拿了出来。整个过程，她动作娴熟而从容。赵晓晨在沉默中看着她，想了一下她没戴胸罩时的样子。

　　赵晓晨只看到一个穿着睡衣的女人。

　　他其实挺想看看单单单的腿。两个月前，单单单在微博上说，她的腿摔伤了。她没说左腿还是右腿，只说膝盖受伤。赵晓晨知道，她又受苦了。每次闹矛盾，单单单好像都要吃上一点儿苦头。第一次是感冒，她所发来的照片，是她扎着针的手。白皙的手背上扎着吊针，贴着白胶布，一眼看去，触目惊心。赵晓晨看到微信已经是晚上，而单单单是下午三点多发的，赵晓晨想，她收不到回复，急坏了吧？他赶紧打电话，拨了好几次单单单都没接。赵晓晨以为，单单单还在生气，只好发微信安慰她。单单单后来回复说，她把手机调成振动，睡着了。单单单说，我捂着两床棉被，出了一身汗，被子都能攥出水了。单单单说，我最讨厌这种时候生病。赵晓晨知道，她是说，生病会让她脆弱，一脆弱，她就会心软，就得向赵晓晨投降了。

　　事情起因于赵晓晨的一句话。两个人微信聊天，赵晓晨突然冒出一句，请不要把我当殉葬品。单单单立刻恼了。

　　赵晓晨的这句话，跟他们第一次在一起的晚上，单单单说的三句话不无关系。单单单的三句话，在赵晓晨看来，要比他的殉葬品之说锋利得多。单单单说，感情都是一段一段的；我只和情人做爱；做爱就跟穿衣服吃饭一样。面对这样三句话，赵晓晨怎能无动于衷？

　　第一句似乎也没什么，再相爱的人，或许也有疲惫、淡下去的时候。后来赵晓晨想，所谓感情都是一段一段的，也许单单单是说，她对别人的感情已经结束，现在，她把心思都用在我身上？第三句也没错，相爱的人，怎么可能不亲热呢？相爱的人，似乎怎么亲热都不为过。而第二句是有前提的，单单单说，她生完小孩，几年来，只和老公亲热过一次，接着说，我只和情人做爱。赵晓晨立刻崩溃了。

　　不仅如此，说过那样三句话，单单单接着又谈起自己的情感经历。实在难以理解和相信，她在跟人领了结婚证，正在筹办婚礼的情况下，居然爱上了别的男人，去了一个已婚男人的家里。单单单说细节时，赵晓晨听得面红耳赤。单单单说，他跟别的女人没有一点儿问题，可跟我就是不行。赵晓晨不可能不想象单单单和一个男人在床上的样子。他实在搞不懂，为什么跟别的女人行，跟单单单就不行，这是什么逻辑？更让他无法用正常思维想明白的是，单单单为什么要和我说那些？故意气人吗？单单单说，她把那个男人的电子邮件，当然都是情书，聊天记录，照片，都保存在移动硬盘里。在赵晓晨想来，加了密码，保存在移动硬盘里的那些文件，必然无比肉麻，其间，或许还有他们的不雅照和不雅视频吧？

赵晓晨心里不仅仅种下了嫉妒的种子。

他不愿把单单单想得过于复杂，却又禁不住胡思乱想。通过相亲网站相识，缺乏了解，信任度本来就不高。更何况，赵晓晨经历过婚姻破产，对女人有着严重的信任危机。他内心无限焦虑，却又始终憋在心里。

那天晚上，他一不留神，突然冒出一句，请不要把我当殉葬品。单单单并没问他，何出此言，而是立刻火冒三丈。赵晓晨强烈地感受到了那边的火药味。过后她轻描淡写地说，那句话太古怪了，让人受不了。赵晓晨想，有你说的那些话刺激人吗？可他还是没说，为什么请单单单不要把他当殉葬品。他总想着有一天当面说出自己的顾虑，希望单单单能帮他化解心里的疙瘩。可他们很久才能见次面，见面后，他只想让单单单高兴，怎么好谈论扫兴的事呢？而单单单的那些话，对他无疑影响巨大。每当单单单不能及时回复他的短信、微信、QQ留言，或者不接电话，他就会胡思乱想，想到她说的那些话，就会焦躁不安。

终于，因为一篇博文，矛盾顷刻间激化。

单单单转载的博文中，说一个女人离婚不久，就和一个刚认识的男人上床了。女人想，男人对她挺上心，花了不少心思，也为她花了不少钱，她应该回报对方。赵晓晨看完博文，鬼使神差，对单单单说，那个女人让人恶心。他并没把那个女人与单单单联系起来，而是从心里感到厌恶。过后他想，这不纯粹自寻烦恼吗，干吗对她说那么一句没头没脑的话？他想不明白，向来温柔文雅的单单单，怎么会有那么激烈的反应，怎么一下暴跳如雷了呢？

赵晓晨说，我又没说你，你急什么？当他一再给单单单打电话，想解释，而单单单却把他的电话拉进了通话黑名单，短信、微信、QQ一概不回，并且很快把他的博客、微信和QQ都拉入了黑名单，赵晓晨这才意识到事情的严重性。每天晚上，他坐在电脑前，只能通过QQ的查找功能，眼巴巴看着单单单在那，试图加她好友，她一概不理会。很久之后他才知道，QQ被拉黑后，再向对方发好友申请，对方根本接收不到，就是说，他通过QQ好友申请功能对单单单所说的歉意的话，单单单根本没看到。他赶紧新申请一个QQ号，加她好友，她干脆把自己的QQ设置为拒加好友。赵晓晨万般无奈，每天只能通过单单单的博客、微博，还有QQ签名，知道她的一些情况。得知她的腿受伤后，他发短信向她道歉，问候她，很久没有任何消息的单单单突然回复说，不要再自作多情，请自重。赵晓晨有种被人兜头泼了一盆凉水的感觉。

　　赵晓晨暗自叹了口气，还是想看看单单单受过伤的腿。可他站在单单单身后，根本看不到她的膝盖。单单单也根本不给他机会。她穿着过膝的肥大睡衣，拿着牙具，转眼飘进了卫生间。卫生间里响起水流声，赵晓晨才回过神。他从床上拿起那件黑色衬衫，看清商标的刹那，心里不禁一颤。他想，单单单穿这件衣服，是想让我看看吗？他把衣服拿到鼻子下闻了闻，有着淡淡的女人气息。他马上想到，自己又在自作多情了。

　　赵晓晨把黑色衬衫仔细叠好，放到床上。卫生间里传出刷牙的声音。赵晓晨想，自作多情怎么了，我不就是喜欢一个女人，不求回报地喜欢一个人，难道有错吗，很丢人吗？接着他又想，她会出来刷牙吗？以前单单单会从卫生间出来，站在房间里刷牙。那时候，赵晓晨多数躺在床上看电视。单单单穿着三点式，站在床边，一边跟他看电视，一边刷牙，刷上三分钟，再去洗澡。这次，赵晓晨没上床躺着看电视，电视都没开，他只是呆呆地坐在床边，听了三四分钟的刷牙声。当卫生间响起淋浴器的水声时，他想了一下单单单站在淋浴器下面，洗澡的样子。上次单单单没洗完，赵晓晨就进了卫生间。单单单没像以往那样轰他出去，而是招呼他进去。单单单还没擦身上的水，赵晓晨就上前抱住了她。

　　回想在淋浴器下面抱在一起的情形，赵晓晨眨眨眼睛，走到窗前往外面看。天阴沉沉的，雪花稀稀落落地飘着。片刻之后，他转过身，梦游一般走到卫生间门外，听了一会儿淋浴声，然后轻轻拉开了卫生间的门。他以为，站在沐浴器下面的单单单会厉声让他走开。而单单单可能以为他要方便，只是看他一眼，慢慢将身体转了过去。转身时，赵晓晨看到，她丰满的胸部微微颤动着。

赵晓晨站在玻璃门外面，看淋浴喷头下的单单单。单单单全身湿漉漉的，闪着光。她把洗发水挤到手上，再抹到头上，双手搓洗起头发。背后看单单单洗头的动作，赵晓晨觉得，单单单一定陶醉般闭着眼睛。当她头发上泛起白色的泡沫时，赵晓晨慢慢伸出手，轻轻拉开玻璃门，踌躇着上前，小心地探出双手，半天才试探着抚到她的头上。单单单像是毫无察觉。当碰到她的手时，她微微颤抖了一下，停下手，把手从头上拿开了。直到这时，赵晓晨才如梦方醒。他被自己吓了一跳。他有些吃惊，怎么就拉开淋浴间的玻璃门，进了淋浴间，怎么就靠近闪着白光的一个女人的身体了呢？赵晓晨感觉像在做梦。

赵晓晨总是梦见单单单。他曾梦见单单单躺在一张单人床上。床上没有被褥，只有一捆用白床单包裹着的玉米秸。赵晓晨觉得，那是他上大学时的宿舍。他问单单单，你怎么躺在这？单单单目光呆滞，幽幽地说，我躺在玉米秸上，很舒服。一捆硬邦邦的玉米秸，只是包着薄薄的白床单，躺在上面，怎么可能舒服呢？单单单脸很脏，目光黯然，就那么孤零零地躺在包着一层白床单的玉米秸秆上。后来，赵晓晨看到，她蹲在黑暗的角落里，在啃凉馒头。赵晓晨把这个梦告诉单单单，单单单说，可真够神奇的。赵晓晨始终不明白，这个梦到底预示着什么？

赵晓晨梦游一般，轻轻揉洗着单单单的发丝。单单单往前走一步，躲开他的手。赵晓晨愣一下，明白了她的意思。

在单单单背对着赵晓晨，冲洗头上的泡沫时，赵晓晨站在淋浴间外面，透过蒙着薄雾的玻璃，呆呆地看着水扑向单单单栗棕色的头发，朦胧中，水流经过她的头顶，滑过她的圆肩和脊背，带着泡沫顺腿而下，从下水口犹犹豫豫地消失着。他好像连淋浴的水声都听不见了。片刻之后，他突然发现，自己居然穿着短款羽绒服，已经一身汗了。

赵晓晨脱下羽绒服，放到床上，再回到卫生间，单单单已经冲净头发，关掉了水笼头。单单单抹一把脸，抓起香皂。赵晓晨赶紧拉开玻璃门，再次靠近她。站到她的身后，赵晓晨拿过她手上的香皂，用毛巾裹住，往她后背上打香皂。从白细的脖颈向下，一直打到小腿。用毛巾先擦净她的后脖颈，再向下擦洗后背，一直擦洗到脚后跟。赵晓晨是蹲着擦洗单单单的脚后跟的。擦完脚后跟，他停一下，把手伸到她的前面，从膝盖往下擦洗。擦了几下，手慢慢停下来，试探着抚摸她的膝盖。他抚摸的是单单单右膝盖处的疤痕。他感觉到，单单单的身体颤抖了一下。无法看到疤痕，只能通过手去感触，感觉像是一道月牙形？赵晓晨真想看看，他所感觉到的月牙形伤疤，到底什么样？而他既不能转到单单单身前，又不能让单单单转过身，那样的话，看到的就不只是单单单膝盖处的疤痕了。他只能想象那道疤痕。应该比正常皮肤白很多，白色的肉很嫩，怎么也得经过明年一个夏天，才能变成正常颜色，但怎么也无法恢复成正常皮肤了。

摸着那道疤痕，赵晓晨心里堵得慌。他想对单单单说，当时一定很痛吧？是不是掉眼泪了？到底怎么摔的？赵晓晨感到心痛。他一直不知道单单单的膝盖是怎么受的伤，怎么摔得那么重？想说句歉意的话，可怎么也张不开嘴。他只能用香皂的泡沫掩盖住那道疤痕。膝盖往下，一直到脚，白色的泡沫一直覆盖下去。擦洗脚时，单单单扶了一下他的肩膀，而他就像没感觉到一样，依然专心擦洗着。当满是泡沫的脚落地后，单单单的手从他肩膀上消失了。他蹲在那，看看眼前一身泡沫的女人，慢慢站起身，转身推开玻璃门，出了淋浴间。

赵晓晨像是刚刚完成一项艰巨的任务。他想冲净手上的香皂沫，结果一眼看到，洗面盆里有件黑色的物件。赵晓晨很快意识到，那是什么物件了。而且他还知道，单单单有两条这种一模一样的黑色内裤。赵晓晨如获至宝，毫不犹豫地抓起了黑色内裤。单单单给他洗过袜子，白袜子让她洗得飘出了香气。赵晓晨满怀信心地想，虽然我没洗过这类东西，但是，我肯定也会洗得散发出香味。

单单单在淋浴间擦洗胳膊和前身时，赵晓晨在洗她的内裤。当她冲净泡沫，拧净毛巾，擦净婀娜起伏的身体时，赵晓晨依然在洗她的内裤。单单单的网状黑色内裤，很柔软，有着漂亮的蕾丝边。赵晓晨把酒店那块可怜的小香皂，全都用在了单单单娇小性感的黑色内裤上。看到赵晓晨在给自己洗内裤，单单单有点儿吃惊。她犹豫着，轻轻推开了淋浴间的玻璃门。单单单站在淋浴间门口，愣愣地看着赵晓晨。赵晓晨专心于手上的内裤，并不知道单单单在看他。他有些奇怪，面对单单单湿淋淋、闪着亮光、跌宕起伏的身体，我怎么没有生理反应呢？赵晓晨感到惊诧。赵晓晨想，是因为手与她的肌肤间有着香气四溢的泡沫，泡沫同时又把目光和光滑细腻的肌肤隔离开来了吗？或者，不再喜欢一个人，哪怕她一丝不挂，再有诱惑力，也会平静如水？他甚至怀疑，自己心理或生理上是不是出现障碍了？接着他又想，男女在感情上，是不是没有谁欺骗谁，也没有谁对谁错，只有谁更在乎谁？曾经在一起，那就是喜欢过，爱过，而没有了冲动，就像单单单说的那样，是不是没有感情了呢？那为什么又那么想见她呢？要不恰恰相反，因为更爱她，感情升华到最高境界了？多么奇怪，求解脱时，那么渴望心中的爱瞬间消散，从此了无牵挂，而现在，又是多么害怕感情消失。赵晓晨在不停追问中，既困惑又害怕。他好像明白了，单单单说，那个男人跟别的女人一点儿问题没有，跟她就是不行，是怎么一回事了，可是，到底是怎么一回事呢？

　　赵晓晨轻柔地搓洗着内裤，没注意到，单单单一只胳膊挡着前胸，另一只手抓着毛巾，挡在身体中心，已经站在他的身后。单单单说，你放下吧，我自己洗。赵晓晨吓了一跳。他抬起头，镜子里一片白光。他赶紧又低下头，眼前依然是单单单洁白婀娜的身体。赵晓晨慌乱地搓洗着手上的内裤，盯着手间泛着泡沫的黑色内裤说，马上就洗好了，你快去穿衣服，一会儿出去吃饭。

　　单单单表情沉静，背对着赵晓晨，从门口墙上摘下绿色带花纹的睡衣，转过身，很快从镜子里消失了。

3

　　雪花在眼前漫不经心地飞舞着。赵晓晨走几步，会忍不住侧脸看走在身边的单单单。单单单目视前方，表情宁静。赵晓晨除了看她的脸，还看她脖子上的米色围巾。围巾不算贵，买时有些犹豫，想不好单单单会不会喜欢，或者说，她围米色围巾是否合适？刚才在酒店，从衣柜里拿出来，单单单只是看了看。让她围上出门，她未予理睬。赵晓晨硬行给她围上，发现米色围巾很适合她的白皮肤。赵晓晨说，你去照下镜子。单单单站到卫生间的镜子前，摆弄着围巾，脸慢慢舒展开来。也许围巾的确让她喜欢，让她戴手套时，她没推辞。豹纹手套皮质和做工都不错。单单单能戴着自己买的围巾手套，和自己走在一起，赵晓晨感到温暖。

肯德基店里已经亮起灯。赵晓晨想起来，上次他们走到这，单单单曾去店里找过厕所。赵晓晨吸着烟，拎着她的包等在门口。过了几分钟，单单单出来说，不上了，卫生间门口排着七八个人呢。他们只好走进一家商场，乘电梯到二楼。单单单去卫生间时，赵晓晨在商场里转了转，想给她买件衣服。当时单单单穿着紫色短衫，夜风中看上去，有些单薄。可等她从卫生间里出来，却说什么不让买。单单单说，我买衣服有些麻烦。过后赵晓晨才明白，单单单胸部饱满，一般的衣服根本系不上扣。

赵晓晨驻足往肯德基店里看，暖色调的灯光下，人不多。赵晓晨说，在这吃？他知道单单单喜欢吃炸鸡翅和汉堡。他出去买饭，买回来的是排骨米饭之类。单单单买过一次饭，是炸鸡翅和汉堡。赵晓晨对肉鸡毫无好感，多年一口不动。赵晓晨说，你怎么像小孩呢？单单单手上拿着炸鸡翅说，我爱吃，不好吃吗？不知道是否因为赵晓晨不吃肉鸡，单单单把背包往上背了背说，没胃口，走走再说吧。

雪突然大了起来，纷纷扬扬。天色更加昏暗。步行街两侧的店铺，灯光东一下西一下地亮起来。两排街灯如同两道闪电，从他们身后快速向远方亮了下去。

温柔朦胧的街灯下，赵晓晨耳边响起单单单的声音：牵着手，一起漫步在雪中，多好啊。他们曾经说好，等下雪时，一起去哪个县城或小镇待几天。商量这件事时，两个人满怀憧憬。单单单说，真希望现在就下雪，牵着手，一起漫步在雪中，多好啊。入冬的第一场雪终于降临，两个人却没法一起出行了。赵晓晨想，她还记得这个约定吗？好在上天可怜人，虽然没牵手，也不是在哪个县城或小镇上，但是，不是正一起漫步在飞雪之中吗？

赵晓晨喉头发紧，眼睛发潮，他赶紧提口气，振作一下精神。然后堵到单单单身前，帮她把围巾裹到头上。单单单只露着鼻子眼睛。赵晓晨很想牵她的手。也许这时候，她需要我来牵手？而单单单的手却揣在黑色大衣兜里。赵晓晨只能和她并排往前走。

风雪之中，烤羊肉串的吆喝声似乎更加响亮。赵晓晨问单单单，想不想吃？单单单不吭声，不看他，而是看戴着白色小帽，站在店前卖力吆喝的新疆人。赵晓晨站在灯影下，买了两大串羊肉串。上次他们走到这，也买了两串，单单单付的钱，当时赵晓晨没零钱。花钱上，单单单说，每次见面的花销，要两个人分担。赵晓晨赞赏她的建议，但是他想，怎么能让女人花钱呢？所以，他昨天特意去银行取出两万块钱，看天气预报说降温，又去商场给单单单买了围巾手套。上次两个人边走边吃羊肉串，当时比现在要晚一些，凉爽的秋风中，他们有些饿，吃得特别香。羊肉串的味道也确实不错。单单单手上拿着羊肉串说，真香。这次，她双手插在大衣兜里，根本没有接羊肉串的意思。赵晓晨把羊肉串举到她面前，好半天，她才犹豫着，把手从大衣兜里掏出来，把羊肉串接到戴着手套的手上。围着围巾，走在风雪中不方便吃，可能也是没胃口，单单单手上拿着羊肉串，并不吃。羊肉串凉了，还怎么吃呢？赵晓晨帮她把围巾往下拉了拉，她这才看似有些为难地吃了一口。谁也没再称赞羊肉串好吃，都没吃完，就随手扔进了街边的垃圾桶。

眼前飞舞的雪，看上去轻飘飘的。

挂在墙上的大屏电视，静默着。上次走到这，大屏幕正在直播中超联赛，许多人站在下面，仰着头看得正来劲。他们挤在人群中，看了一会儿球赛。后来单单单拉下赵晓晨说，走吧。挤出人群，赵晓晨说了几句有关看球的事。赵晓晨喜欢看足球。单单单说，等安好家，我陪你看吧。赵晓晨说，好啊，咱们一边看球，一边喝啤酒。单单单说，行，我给你炒俩菜，陪你喝，我少喝点儿行吧？有个热乎乎的小窝,一起生活,曾经是他们的共同理想。

赵晓晨停住脚,仰脸看静默的大屏幕。单单单也抬头看。雪花扑在两个人的脸上。他们谁也不说话,好像都在想,怎么不打开让大家看呢?因为下雪,行人稀少,又看不太清楚,还是因为怕电视坏掉,又没有球赛呢?

他们走进十八街麻花专卖店,各种口味的麻花各买了两小根。又去买了一袋崩豆张。五颜六色的豆子混在一起,煞是好看。

他们站在滨江道尽头的街口,一起望着远处的灯火。风雪中,灯火一片朦胧。赵晓晨转过身,看着面前的单单单说,要不,吃火锅?单单单看看赵晓晨手上的两包东西,又向小街里看,小街深处灯火模糊。单单单想了想说,雪天吃火锅,也好。两个人拐进小街。进了饭馆,暖烘烘的热浪中,夹杂着羊肉的膻味。单单单脱下大衣,抖落雪花,把大衣搭到椅背上。赵晓晨好像怕冷,只是拍了拍肩头上的雪花。紫铜火锅架到炭火上,让人倍感温暖。还是点了两盘肥羊,肥牛和鱼丸各一盘,还有一些青菜和菌类。

火锅很快沸腾起来。赵晓晨往锅里放了一些肥羊肉。他端起白酒杯,碰下单单单手上的啤酒杯。单单单曾说,她酒精过敏。上次来,赵晓晨喝的啤酒,喝到中途才给她倒了一杯,单单单说,不行,我真不能喝。赵晓晨说,你少喝点儿,能喝多少喝多少,喝不了我喝。结果单单单喝了少半杯。这次,赵晓晨直接给她倒上了啤酒。他在单单单博客好友的博客里看到,单单单不但跟人喝得满脸桃花,而且手上夹着烟。怎么会这样?赵晓晨难以置信。她原本就这样吗?赵晓晨心情复杂。单单单颠覆了在他心里的形象。赵晓晨端着白酒杯,跟单单单的啤酒杯碰一下说,谢谢你。单单单优雅地喝了一小口啤酒,手上端着杯说,已经来了,不用谢。赵晓晨喝了一大口白酒,把杯放到桌面上说,正因为你来了,所以谢谢你。单单单说,我也谢谢你。赵晓晨扫一眼搭在单单单身后椅背上的米色围巾。再看单单单,他好像从单单单的脸上看到了一丝妩媚。

赵晓晨拿起筷子给单单单夹羊肉。单单单说,我自己来吧,你吃你的。赵晓晨说,嫌弃我?我这筷子还没用呢。单单单笑着,夹冒着热气的羊肉蘸调料，吃进嘴里。两个人没再称赞芝麻酱好吃。上次来，他们一再夸赞这店里的芝麻酱味道纯正。单单单说，等会儿问下店家，芝麻酱在哪买的，什么牌，我买点儿回去吃火锅。他们吃得太高兴了，结完账就走了。单单单杳无音信后，赵晓晨既遗憾又后悔，他以为，单单单再也吃不上她喜欢的芝麻酱了。

赵晓晨一个劲跟单单单碰杯。他并不是想知道，单单单到底什么酒量。他再怎么频繁地与她碰杯，单单单都喝得很少，有时看上去，她好像只是沾沾嘴唇。这样，赵晓晨频繁与她碰杯，好像只是为了能让自己多喝点儿酒。每次一起吃饭，赵晓晨都吃得很少，只是不停喝酒，劝单单单多吃点儿。赵晓晨说，你快多吃点儿吧，看你瘦得，狼见了都会掉眼泪。单单单脸上现了笑容，别光说我，你也吃啊。我没少吃啊，赵晓晨吃了一颗鱼丸。

似乎只要看着单单单，赵晓晨就什么都不用吃。他的心里全是单单单。两个月来，他焦躁地吃不下饭，睡不着觉，转眼减掉二十斤，他有点儿害怕了。他想，一直这样瘦下去，还不得瘦骨嶙峋？他想，或许因为穿着羽绒服，单单单没注意到，我瘦了很多吧？

看着对面光彩照人、秀色可餐的单单单，赵晓晨在心里叹气。

赵晓晨想，怎么会那么诋毁她呢？伤害她的时候，幡然悔悟后，他觉得，自己就是魔鬼，居然说出那么难听恶毒的话，竟然把世上最无耻的话给了自己所热爱的女人。赵晓晨一想起那天晚上，自己说的那些疯话，就会心痛不已。赵晓晨想，或许因为被那个女人伤得太深，我把对那个女人的怨恨和愤怒全发泄到单单单身上了？对那个女人，除了冷漠，倒是非常文明。让我深深陷进去，你一句没感情了，什么责任都没了，抽身走开没事儿了？让我安好地开始新生活，这难道不是你应该承担的责任吗？当时他只想惩罚单单单，心里的恶，膨胀到了无以复加的地步。

有时他也想，或许我品质本来就不好吧？而一想到那个女人对他所做的一切，他又觉得，自己简直就是品德高尚的好青年。

以前无论如何，他都不能接受单单单爱别人，潜意识里，任何男人好像都是他的敌人，而现在，他看着对面漂亮的单单单，真希望天下所有的高富帅，都能喜欢她，爱她宠她。希望她能爱上某个人，有着甜蜜的情感生活。心理发生逆转，是因为不再爱她了吗？

赵晓晨默默喝着酒，安静地看着热气对面的单单单。单单单的动作一直舒缓而优雅。偶尔，她会捞点儿菜放到他的碟子里。他盯着碟子里冒着热气的菜，看半天，才慢慢拿起筷子，夹一点儿放进嘴里。已经不知道吃进嘴里的是什么了。不等咽下嘴里的菜，他就再次端起了酒杯。甚至把酒杯攥在手里，像是舍不得放下。一杯白酒很快就喝没了。他想再倒一杯，单单单说，别喝白酒了，伤身体。她把啤酒瓶递给赵晓晨。赵晓晨知道，她是怕他喝多。赵晓晨又是多么想喝醉。醉了就什么都不知道了，好像就能解脱了，接下来的夜晚，就会在不知不觉中过去。对于即将来临的夜晚，赵晓晨不但毫无渴望，甚至有些恐惧。有关他和单单单夜晚里的记忆，实在太多。赵晓晨想得挺好，只是单纯意义上和一个女人独处一室。他想，醉成一堆烂泥，多安全。可单单单却不让他喝白酒了。赵晓晨有些酒量，不喝白酒，怎么能迅速入醉呢？可白酒瓶已经被单单单攥在手里了。单单单说，你要对我负责，更要对自己负责。单单单的目光和语气非常严厉。赵晓晨感到无助而委屈。

走出小饭馆时，雪已经停了。

赵晓晨没有一点儿醉意。一点儿没有喝了酒的感觉。冷冽的夜风一吹，似乎更加清醒了。两个人走在小街昏暗的路灯下。赵晓晨猛然想起来，上次他们走出饭馆，在这条小街上，夜色中，他们紧紧拥抱在一起，在路人的目光下，他们亲吻了。那种甜蜜似乎还在唇边。当时单单单记不准方向，说走错路了。赵晓晨指着楼上的广告灯箱说，来的时候，不是冲着这个灯箱来的吗？单单单说，她在自己的城市，开车走着走着就迷路了，她的车没装导航。单单单说，我是路盲。赵晓晨抬起头，看那个广告灯箱，不知道单单单是否还记得上次的事？单单单双手插在大衣兜里，走在前面，一副清汤寡水的样子。赵晓晨停下来，站在她身后看着她。单单单回过身，望着赵晓晨说，怎么不走了？赵晓晨不说话。单单单抬头四下里看，看到了楼上的广告灯箱。她站在那，一直看着那个有关白酒的广告灯箱。赵晓晨走向她。

单单单看看他，低下头，转身接着往前走。

出租车快到桥中间的时候，单单单突然对司机说，师傅，麻烦你停车。赵晓晨狐疑地看她。单单单不看他，车一停，她就打开车门下车了。赵晓晨慌忙付车费，然后拎着东西下车。

桥上车辆很少。单单单站在桥边，迎着风，望着海河两岸的灯火。雪后的江堤，树上的白雪映着灯光，江面的寒气在灯光中漂浮着。赵晓晨说，如同仙境。单单单沉默半天说，我在这上学的时候，晚上总和同学来这桥上散步。我们几个女生往往走到很晚，才回学校。

赵晓晨曾陪她回过母校。暑假没开学，傍晚，校园里非常冷清。赵晓晨陪她去教室和寝室楼转了转。单单单真是方向盲。教学楼下，她指着一扇朱红色的门说，我是一个人来学校报到的。开学不久，有天上大课，下课后，我不知怎么落在了后面，可能上厕所了吧？等我从那个后门出来，发现同学们已经没了踪影，而我竟然找不到教室了，连哪个楼都记不得了，结果我搬着椅子，在楼下转半天，才找回教室。那时我们上大课得自己搬着椅子去。赵晓晨想象着，单单单吃力地搬着一张椅子，焦急地东张西望的样子，那一刻，她是多么彷徨无助。可惜那时候还没与她相遇。赵晓晨想，当时就没有人照顾她吗？当他们站到操场上，单单单告诉他，她那时气管炎很严重，最愁上体育课，跳远、跑百米、双杠上仰卧起坐等，曾经让她吃尽苦头。赵晓晨当时想，一定要好好对她。可他根本没做到。想起这些，赵晓晨还是感到心痛。单单单在他身边说，看，天津之眼。赵晓晨随她看远处由灯光形成的硕大眼睛，心想，偌大天津城上演的人间悲喜剧，都被它尽收眼底了吧？上次单单单来，晚上，他们坐船游海河，夜风习习，海河两岸灯火辉煌，那是多么令人愉快的夜晚啊，那一切，同样没逃过天津之眼吧？赵晓晨心里猛然生出了悲凉。

浓浓的夜色下，桥上的风很大，因为喝了酒，赵晓晨倒也没觉得冷。他望着天津之眼说，我给你唱歌吧。有一次单单单来，在酒店，赵晓晨趴在她身前，给她唱《月亮代表我的心》。当时是午夜，怕惊扰别人，他不敢放声唱。现在完全可以放开。赵晓晨手上拎着装有麻花和五彩豆子的方便袋，面对着海河，放声歌唱起来——

　　从那遥远海边慢慢消失的你
　　本来模糊的脸竟然慢慢清晰
　　如果大海能够唤回曾经的爱
　　就让我用一生等待
　　如果深情往事你已不再留恋
　　就让它随风飘远……

　　赵晓晨唱得高亢、投入而深情，万种滋味顷刻间涌上心头。说不好是难过，是悲凉，还是委屈？心里特别难受。他怕自己会突然哽咽，哪怕让单单单听出颤音，他都会尴尬，所以他突然就住了声。而高亢悲凉的歌声依然在他心间回响着。面对冒着寒气的海河水，赵晓晨内心一片苍凉。愣愣地站了半天，情绪稳定一些后，赵晓晨说，怎么样，好听吧？他用的是欢快的语气。没人回答他。赵晓晨转过身，以为会看到单单单的侧脸，或许她已经被感动了？而身边根本没人。单单单双手抱着肩膀，已经走出去挺远了，远处桔子酒店的楼顶上，广告灯箱闪着蓝莹莹的光。

4

　　赵晓晨去走廊上接女儿的电话，也就三分钟，回到房间，床上居然只剩被子了。单单单刚才就在雪白的被子下面。赵晓晨脑袋轰的一声。除了门，再就窗能通到外面。赵晓晨拉开窗帘，窗帘后面没人。窗外，海河水反映的光，投在不远处的大楼外墙上，楼表面就像波光粼粼的游泳池。探身往楼下看，白色的街道上非常冷清。他原地转一圈，才想起卫生间。卫生间里挺暗。看到那个模糊的身影，赵晓晨缓缓吐出一口气。赵晓晨听到了自己的心跳声。单单单背对着他，好像在照镜子，可只有床头灯透过来的一丝光亮，又能照到什么呢？

安静与昏暗中，赵晓晨突然看到，坐便上铺着三段卫生纸。赵晓晨一下想到了外面的雪，以及冷飕飕的风。他仿佛看到，单单单孤身一人，哆哆嗦嗦在大街上四处找公共厕所。他好像听到单单单说，请问，哪里有卫生间？赵晓晨看看座便上的卫生纸，再看看那个沉默的背影，感觉心里有什么东西在动，如同水，从身体的各个部位往心窝的位置集中，好像瞬间就有了热度——暖流的触动下，他的心就如同一颗苏醒的种子，悄然萌发。

单单单原本通过镜子在看他，看他向自己靠近，慌忙低下头。

赵晓晨弯下腰，从后面抱住了单单单。他感觉单单单的身体是僵硬的。他双手托抱着单单单大腿靠膝关节的内侧。单单单身体腾空，嘴里发出轻微的一声，像是叹息。赵晓晨不是像以往那样把她抱上床，而是双手托着她的双腿，挪到坐便跟前——他半蹲着，将单单单的身体托举到坐便上方。这一过程，单单单没反抗。赵晓晨很快感到有些吃不住劲。他稍稍直下身子，将重心转移到左腿上，腾出右手，刚摸到她的腰，手就被她抓住了。单单单的手汗津津的，力量挺大。赵晓晨的心怦怦直跳。他把脸埋到单单单的脑后，用一只眼睛，通过旁边的镜子，看着单单单模糊不清的侧脸。

赵晓晨就那么半蹲着，扎着马步坚持着，好半天，单单单才推开他的手。单单单开始有所动作。又是半天，赵晓晨终于听到了涓细的水流声。静谧与昏暗中，水流声听上去非常悦耳，虽然被压抑着，断断续续，但对赵晓晨来说，就跟听山谷间的潺潺溪流声一样，他陶醉般闭上了眼睛。

很久之后，涓细的水流声终于彻底停止了。

赵晓晨把单单单放下，转身出了卫生间。

从窗前的小圆桌上的方便袋里拿出一听啤酒，赵晓晨站到窗前打开，喝了一口。他的心跳得还是有些快。上楼前，他去小超市买了四听啤酒等吃喝。对他来说，啤酒就是精神食粮。他端着啤酒，望向窗外。海河水反映的光依然安静地投在不远处的大楼上，楼表面依然波光粼粼。他感觉手上，还有单单单腿部皮肤的温度，前胸和腹部也热乎乎的。而鼻孔里，全是单单单头发上的香味。他感觉身体有些发飘，赶紧又喝了一口啤酒。

看得出来，单单单铺好卫生纸，已经坐上去过，很显然，没能解决问题。无论站蹲到坐便沿上，这本身就相当危险，还是采用不雅的姿势，或者蹲到淋浴下面的下水口处，都不是她所希望的。有洁癖的女人，怎么会做那种事呢？而在自己托举的情况下，能方便出来，不得不说是奇迹。因为她信任我，或者说，她已经在接受我，还是因为实在憋不住了呢？从被控制的断断续续的水流声来看，她应该还不是特别急。能够相互配合，把问题解决掉，赵晓晨感到欣慰。

单单单在卫生间里待半天，终于出来时，脸几乎要贴到地面上了。她转眼就爬上了床，迅速按灭她那侧的床头灯，钻进被窝，一下蒙上了头。赵晓晨看着她，觉得好笑，这样的年龄，她怎么还跟个害羞的少女似的？

只有靠窗这侧的床头灯还亮着，昏暗中，异常安静。赵晓晨坐在窗前的椅子上，喝着啤酒。不仅仅是喝啤酒的声音，连自己的呼吸声都清晰可见。为尽量减少声音，他没动吃的东西。赵晓晨想，看你能在被子里憋多久？他想对单单单说，蒙头睡觉不好，可是，谁不知道蒙头睡觉不好呢？他稍稍调整一下坐姿，想起刚才跟女儿的通话。女儿在电话里说，爸爸，我妈妈给我买了新羽绒服，还有帽子手套。女儿说，我妈妈在等你呢，爸爸，你快回来吧。女儿稚气的声音，甜丝丝的，让他心里发痒，也让他惭愧。他把手机静音了，女儿和父母已经打了十几遍电话。可是，他实在不想再见那个女人。事情过去这么久，他反而担心，一旦面对那个女人，自己会非常不文明。那个女人谈不上漂亮，戴着眼镜，倒也文雅。可在参加完教师培训班，回到家，她所做的不是诉说如何惦念家里，诉说想念之类，而是急不可待地拆散家庭。那时候，他还不知道，这世界上有个叫单单单的女人。培训班不过半个月，那个女人竟然为一个认识半个月的男人跟他摊牌，态度异常坚决。那个女人说，我什么条件都答应你，所有一切全归你。赵晓晨哭笑不得，他冷冰冰地问，你们，才认识半个月？赵晓晨打断那个女人对那个男人的称赞说，所有一切全归我，包括女儿？就是从那一刻起，赵晓晨对那个女人充满了厌恶。他无法理解和相信，自己居然会跟那样一个女人生活了五六年。认识单单单以后，他才对那个女人多少理解了一些。单单单也让他疯狂。赵晓晨想，感情来袭，难道真就控制不了？现在，消失两年多的女人，突然跑去向女儿示好，她想干什么？她想抢女儿，还是遇到了麻烦？赵晓晨无论如何不相信，她只是出于对女儿的爱。当女儿欢快地说，爸爸，我让妈妈跟你说话，赵晓晨仿佛看到了女儿天真可爱的脸，可他不得不迅速掐掉电话，并关机。他不想再跟那个女人有丝毫瓜葛，不想听到那个女人说的任何字，哪怕从她嘴里发出的任何一种声音。

赵晓晨手里攥着啤酒，喝了一口，不得不考虑自身处境。一是上床，离单单单远一点躺下，与她身体保持距离，一颠一倒也行。尽管多数睡不着，但毕竟躺在床上。二是委屈自己，躺到地毯上，虽然地毯既脏又凉，但也躺下了。门廊那边的衣柜里，有毛毯之类。第三种是另开房间，可那样，视线里就没有单单单了。最后一种，就是这么坐一晚上。他情愿在这房间里受罪，也不愿回家面对那个曾把他揉碎、捣烂的女人。

以前和单单单躺在床上，赵晓晨总是睡不着，看着单单单睡着后，他一动不敢动，不敢碰她，就那么眼睁睁地看着她。有一次单单单睡着后不久，做噩梦，嘴里发出惊恐的声音，他赶紧把处在痛苦中的单单单叫醒。他还发现，单单单睡着后，双手总是举过头顶，一副投降状。他一边喝啤酒，一边盼着单单单能快点把头露出来，哪怕只露出鼻孔。而她双手举到头顶两侧的话，就说明，她已经睡着了。

在赵晓晨的期待中，单单单终于掀开了被子。赵晓晨忍不住想笑。单单单倒是平静，她说，我想喝点儿水。

赵晓晨忍住笑，从方便袋里拿出一瓶营养快线。他知道单单单喜欢喝这种东西，买啤酒时特意给她买了一瓶。上次单单单回去，在候车室，他就给她买过。当他们系完鞋带，站在队伍里，等待检票进站时，单单单把手上的营养快线递给他，让他打开。赵晓晨打开后，单单单喝了一小口。不知道因为单单单嘴角沾着一点儿白色的奶，还是因为前面已经开始检票，队伍在缓慢向前移动，单单单马上就要上车离开，或者别的什么，赵晓晨猛然就抱住了她，并迅速吻上她。单单单手上拿着营养快线,先是瞪着眼睛,任他亲吻,发现周围的人在盯着他们看,她赶紧闭上了眼睛。松开单单单,赵晓晨发现,他和单单单周围已经腾出了很大的空间,近前的人都背对着他们,稍远一点儿的,则好奇地盯着他们看。单单单脸都红了,慢慢把脸躲到他的胸前。赵晓晨从没有过如此惊世之举,这似乎说明,他对单单单的感情,已经泛滥到无法控制了……

赵晓晨扭开瓶盖,绕到单单单那侧,把营养快线递给她。单单单靠着床头喝营养快线时,赵晓晨按亮了被她按灭的床头灯。

淡粉色的灯光打在喝东西女人的右脸上,那半边脸是红色的,点缀着几个鲜艳的斑块。赵晓晨一阵恍惚。他赶紧侧过身看她。单单单整个脸,红红的,浮肿着,看上去很不协调,既别扭又陌生。赵晓晨差点叫起来,这是单单单吗?

单单单把饮料从嘴上拿开,盯着赵晓晨问,怎么了?

赵晓晨盯着单单单的脸说,你,没事儿吧?

单单单本能地摸脸,没事啊,怎么这么看我?

赵晓晨盯着她说,你没什么,感觉吗?

单单单眨眨眼睛,摸着脸说,没什么啊。停了下又说,好像,脸有点儿热,涨乎乎的,是不是喝多了?说话间,她的脸好像又红了几分,紫色的斑块似乎更加突显了。

赵晓晨慌忙从她手上拿下营养快线,把她拉出被窝,拽进卫生间。

灯光下,单单单一边通过镜子看自己的脸,一边贴近镜子,她显然也被自己的样子吓到了。她把额头的头发往后捋,露出整张脸,脸几乎要贴到镜子上了。她的脸红红的,点缀着紫色斑块。赵晓晨一下看到,单单单的手和小臂也是红的,也有紫色斑块。赵晓晨赶紧把手上的营养快线放到洗面池边上,一把撸起她的睡衣袖子,她的整条胳膊都红了。又慌乱地掀开她身上的睡衣,单单单袒露的肚皮,以及腿上,凡是裸露的皮肤,全是红中带着紫色的斑块。单单单低头看自己的前胸,又左右看看,惊恐地问,怎么回事,我这是怎么了?赵晓晨不知道怎么回答她。

单单单慢慢抬起头，灯光下，盯住赵晓晨说，你在饮料里，放什么了？

赵晓晨愣了。不只这句话让他感到冷，面前的整个人，瞬间已经寒气逼人。

赵晓晨想伸手握她的手，单单单快速躲开，别碰我，滚开！你做的一切，就是为了把我弄成这样？单单单绷紧了身体。

赵晓晨像是没听懂单单单的话。片刻之后，他伸手拿起营养快线，从裤兜里摸出瓶盖，扭到瓶子上，然后把瓶子倒过来，瓶子里的液体丝毫没有溢出。赵晓晨在单单单面前打开的瓶盖，既然没漏，就说明没往饮料里加东西。

单单单还是冷冷地看着他。

赵晓晨又迅速扭开瓶盖，举起饮料，喝下一大口。赵晓晨的目光一刻也没离开单单单冷漠而充满敌意的眼睛。

单单单躲开他的目光，对着镜子摸脸。她的脸，就像气吹的一样，好像又大了一圈。眼皮和嘴唇明显增厚。明显增厚的眼皮，向下耷拉着。单单单像是一下步入了暮年。

赵晓晨站在单单单身后的灯影里，使了半天劲，终于说出一句话：饮料里，我只放了，无限的爱。

5

赵晓晨托抱着单单单冲出酒店，坐上出租车的时候，单单单已经不能说话了。赵晓晨感到，怀里的单单单身子软软的，越来越沉。再看她的脸，泛着一层红光，皮肤像是薄了，好像用手指轻轻一捅，就会挣破。眼皮和嘴唇反倒严重增厚。整张脸已经变形到了无法辨认的程度。白皙漂亮的手，已形同置久了的馒头，好像明显变短了。赵晓晨像是抱着一个完全陌生的女人。单单单曾问他，要是当时我在你身边，你会不会杀了我？这是羞辱她之后的一天晚上，两个人通电话时，单单单提出的问题。赵晓晨想了很久，得出的结论是，即使他手上拿着刀,真面对她,也会立刻扔掉,或者捅向自己。把刀扔掉的话,他会抱住单单单,像个孩子一样痛哭。而刀捅进自己身体,他想,一定会感到畅快。

但又不得不承认,他曾经恨过她,恨到想让她死。

此刻,单单单真要死了。赵晓晨忍不住地叫着单单单,唯恐她睡着,就此再也醒不过来。单单单没有任何反应。赵晓晨轻轻拍着她严重变形的脸,不停地催促司机。老司机不吭声,沉稳地开着车。几分钟就把车开到了医院。赵晓晨慌里慌张地掏钱时,司机喊,别掏钱了,快抱她跑!司机帮忙把单单单从车里弄出来,赵晓晨托抱着她,冷风中,跌跌撞撞地冲向楼门。司机帮他推开门,他抱着单单单闯进大厅,疯狂地叫喊起来,大夫大夫,快救救她,救命啊!他的呼喊声撕心裂肺,在沉寂的一楼大厅里回响。

把单单单放到急救室的床上,赵晓晨从怀里抽出两沓钱,带着喘息声冲医生喊,我有钱我有钱,大夫大夫,你们快救她。赵晓晨的喊声,慌张中带着哽咽。他从银行取出两万块钱,是想和单单单一起消费,他不知道这次分别后,是否还有机会见到单单单?他把钱塞到一个年轻医生的手里,回身抓住单单单的手,看着年长的医生给她输上氧气。单单单一动不动。年长的大夫有点儿费劲地扒开她厚重的眼皮,看一下说,你快出去,别在这碍事。年轻大夫把钱塞回给赵晓晨。赵晓晨手上紧紧攥着钱,被一个女护士生硬地推请出了急救室。

赵晓晨跑去办理完手续,回到急救室门口,贴着急救室对面的墙,慢慢滑坐到了地上。坐在冰冷的地上,望着对面紧闭的急救室的门,心里忽然一下空空荡荡的了。很久之后,他才意识到,自己坐在冰冷的地上,已经泪流满面。他感到浑身无力,靠坐在墙边,悔恨迅速爬满心头。再想正在抢救的单单单,她是那么年轻漂亮,什么地方都那么好,没有一点儿缺点,完美无瑕。她笑的时候,多么灿烂欢快;落泪时,又是多么楚楚动人。难道她的生命,就要在这个初冬的夜晚戛然而止吗?他死死盯着急救中三个字,无法知道里面什么状况。他情愿用自己的生命来挽救单单单。他希望单单单能活着,开开心心地活着。总是让她不高兴,像个孩子一样惹她生气,让她伤心,而她呢，又给过我多少快乐？赵晓晨痛悔不已，不管不顾，把鼻涕眼泪抹在了羽绒服的袖口上。

急救灯终于一下子灭了。急救室的门打开的刹那，赵晓晨的心一下子揪紧了。从地上爬起来的过程中，他一直盯着走出来的医护人员，在他们疲倦的脸上寻求着答案。一些影视剧镜头在他脑海里闪现着。

看到躺在推车上的单单单，赵晓晨似乎才有了呼吸。他打量着单单单，低沉地叫了声，单单？单单单闭着眼睛。赵晓晨心里发堵，眼睛瞬间湿润了。女护士说，她睡着了。要是再晚来一会儿，哪怕五分钟，她就完了。

赵晓晨一直坐在病床前，一直盯着单单单的脸。一个多小时后，单单单醒了。她的眼睛看上去，只是一条细线。嘴唇夸张地撅着，像在跟谁赌气。赵晓晨拿来尿盆，单单单方便完，然后背对着他躺下，很快又睡着了。单单单始终没看赵晓晨。赵晓晨倒掉尿盆，回到病房，坐到单单单的对面，眼睛一眨不眨，一直盯着她的脸。单单单的脸是在赵晓晨的严重关注下，一点儿一点儿恢复过来的。单单单的脸有了原来的单单单的模样时，赵晓晨似乎才想起她原来的模样，才想起她活生生，面带微笑，站在自己面前时的样子。赵晓晨感觉，他和单单单好像重新活了一回。他终于没能忍住，轻轻掀开被子，偷偷看了单单单受过伤的膝盖……

太阳冉冉升起，灿烂的阳光透过窗玻璃照在单单单的脸上。单单单慢慢睁开眼，看到身前的赵晓晨，又把眼睛闭上了。

赵晓晨买来炸鸡翅、汉堡和小米粥。赵晓晨喂单单单喝粥。单单单喝了一点儿粥，躲开赵晓晨递来的粥匙说，你去酒店，把我衣服拿来。

赵晓晨出了医院，先去买了一张卧铺票，又去买了芝麻酱。回到酒店，捧着单单单的衣服，闻着衣服上的气息，赵晓晨想，如果当时先给她换好衣服，再等救护车赶来，拉去医院，肯定不是五分钟的事。单单单根本不让他近身。那时候的单单单，眼神冷漠而警惕，赵晓晨的任何举动，都会遭到她的誓死抵抗。

单单单换穿上衣服，看到熟悉的单单单，赵晓晨心里踏实了一些。他给单单单戴上手套，围好围巾，两个人出了医院。坐上出租车以后，赵晓晨说，想去北宁公园吗？上次单单单要去北宁公园，她说大学四年，她去的最多的就是北宁公园。可他们没去成。他们说好下次一定去。单单单说，再来我会带相机，拍点儿照片。单单单喜欢拍照，对北宁公园似乎无限向往。可现在，她却转头看向车窗外。她的右脸有着一丝红润，鼻尖上闪着亮光。赵晓晨依然觉得，昨晚好像一个梦境。单单单到底吃什么过敏了？医生只说食物中毒。医生说，大家都吃鱼，可有的人，不用河豚，就是平常的鱼，筷子沾上点儿鱼汤，舔一下都要命。喝了酒，毒性发作当然快。赵晓晨想，是火锅惹的祸。谁能说清，火锅里到底有什么？如果不是听了医生的解释，单单单会相信我吗？如果我不听她劝阻，喝醉的话，将是什么后果呢？她躺下后，我另开了房间，或者回家见女儿和那个女人，哪怕她没渴，蒙着头睡过去，那么，她还能看到今天的太阳吗？

回到酒店，赵晓晨要换房间，单单单说，让我再在这床上躺会儿吧。单单单直接爬上床。赵晓晨感到疲惫，又似胆怯，他站在床前，看着单单单。单单单躺在床上，望着赵晓晨，拍了拍另一只雪白的枕头。

赵晓晨同样穿着衣服，躺到单单单对面。单单单眼睛一眨不眨地看他半天，轻轻闭上了眼睛。赵晓晨只好把眼睛也闭上。困和累的夹击下，单单单的脸，在赵晓晨眼前渐渐模糊起来——

赵晓晨看到，一列红色的火车，夜色中，徐徐停在了站台边，他提着单单单的提包，拿着东西，把单单单送上车。他回到站台上，看着车里的单单单。单单单站到车窗前，把双手按到车窗玻璃上。赵晓晨像是听到了单单单的召唤，他把手按到她的手形上。隔着车窗玻璃，他无法感受到单单单手上的温度。列车起动，他跟着列车跑了一段，被无情地抛在了站台上。羽绒服兜里的手机突然响起来，他望着远去的列车赶紧接听。单单单说，你得好好吃饭，不能再瘦下去了。赵晓晨沉默。单单单接着说，你年假没休吧？我回去就申请休年假，你也休吧，一起去哪住几天。对了，去你老家吧。喂，你在听吗？赵晓晨哽咽着，说不出来话。单单单说，对不起，我一直没告诉你，其实，我是那个男人的前妻，晓晨，你听明白了吗？赵晓晨使劲眨眼睛，他听到电话那头，单单单已经哭起来了。

赵晓晨的眼前又飘起了雪花。远处，红色的列车慢慢隐没在风雪交加的夜色之中。

警务区

1

在小王看来，花枝镇最漂亮的红灯笼就在自己头顶上。把红灯笼拽升到空中，进屋吃完饭，收拾下饭桌，儿子醒了。朱华给儿子换尿布，小王忍不住上手逗儿子，结果被尿了一脸。小王蹿下炕，弓腰伸着脖子说，这小子，还留后手呢。小王跑去外屋洗把脸，端着盆水回到屋里。朱华坐在炕上给孩子喂奶，小王端着水盆，笑着说，这小子的小东西，挺好使。把脸盆放到屋中央，小王蹲下身，开始洗尿布。院门突然被拍得咣咣响，有人高声喊王哥。小王放下尿布，慌忙来到院子里时，镇上的狗叫得正欢。

月光洒在院子里。小庞在大门外说："王哥，快到站长室接电话。"小王一边开院门，一边问："谁打来的？"小庞说："杨所长。"这时候来电话，有事？小王没进屋穿大衣，衣着单薄地跟小庞一起去车站。两个人脚下咯吱咯吱地响。狗叫声在减弱。小庞打着手电，手电光在胡同里一晃一晃的。和小庞深一脚浅一脚往站长室快步走去的时候，小王并不知道，考验他的时候到了。

老田家在站台东头，离胡同口不太远。小王站在站台上，往田家的方向看。田家的红灯笼比小王家的灯笼小，也没有小王家的灯笼亮。小王回头看，自己家的红灯笼在铁道线那侧。小王想，儿子吃了奶，小眼睛跟着朱华转，在炕上踢蹬腿吧？这孩子比较省心，睡前再喂遍奶，两三点再吃一遍，换下尿布，再一觉就天亮了。不知道朱华是把他抱在怀里顺奶呢，还是在逗他？孩子的笑总是充满欢乐，让逗他的人禁不住地跟着开心。

许站长穿着军大衣，在小王面前晃了晃，瞅瞅老田家，又看看小王说："卫东，要不咱还是让杨所长带人来吧，你没带枪，万一真在老田家，人家有两把枪，咱这不是送死吗？"

就像猜硬币正反面，谁能猜准，杀害民警的歹徒是否真在田家？

好像突然就起风了。小王感觉套在蓝警服里的毛衣像是一下就被夜风打透了。他脚下动了动，试着拽下巴底下的红领章。把两个红领章从蓝警服的领子上拽下来，揣到上衣兜里。蓝色警服领上有红领章，是警察，没了红领章，跟老百姓没啥两样。小庞手上攥着手电，手电筒没亮，当然不是为省电。离他们不远的地方，空中的一个灯泡孤独而黯淡地亮着。银辉铺在站台上，闪着冷光。三个人的哈气不时从嘴和鼻孔蹿出。小王从小庞手上拿过手电说："站长，你跟小庞在这听动静，要是听到枪响，赶紧给所里打电话，再去跟我爸说一声，就说我没了。"许站长一把拽住小王的胳膊说："等枪响了，什么都晚了！你儿子才几个月，你不要命了？听我的，让所里来人。"

来什么人？案发后这三天，所有人都在四下忙活。即使所里有人，开所里那辆老掉牙的吉普，山路蜿蜒，黑灯瞎火，最快也得两个小时才能赶来，歹徒要是在这期间跑了，继续干坏事，怎么办？杨所长要是能带人来，还能让我赤手空拳去老田家侦察？许站长鼻孔里又蹿出一股白气，抓着小王的胳膊说："要不，你去镇上借把枪，喊他们来帮忙。"

许站长说的是镇上的派出所。三个人都不知道，镇派出所刚接了一起报警。部队上的一个人，来镇上发运木材，被人抢了。镇上的民警说什么也不信，抢劫他的人有枪。镇上的民警说："不可能，还五四呢，你要说撅把子、口径、火药枪，还靠点儿谱，五四，你当花枝镇是你们部队？"报警人说："我跟他俩撕巴抢枪了，是不是五四我还不知道？撕巴时，弹夹掉地上了。"镇上的民警更不信了，民警说："你还跟人撕巴抢枪？够勇敢！人家没把枪顶你脑瓜子上，给你一枪？"报警人指着自己的右眼眶说："你们怎么就不信呢？你们好好看看，这是不是用五四枪把砸的？"报警人的右眼基本已经封上了，眼皮上方的伤口外翻，还在流血。另一个民警上前，借着昏暗的灯光，仔细看看报警人眼眶上的伤口说："大冬天的，你这样出去哪行？咱先去卫生所，把伤口包扎好，然后去现场。"报警人抹一下眼皮上的血说："八百多块钱，全让他们抢走了。"

小王不知道这些情况。他只知道，六七百里外的火车站货场民警被害，歹徒行凶后抢走两支五四手枪，十几发子弹。其中一个歹徒是田家大小子的战友。杨所长说，你去老田家看看，去没去生人？至于拎烧火棍去，还是空手去，杨所长没说。杨所长只说注意安全。

小王哈下腰，在电线杆根上抠找出两块道砟石，揣进裤兜里。三节电池的手电挺长。小王攥着微微闪着亮光的手电筒说："站长，就按我说的办吧。"许站长还是不让小王走。许站长拉着小王的胳膊说："你怎么不听劝呢？"小王心说，衣领上没有红领章，别人可能不知道我是警察，可我自己还不知道吗？身为警察，这时候能退缩？许站长无奈地说："得，你等会儿，我回去多叫点人来。"小王趁许站长松开手的机会，后退两步说："不行。不能让大家陪我去送死。你们在这听动静吧。对了，你们可千万别去告诉我家朱华。"

狗叫声彻底停了。大山深处的花枝镇正向寒夜深处滑去。

到了老田家，小王趴板障缝往院子里看。田家东西屋都亮着灯，看不到人影，也看不出有什么特别的地方。小王试了试，院门没闩。进去会怎样，没法预料。他试探着提开院门，往里看看，迅速闪身进去。在院门口站了片刻。他来过田家。田家老两口住东屋，三个儿子住西屋，两屋中间是敞开式厨房。小王攥着手电，尽量贴东边走，没到房檐下，就听到了东屋传出的电视声，再靠近一些，听到西屋有人在说话。小王蹑手蹑脚到了房檐下，贴着墙挪到西屋窗外，透过窗玻璃悄悄往屋里看——炕沿上摆着三双男人的脚。小王心里一颤，心想，是田家哥仨？感觉不太像。头朝里躺在炕上的三个人，都没脱衣服。三个人的头与小王只隔着一层薄薄的窗玻璃，最多不过两三米，可根本看不出长相。正想踮脚好好看看，屋里的唠嗑声突然一下子停了。小王心里咯噔一声，生怕屋里的人一下坐起身，窗里窗外来个大眼瞪小眼，那非炸锅不可！小王一下缩回身，木头一样贴到墙上，大气不敢出。小王听到了自己的心跳声。似乎过了很久，屋里的人才又接着唠嗑。小王听出来，炕头是田家大小子。想想那颗脑袋，是他没错。另外两个是谁呢？怎么也想不出，田家大小子之外的两个人长什么样？刚才他注意到，屋里的后窗漆黑，说明为防寒，窗外面捂着棉被。不捂棉被，就敢趴后窗跟炕上的人对视？越听屋里人的对话，小王的心跳得越厉害。小王当过兵，他深知，没当过兵的人，不可能在夜里躺在炕上唠部队上的事。田家大小子之外的两个人，真是杀害民警的歹徒？

　　将圆的月亮挂在天上。皎洁的月光洒在田家的院子里。再看头顶上田家的红灯笼，要比远处自己家的灯笼大，也比自己家的灯笼亮。小王不知道，朱华现在在家干吗，儿子是不是还在炕上踢蹬腿？他想过，踏着月光回车站，打电话告诉杨所长，就说田家确实来了俩生人。可他紧了紧手上的手电，还是悄悄地挪到了东屋窗外。东屋里，黑白电视开着，田家老太太坐在靠门的炕沿上，在看电视。

　　走到房门前，拉开房门时，小王感觉自己已经停止了呼吸。右手上的手电，已经被他当作武器。西屋的生人要是冲出来，他将毫不犹豫地给予痛击。至于抡起来砸，还是撇砸两个人的面门，得视距离而定。裤兜里还有两块道砟石。而人家手上要是端着枪，裤兜里的道砟石怕是根本就没机会往外掏。从房门到进东屋，短短几步，他好像不是走的，而是飘过去的。风一样飘进东屋，差点跟老田太太撞个满怀。小王怕老田太太叫出声，没给她太多吃惊的时间，小王说："田婶，看电视呢？"老田太太说："你吓死我了。"老田太太捂住胸口。小王说："我来找你家老三，他没在家？"当然不能说来找田家大小子，那样就得去西屋。老田太太说："不知道死哪去了。他又惹祸了？"小王和老田太太正常说话，是想让西屋的人听到，以为他不怕人知道他来了，而且他是来找田家三小子的。小王说："田婶，俺俩不会惹祸。我想找老三,明天上山套兔子。"小王引开话题。老田太太说:"明天正月十五,套什么鬼兔子。"小王说:"套兔子过节啊。我田叔呢?"老田太太说:"去老赵家打麻将了。"小王想了一下,并不知道老田太太说的是哪个老赵家。

小王的父母住在田家后面,隔两趟房,但两家并无走动。田家三小子爱打仗,小王处理过他。老田太太显然并不相信小王的话,她追问说:"你找老三,真没别的事儿?"小王生怕老田太太暴露自己的身份,赶紧压低声音说:"田婶,你小声告诉我,西屋那俩人,哪来的?"小王示意小声点儿。老田太太有些迷惑,她随着小王降低调门说:"你问这个干吗?"小王把老田太太拉到靠里边的炕沿边,在电视声的掩护下,小王悄声说:"田婶,有人把我们警察害了,有一个凶手是你家老大的战友……"老田太太眼珠不转地盯着小王。小王说:"西屋那俩人,有一个,是不是姓程?"老田太太眼睛直了,一屁股坐在了炕沿上。小王都想捂她的嘴了,生怕她叫出声。就跟说悄悄话一样,小王说:"田婶,你别害怕,你跟我说说,他们是哪儿的,姓什么?"小王感觉,自己有点儿鬼鬼祟祟的。老田太太也越加神秘起来,她小声说:"有一个,是姓程,从通化来的。"跟杨所长说的情况完全吻合。当听说西屋来了两个杀人犯,手里还有枪,老田太太哆嗦起来了。小王安慰她说:"田婶,你别害怕,你家已经被警察包围了,一会儿我们就抓他们。"其实跟前就小王自己,而且手上连个像样的家伙都没有。

交代老田太太一番后,小王走到门口,大着声说:"田婶,我走了啊。"小王出了田家,在外面关上房门,刚转过身,就听到西屋门响,他感到后背一阵阴冷,头皮瞬间炸开。西屋显然出来人了。小王没回头,而是打开手电,大摇大摆下门前的台阶。他不知道,西屋里出来的是田家大小子,还是歹徒?西屋的人显然一直在听动静。小王担心会追出来,可房门没响,是进东屋了?小王正琢磨,东屋里传出一个男人的声音:"那人是谁,来干吗?"小王感到,一双冷酷的眼睛正透过东屋的窗玻璃盯着自己。小王既替老田太太揪心,又怕她暴露自己的身份。就听老田太太说:"是后院邻居,来找老三,要上山套兔子，不是什么好鸟。"刚刚交代老田太太的话，没想到转眼就用上了。西屋里也有眼睛盯着我吧？他们手上的枪，子弹是不是已经上膛了？小王感觉到了一种彻骨的冷，只能保持镇定，不紧不慢向院门口走去。

开院门时，他还挺镇定，一出院门，一边一团黑影，小王一激灵，下意识用手电照，左边是许站长，手里攥着炉钩子；再照右边，小庞手里是把尖锹。许站长和小庞要起身，小王赶紧低声说："别动，别吭声。"关上院门，小王蹲下身说："屋里的人在看着呢。我先走，过会儿你俩再动。"小王站起身，若无其事地往车站的方向走出去挺远，等回过身时，发现两团黑影正在雪地上向他匍匐而来。

2

多年以后，王卫东依然记得，他一枪击中姓程的手腕时，他惊愕的表情。姓程的根本没来得及扣动扳机，虽然掉在地上的五四手枪，装着六发子弹，而且子弹已经上膛。

儿子上初中后，迅速蹿高，但穿王卫东的绿警服还是显得太大，帽子根本戴不住。他喜欢摆弄父亲得的奖章，其中一枚是王卫东抓杀害民警、抢枪的歹徒，荣立一等功的奖章。在他向同学显摆父亲的奖章时，说不清那些奖章都是怎么得的，其间经历过怎样的惊心动魄？更不会想到，父亲会在这个秋天再添一枚奖章。

两场秋雨之后，天猛然凉爽起来。40多里外的一家商店被抢，更夫被杀死在商店里。后半夜，王卫东把朱华和儿子锁在家里，身着便衣，腰别手铐，再次进了候车室。案发后的20多个小时里，他一次次去候车室和站场巡查，一有案发地开来的火车进站，他就爬上火车，逐节车厢查看，哪敢有半点怠慢？

昏暗的候车室里没几个人。当他绕到靠墙那边，猛然发现，长椅上七扭八歪躺着四个人。其中一个眯眼看他。他一声不吭地走过去，跟旅客找睡觉的地方没啥两样。他在特务连待过，身体素质没得说，射击在团里取得过名次。可一对四,难度实在太大。他怕有漏网之鱼,赶紧去警务区,把刑警们叫了起来。

一个大背,将眯眼看过他的小子摔到地上时,王卫东感到腰部一阵钻心般的刺痛。挂彩了?那小子的刀,明明连同人一起被摔在地上,根本没给他出刀的机会,腰怎么这么疼呢?他看自己的腰部,衣服完好无损。他很快明白是怎么回事了。他咬紧牙,用膝盖抵住那小子的后背,掐着他的手腕给戴上了手铐。

一审讯,吓人一大跳。四个小子抢劫商店、杀害更夫前,在常住地轮奸了多名妇女,既有年长的,也有年幼的。他们一路流窜过来,竟然是为弄枪。眯眼看过王卫东的小子说,他知道一个偏远乡的派出所只有三位民警,抢劫商店杀人后,他们就奔那个派出所去了。赶上上面来人检查派出所的工作,他们没敢动手,连夜跑到了火车站。他们计划明晚再去。

案子四脚落地后,天已经亮了。王卫东疲惫地回到家,躲进茅房,掀起上衣低头一看,心里不禁一颤。腰部惨不忍睹。冷不丁一看,腰右侧真像是挨了一刀。皮肤硬给撕开了一道口子,还在渗血,已经肿起来了。用手触碰,很疼。他很清楚,那绝对不是刀伤。就在他看着还在渗血的伤口,有点儿不知所措时,茅房门突然被人一把拽开,他抬起头,儿子一副吃惊的表情,站在门口。他看儿子,儿子清澈的目光很快对准了他的腰部,不眨眼地盯着他的腰部看。儿子看愣了。他慢慢放下了衣服。儿子这才赶紧站到茅房边撒尿。他出了茅房。儿子哗哗地撒完尿,提着裤子,仰脸望着他说:"爸,你受伤了?"他也盯着儿子:"爸没事儿。儿子,你别跟你妈说,你妈会担心的,明白吗?"他怕吓到儿子,更怕朱华知道。儿子眨眨眼,提好裤子说:"行,我不告诉我妈。爸,你让人捅了?"他笑着拍拍儿子的肩膀说:"爸是警察,谁敢捅我?"儿子说:"我都看到了,全是血。"

王卫东想,如果真是刀捅的,倒简单了。伤口周围的皮肤一个月前开始隆起,拳头大的皮肤越来越硬,走道有痛感。他安慰儿子说:"就破点儿皮,出点儿血,没事儿。"儿子说:"爸,你快去包上吧。"

他笑着说:"卫生所还没开门呢,一会儿我就去。记住了,不能让你妈知道。"儿子点点头。停了一下,儿子说:"爸,以后,你可得小心点儿。"

两个人进屋。儿子先洗脸。等王卫东洗完脸,朱华已经把粥和两和面的干粮摆上了饭桌,还有咸菜和咸鸭蛋。一家三口坐在炕上吃早饭。儿子低着头,往嘴里扒粥。王卫东把咸鸭蛋黄整个抠出来,夹放到儿子的粥碗里。儿子抬头看看他,又低头吃粥。吃了一点儿鸭蛋黄,喝了差不多半碗粥,正吃着饭,儿子的眼泪吧嗒一下掉进了饭碗里。朱华看在眼里,奇怪地问:"儿子,大清早好好的,怎么哭上了?"朱华看王卫东。王卫东看儿子。儿子眼里含着泪,一副非常委屈的样子。王卫东一阵心痛。也感觉到了腰部在隐隐作痛。儿子望着他,想努力忍住泪水,可哪里忍得住?眼泪就跟断了线的珠子,顺着脸颊往下淌,噼里啪啦往下掉。儿子擦了一把眼泪,望着父母,嘴慢慢咧开,突然,他哇的一声哭了起来……

3

春风再次悄悄潜入花枝镇。暖洋洋的一个下午,领导给王卫东打电话,想让他当副所长。王卫东坐在警务室里,举着电话,望着外面灿烂的桃花,说考虑考虑。三天后,在桃花开得最热烈的时刻,他把自己的想法跟领导说了。领导在电话那头沉默半天,叹口气说,卫东,你可想好了,过了这个村,怕是就没有这个店了,你可别后悔。

王卫东没去想是否会后悔,而是背起包,沿着铁道进了山。走了很久之后,他站在铁道边,仰脸看砬子上的映山红。

春天里,当他望着砬子上的映山红时,总想给朱华采一些。可每次费劲地爬上去,面对春风中娇艳欲滴的花朵,却总也下不去手。警务室外面的桃花,很漂亮,可他怎么看,都没有山上的映山红美。而通常情况下,他的心是柔软的。他会一直等到落雪后,才像间苗那样,挑密的地方掰下几个花枝。人家送媳妇的是花,鲜艳无比,香气怡人，他送朱华的，连花骨朵都不是，看上去就是些枯树枝。枯树枝上，瘦小扁长的叶子稀稀落落，跟树枝一个颜色。可他却把一堆树枝子拿回家，也不跟朱华说，只管把一捧黄褐色插到罐头瓶里，灌上水，放到窗台上。除了补水，那捧树枝子完全被冷落。很久之后，瘦小的叶片才艰难地长大了一点儿。再一不留神，泛着一丝绿意的叶片中间，花骨朵已然萌动。花骨朵有点儿干巴巴的，看上去可怜兮兮，但朱华还是主动接手了。为让花赶在春节开，她会把花放到离暖气近的地方，让黄褐色的花苞慢慢饱满起来。某天清晨，突然发现，花苞已经羞涩地露出一道道粉红色，望着欲露还羞的粉红，朱华的眼睛明亮中带着春天般的笑意……春风中，王卫东看到了朱华的笑脸。朱华的笑脸映在秀气而充满灵性的花朵间。他不知道，那些充满灵性的花是开在山里这碇子上，还是开在自己家的茶几上？他就那么扶着腰，仰着脸，望着碇子上的映山红。

　　他扶的是曾经无比坚硬的那块皮肤的位置。那块坚硬的皮肤，曾经如同炸弹。现在，隆起而坚硬的皮肤已经消落软化。在许多大夫看过那片泛着红、无比坚硬、微微隆起的皮肤，纷纷摇头的时候，朱华一直在四下打听，最后拉他去了北京的协和医院。他无法忘记，每次半夜到北京，朱华把他安排到医院附近的小旅店住下后，一个人走出旅店的情景。黯然的灯光下，她的身影是那么单薄而孤单。她总是连夜去医院排队挂号，不管春夏秋冬，就像他当年在田家大门口，月光下，冒着严寒坚守阵地一样，去北京治病的三年里，她到底在露天地熬过多少个夜晚，内心忍受了怎样的痛苦，又怎么说得清呢？一想起那些孤独无助的夜晚，他感觉，就像是他挤在陌生的人中间，坐在露天地里，痛苦地煎熬一样。

　　头顶的阳光明晃晃的。凉爽的风，带着丝丝暖意。鸟在身后的山包上的林子里唱个不停。他一下又想起了大夫给开的那些药。每次从北京回来，朱华总背着沉甸甸的一大背包药。三种药片看上去，如同土霉素片。其中两种一次吃十片，剩下一种一下吃二十片，一天三遍。每当用水送服下四十片药以后，他总觉得撑得慌，感到恶心。那些年，不管吃什么，他总能闻到那些药片的味道。他觉得，自己所吃下的药片，差不多能装一汽车？

扔下药片，他用手绢擦额头上的汗水时，还是望着砬子上的映山红。砬子上的映山红随风颤动着。他还是想爬上去看看娇艳的花，想给朱华采两枝。前天，儿子带朱华去县城看病，在县城看完，母子俩没回花枝镇，而是直接去了省城。现在，他还是感到愧疚。

春天一开学，他先要去三所学校，给孩子们上铁路安全教育课，接下来得起早贪黑，一脚泥水地走访七个村屯。备耕开始后，还得盯紧辖区的8处铁路道口。村民家住铁道这边，种的地往往在铁道那边，村民不会飞，拖拉机和牛车也不会飞，只能来回穿越铁道，这没法让他安心。他还抽时间去帮老赵种了两天地。老赵的姑娘遭遇车祸，儿子患尿毒症，相继去世，老伴肾坏死，去年摘掉一颗肾。为还妻儿治病欠下的债，六十多岁的老赵，从来没个闲的时候……

一只苍鹰划过天际后，他总算坐到了铁道边的石头上。先从包里拿出水，喝两口，再拿出午饭。午饭是两张油饼和一小袋榨菜。

坐在阳光下，迎着暖融融的风，就着凉白开，一边看砬子上的映山红，一边吃油饼。正在吃第一张油饼，儿子突然从省城打来了电话。一看是儿子打来的，他的心，禁不住地乱扑腾。

朱华一直说浑身没劲，他只给买了点儿药。朱华和儿子去了省城，他心知不好，但绝对没想到，儿子远在省城，竟然带着哭腔对他说："爸，你在哪呢？你快准备钱，快来救救我妈吧。"儿子哭了起来。

他的心猛地一沉，油饼一下卡在了嗓子眼里。儿子在电话那头边哭边说朱华的病情，他却无法抑制地咳嗽起来。在他拼命咳嗽的时候，春风像是静止了，小鸟似乎也停止了歌唱。随着一声声咳嗽，眼泪和鼻涕毫无章法地一起出来添乱，而一小块油饼，依然非常顽强地卡在他的嗓子眼里。

4

眨眼的工夫，儿子就长大成人了。

儿子打小学习好，明明喜欢警服，喜欢戴大檐帽，对奖章爱不释手，一直吵吵要当警察，临了怎么退缩了？他让朱华劝劝儿子，让儿子报考警校。朱华说，还用你说？我早劝过了，怎么说，他也不听。王卫东始终不明白，儿子大了，怎么不爱当警察了？

蝈蝈在窗台上的笼子里叫了一遍又一遍。夏天的花枝镇，到处是蝈蝈的叫声。许多人家的窗上都挂着用高粱秸或蒿子秆扎的蝈蝈笼。老王在警务室，给蝈蝈喂黄瓜花。蝈蝈大快朵颐的同时，时不时地停下来，来上一曲。儿子在警务室外面，听着蝈蝈一遍一遍地叫，实在忍不住，这才走进警务室。老王端端正正地坐在桌子前，在一个小本子上记着什么。他面前的办公桌，闪着暗光。等他提笔想词的时候，儿子上前，商量说："爸，你看，开车进城，得两个多小时，再不走，中午可就到不了家了，咱们是不是……"老王没抬头，盯着面前的本子说："等会儿小张，他回来就走。"镇上安自来水，需要在铁道边挖沟下管道，老王让小张去看看，别把线路挖坏了。

儿子看看锁着眉头的老王，在心里叹了口气。

当年看到父亲流血的那个早晨，他突然非常害怕起来。他是那么害怕爸爸会死去。当父亲得了皮肤癌时，他心里更加恐慌。而母亲支撑着家，突然又患上了重症肌无力和高质性磷性细胞癌。看到诊断，他控制不住，哭了起来。母亲被推进手术室，做开胸手术，他和父亲等在外面，那种惶恐难以形容，无以言说。等到母亲出院，一家三口从省城回到家，看着茶几上干枯的映山红，粉红的花瓣夹杂着枯黄的叶子，落满茶几，他特别伤心。那是他第一次看到父亲给母亲送花，是母亲最喜欢的映山红，母亲却没能看到花最美的时候。而现在，他只想把他们从这大山里接进城，只有这样，作为儿子，他才能暂时松口气。

朱华看儿子从警务室里出来，下了车。儿子走到她身边说："妈，我去市场上买点儿黄瓜。"朱华关上车门。两个人往市场的方向走。空气潮乎乎的。蝈蝈的叫声中，朱华说："你爸昨晚直叨叨，房子不卖好了。"儿子说："不卖哪行？房子没人住，几年就完了。"朱华说："我也寻思，不卖的话，以后我跟你爸还能回来住住。"儿子扶着母亲说："镇上的人，不往县里走，就往市里去，镇上空着多少房子，你们又不是不知道。咱家房子翻盖没几年，做了外保温，位置好，要不哪能顺利出手？等景区那边的楼盖好，你们要是想回来住，我给你们买个小户型，省得冬天遭罪。"朱华听着，没吭声。

老王坐在活动板房里。外间的活动板房是建筑工地淘汰的，他和小张一起去拆，租车拉回来，忙活好几天才组装好。他还去找当年的小庞，现在的庞站长，给小张要来Wi—Fi，从云南大老远来到山沟里的孩子太憋屈。

合上工作写实手册，老王点上了烟。花枝站警务区的往事在他脑海里缠绕起来。朱华给他查过，他在花枝站警务区干了38年，光杀人犯就抓了13个。朱华说，你记不记得，那年冬天的晚上，你去老田家抓杀人犯，你蹲在老田家的大门口，咱爹在站台头上陪你了一夜？朱华说的是老王的父亲。老王想起来，当第二天清晨，他和民警将两个歹徒抓获，缴了枪以后，父亲看他的那种眼神。作为父亲，他的眼神里，何止是欣慰？

小张呢，以后他所面对的困难，要比以前少得多，他能应对吧？他也会一辈子守在花枝站警务区吗？得赶紧给他张罗对象，好让他安心扎根。带他小半年，他对花枝站警务区的环境和工作基本熟悉了，也习惯了东北的生活。把警务区交给他，有什么不放心的呢？

老王把手上的烟，抽得异常绵长。

在他连着抽第三根烟的时候，儿子手上拎着七八根鲜嫩的黄瓜，跟朱华回来了。

看到父亲手上捏着烟，站在警务区门口的阳光里，笑得跟一朵花似的，儿子一闪念地想：父亲想通了，要去城里带孙子，高兴了？他甚至想，得赶紧给父亲镶好牙。掉了两颗牙的父亲，虽然在笑，但看上去，显得有些苍老。想到父亲逗孙子的情形，儿子的脸上不由有了一丝笑意。儿子脸上的笑意还没完全绽开，老王就发话了，老王说："你们娘俩先走吧。所长刚才来电话，说一会儿就来。"朱华说："我们等你吧，不差这一会儿。"儿子已经感觉出了不妙。果然，老王接着说："小张要去特警队训练十天，所长让我替他几天。你们看，小张回来了。"

朱华和儿子回身，看到小张骑着警用电动车，已经从大道拐进车站小广场了。小张还没到跟前，明晃晃的阳光下，后面开来的警车超过他，一下停在了老王的跟前。所长从车上跳下来说："我心里这个急啊，就怕送不上你。"所长握住老王的手。老王说："送什么？我不是还得替小张几天吗？"所长愣了。小张从电动车上下来，看着所长和老王。老王拉着所长往警务室里走："怎么，不会变卦吧？"老王用胳膊肘捅一下所长的腰。所长看看身后的三个人，哼哈着，被老王拉进了警务室。

空气更加黏稠了。警务室里的蝈蝈，再次高声唱了起来。